왼팔 1

왼팔 1

ⓒ 방진호, 2016

초판1쇄 인쇄 2016년 4월 15일
초판1쇄 발행 2016년 4월 19일

지은이 방진호

펴낸이 박대일
편집 이문영 · 임유리 · 신지연 · 전보라
교정 박준용
마케팅 송재진 · 임유미
표지디자인 박현주

펴낸곳 새파란상상(파란미디어)
출판등록 2004년 9월 14일 제313−2004−00214호

주소 04072 서울시 마포구 성지1길 32−36(합정동)
전화 02.3141.5589(영업부) 070.4616.2010(편집부)
팩스 02.3141.5590
전자우편 paranbook@gmail.com
카페 http://cafe.naver.com/paranmedia
페이스북 http://www.facebook.com/paranbook

ISBN 978−89−6371−286−4(04810)
     978−89−6371−285−7(전2권)

왼팔 1

방진호 장편소설

새파란상상

차 례

Chapter 1 :: 바다

대식은 담배를 꺼내 입에 물었다가 다시 집어넣었다. 오늘 같은 날 담배를 피우면 원시인 취급을 받을지도 모르니까. 시계를 보니 약속 시간보다 20분이나 지나 있었다. 형식이란 놈은 약속을 제대로 지킨 적이 없기 때문에 그걸 감안하고 늦게 나와도 언제나 먼저 나와 있는 건 대식 본인이었다. 평소 같았으면 한바탕 저주를 퍼부어 줬겠지만 오늘만큼은 참기로 했다. 소개팅을 시켜 준다는 소중한 고객님께 화를 낼 수는 없지 않은가? 대식은 손을 입에 대고 구취는 나지 않는지, 옷에 구김은 가지 않았는지 몇 번이나 확인했다.

큰길에서 형식이 모습을 보였다. 습관처럼 욕지거리가 먼저 나갈 뻔했지만 소중한 고객님이란 걸 다시 한 번 상기하고 손을 흔들어 보였다. 한 번도 하지 않은 짓을 하고 있었기에 손가락이 자꾸 오그라들었지만 원심력으로 펴질 수 있게 더욱 힘차게 팔을 흔들었다. 형식은 씩 웃으며 대식을 훑어보고는 인사를 대신한 말을 건넸다.

"대식, 오늘을 위해 옷 새로 뽑은 거냐? 촌스럽게시리."

"사, 사긴 누가 샀다고 그래 자식아!"

형식은 곁눈질로 더욱 능청맞게 웃었다.

"그러시겠지. 뭐 오늘은 그 새 옷이 제대로 빛을 발할 거다."

"새로 산 거 아니라니까……. 이번엔 확실하냐?"

형식은 가슴을 두드려 보이며 말했다.

"내가 사전 조사를 했는데 장난이 아니다. 사실 네놈 레벨로는 다음 생이 2만 번은 반복된 후에나 만날까 말까 한 귀인이거든."

"이 자식 불안하네? 전에는 나라를 구해야만 만날 수 있다며 오크 한 마리 끌고 나왔잖아."

"다리는 예뻤잖아. 인간의 매력이란 건 꼭 얼굴에서 비롯되는 게 아니라고."

대식은 올라가는 주먹을 간신히 주머니에 묶어 두며 말했다.

"다시 말하는데 그건 인간이 아니라 오크였다고, 오크. 돌아보면 눈높이에 언제나 오크가 마주하고 있는 기분 알아? 눈이 마주칠 때마다 습격당하는 것 같은 그 기분 아냐고, 자식아!"

형식은 대식의 반박을 들은 체 만 체하며 다른 말을 했다.

"내 여자친구가 누구냐? 단대 퀸카 경연이 아니냐. 경연이가 누구 소개시켜 주는 거 봤어? 원래 그런 거 안 하는데 내가 특별히 부탁해서 소개시켜 주는 거라고. 그러니 그냥 인물이 나오겠냐?"

"경연이 정도만 되어도 대환영이지. 하지만 만약 다른 짐승 데리고 오는 순간 둘 다 영원히 안 봐 버릴 테니까 그리 알아."

"이 자식이 며칠 못 본 새에 왜 이렇게 믿음이 약해졌어? 마음 놓고 그냥 믿어. 저기 온다."

형식의 말에 대식은 자신도 모르게 몸이 경직되었다. 멀리서 걸어오는 경연이 손을 흔들어 보였다. 아직 이목구비는 잘 보이지 않았지만 이 거리에서 보이는 여자의 모습은 꽤 준수해 보였다. 그녀들이 가까워지자 대식의 심장은 설렘으로 요동치기 시작했다.

경연을 패션에 능한 세련미라고 표현한다면 함께 온 여자는 선한 이미지의 청순미에 가까웠다. 대식의 모든 신경은 그녀의 얇고 긴 목선과 잡티 하나 없는 하얀 피부, 얇고 긴 손가락을 살피는 데 집중하고 있었다.

"대식 오빠, 오랜만이야!"

"잘 지냈어?"

형식은 경연이 대식에게 여자를 소개시키려는 순간 말을 잘랐다.

"자, 자! 뭐가 이리 급해? 일단 자리나 잡자고. 오늘은 대식이가 시원하게 쏜다니까 대한민국에서 제일 비싼 곳으로 가자고. 그래도 될라나?"

형식이 거보라는 듯 대식을 보며 씩 웃어 보이자, 대식은 크게 웃으며 허세를 부렸다.

"두 번째로 비싼 곳으로 가자고! 제일 비싼 곳은 평소에 너무 가서 질렸거든, 아하하!"

형식은 굳은 표정으로 걸음을 옮기며 대식만 들을 수 있도록 귀엣말을 했다.

"무슨 멘트를 준비했든, 아무것도 하지 마라."

형식은 격려하듯 대식의 어깨를 두드리며 걸음을 옮겼다. 대식은 기죽은 표정으로 말없이 그들 뒤를 따랐다.

그들은 평소에 자주 가는, 맥주 바를 겸한 카페에 들어갔다. 창가 테이블에 마주 앉은 대식은 곁눈질로 여자를 자세히 보았다. 안심이었다. 다시 봐도 처음 본 그대로의 모습이었다. 형식이 나서서 먼저 말을 걸었다.

"경연이 친구 중에 이런 분이 계신 줄 몰랐네요. 이름이?"

"네, 이수연이에요."

형식은 대식에게 어깨동무를 하며 말했다.

"이놈은 어릴 적부터 지금까지 친구로 지내는 녀석입니다."

대식이 고개를 끔뻑 숙이며 인사했다.

"안대식이라고 합니다."

넉살 좋은 형식이 수연에게 먼저 말을 걸었다.

"수연 씨, 말 놔도 돼요? 존대는 영 어색한데. 괜찮죠?"

수연이 웃으며 가볍게 고개를 끄덕이자 형식이 바로 말했다.

"뭐 먹을까? 오늘은 수연이 먹고 싶은 걸로 바로 쏜다! 대식이가."

형식은 메뉴는 물론 대화를 주도하며 분위기를 이끌었다. 그런 형식에 비해 말주변이 없는 대식은 함께 맞장구치는 것이 유일하게 하는 일이었는데 그의 사소한 말에도 수연은 잘 웃어 주었다. 실제로 웃겨서인지 아니면 배려인지는 모르겠지만 그런 수연의 모습이 좋았다. 대식은 시계를 보았다. 얼마 앉아 있지도 않은 것 같은데 벌써 두 시간이 지났다. 이 시간 이대로 영원히 남고 싶다고 생각하고 있을 때 형식이 그의 등을 쳤다.

"야, 수연이 그만 봐! 그렇게 대놓고 보면 무안하잖아, 자식아!"

경연도 그런 모습이 재미있다는 듯 웃었다.

"오빠, 침 좀 닦아. 처음 만나는 자리에서 너무 티 나잖아."

형식이 잔을 들어 올리며 말했다.

"자, 자, 오늘 분위기 너무 좋으니까 이 멤버 이대로 2차 가자! 2차는 내가 쏜다!"

"눈치 없이 2차도 같이 가자고?"

경연이 형식에게 핀잔을 줬지만 형식은 막무가내였다.

"서로 안면 텄겠다, 휴대폰 번호도 알겠다, 뭐가 문제야? 맘에 들면 지들끼리 연락하게 되어 있다니까, 안 그래?"

대식은 큰 소리로 외쳤다.

"옳소!"

수연은 웃었고 그런 모습에 대식은 더욱 크게 웃었다. 경연이 잔을 들다 말고 말했다.

"대식이 오빠가 헷갈려 할 수도 있으니까 못을 꽉 박아 줄

게. 수연이 너, 오빠가 연락하면 받을 거지?"

수연은 밝게 웃으며 고개를 끄덕였다. 경연이 뭔가 말을 더 했지만 대식의 귀엔 들어오지 않았다. 가슴 뭉클한 감동이 온몸으로 전해졌다. 대식은 휴대폰에 저장한 수연의 전화번호가 잘 저장되었는지 두 번 세 번 확인하고, 머릿속으로는 열심히 번호를 외웠다. 수학 공식은 안 외워지는데 이런 숫자는 순식간에 외워지는 기이한 경험을 즐기며 건배를 외쳤다.

수연에겐 그녀만의 향이 있었다. 그녀는 향과 같이 은은한 매력을 발했다. 적지도, 많지도 않은 말수로 차분하게 말하는 모습은 그 자체로 향기로웠고 사랑스러웠다. 그녀도 분명 먹고, 싸고, 잘 텐데 그런 것이 오히려 부자연스럽게 느껴졌다. 한 가지 흠이 있다면 자주 만날 수가 없다는 것이었다. 개인 사정을 물어볼 정도로 가까워진 것도 아니었기에 대식은 언제나 문자 한 통을 넣어 놓고 기다리는 수밖에 없었다. 너무 많이 보내면 스토커처럼 여길 수도 있으니까.

수연과 거의 한 달째 못 만나고 있을 때 대식은 어쩌면 이제 못 보게 될지도 모른다는 생각에 불안하고 힘들었다. 대식이 보낸 문자에 회신은 가끔 왔지만 안부를 묻는 내용이 전부였다. 우연히 만난 증권회사에 다니는 선배와 저녁을 먹다 답답한 마음을 털어놓자 선배가 귀엽다는 듯 들어주고는 어깨를 툭 치며 일어섰다.

"좋은 데 가자!"

선배가 들어간 곳은 '디오니소스'라는 냉장고 이름과 비슷한 간판의 고급 술집이었다. 학생 신분이라 이런 곳은 엄두도 내지 못했기에 호기심과 거부감이 동시에 느껴지는 묘한 기분으로 따라 들어갔다.

대식은 이런 룸형 술집은 백이면 백 모두 지하에 있는 줄 알고 있었다. 하지만 이곳은 금장으로 장식되어 있는 엘리베이터를 타고 최상층으로 올라가야 했다. 이곳에 출입하는 사람들을 보며 하루 매상이 얼마나 될까 생각했지만 엘리베이터 문이 열리는 순간 그런 생각은 사라졌다. 엘리베이터 문 앞엔 문지기가 서서 안쪽으로 안내를 했다. 술 취한 남자를 부축해 나가는 슬립 차림의 여인들을 보며 낯선 분위기에 말수가 더 적어졌다. 문지기는 두 사람을 정장을 입은 사람에게 안내했다.

"아유, 형님! 오랜만입니다!"

"김 상무, 잘 지냈어?"

김 상무는 선배에게 깍듯이 인사를 올리며 복도를 지나 방으로 안내했다.

"왜 이렇게 뜸하셨어요? 쌔끈한 애들 많이 채워 놨다고 문자도 드렸는데."

선배는 지갑에서 5만 원짜리 지폐 몇 장을 꺼내 그의 손에 쥐어 주며 말했다.

"돈 버느라 못 왔어."

김 상무는 돈을 정중하면서도 자연스럽게 챙기며 말했다.

"어이쿠! 그러면 좀 더 벌고 오셔도 되는데! 헤헤헤!"

"여기 내 동생이 이런 데 처음이니까, 확실한 애로 좀 부탁해. 알겠지?"

"여부가 있겠습니까! 맘에 들 때까지 무한 리필! 조금만 기다리세요, 형님!"

요란한 그가 방 밖으로 나가자 잠시 정적이 흘렀다. 방향제로 냄새를 가리긴 했지만 사람이 많이 들고나는 곳 특유의 퀴퀴한 냄새까지 막을 수는 없었다.

"너 이런 데 처음이지?"

"당연하죠. 학생이 무슨……."

"그럼 지금은 말해도 못 알아듣겠지만 여기가 '텐프로'라는 것만 기억해 둬. 게다가 여긴 회원제라서 최상류층밖에 못 오는 곳이라고."

그의 말이 진짜인지 확인할 길은 없었지만 TV 드라마에 나오는 곳에 비해서는 확실히 고급스러워 보였다. 노크 소리가 들리고 김 상무가 얼굴을 내밀었다.

"아가씨들 들어옵니다. 골라 보세요!"

여자들이 방 안으로 일렬로 들어와 두 사람 앞에 나란히 섰다. 대식의 눈엔 모두 연예인처럼 보였지만 선배의 눈엔 차지 않았는지 인상을 찌푸리며 손을 휘이 저었다.

"야, 야! 이게 뭐야! 길쭉하면 다야? 개성이 없잖아, 개성이! 치워, 치워!"

당사자들을 면전에 두고 하는 선배의 거친 말에 화들짝 놀랐지만 여자들은 이런 일에 익숙한 듯 담담하게 있었다. 김 상무는 여자들을 다시 밖으로 내보내며 말했다.

"형님, 오늘 초이스는 험난할 것 같은데요? 애들 전부 에이스들이었는데."

"여기가 양식장이냐? 수술해가지고 생긴 게 다 똑같잖아."

"일단 더 찾아오겠습니다, 형님."

선배는 두툼한 지갑을 테이블 위에 올려놓으며 김 상무를 불렀다.

"김 상무야, 그러지 말고 전에 왔을 때 회장님 파트너였던 애 데리고 와. 그리고 예진이하고."

김 상무는 잠시 생각에 잠기더니 이내 곤란한 표정을 지었다.

"아, 형님. 어쩌죠? 예진이는 제가 어떻게 해보겠는데 회장님 파트너였던 애는 이제 일 안 하거든요."

"뭐? 그만뒀어?"

"아뇨, 그게 아니고요, 형님."

김 상무는 잠시 뜸을 들이다 선배의 귀에 가까이 대고 말을 이었다.

"여기 사장님 눈에 들어서 손님은 안 받습니다."

선배는 지갑에서 지폐 몇 장을 더 꺼내며 말했다.

"김 상무, 진짜 안 되겠냐?"

"데리고 올 수 있었으면 진작 데려왔죠."

"내가 여기서 딴짓하겠다는 것도 아니고 얼굴만 좀 보자고 새끼야."

선배는 지폐를 더 얹어서 김 상무의 손에 쥐여 주며 말했다.

"너 오늘 그 애 못 데리고 오면 나 다신 안 본다."

김 상무는 돈을 챙겨 넣으며 말했다.

"형님, 제가 부탁 한번 해 볼 테니까 잠깐만 보는 겁니다. 사장님한테 걸리면 죽어요. 아셨죠?"

잔뜩 앓는 소리를 하고 나갔던 김 상무가 한참 후에 두 명의 여자를 데리고 들어왔다. 언뜻 보았지만 확실히 앞서 들어왔던 여자들과는 분위기가 달랐다. 그 여자들에 비해 아마추어의 느낌이 물씬 났다. 여자들이 방 안에 완전히 들어섰을 때 대식은 심장이 멎는 줄 알았다. 나중에 들어온 하얀 미니스커트를 입은 여자는 다름 아닌 수연이었다.

대식은 다른 헤어스타일 때문에 닮은 사람이라고 생각했지만 노란 등 아래로 보이는 이목구비는 분명 수연이었다. 무엇보다 대식과 눈이 마주친 그녀의 반응이 대식에게 더욱 확신을 주었다. 수연은 대식과 눈이 마주치자 얼굴에서 미소가 사라지며 당황해하는 기색이 역력했다. 그녀는 한마디 말도 없이 고개를 숙인 채 밖으로 도망치듯 나갔다. 선배는 황당해하며 말했다.

"저년 뭐야?"

당황한 것은 김 상무도 마찬가지였다. 그는 연신 고개를 숙이며 말했다.

"죄송합니다, 형님. 저 애가 몸이 좀 안 좋은 것 같은데요?"

"뭐 저런 싸가지 없는 년이 다 있어? 얼른 데려와! 뭐해? 빨리 안 데려오고!"

대식은 더 큰 소리를 치려는 선배의 팔을 붙잡아 진정시켰다.

"형, 처음에 들어왔던 여자 중에 제일 오른쪽에 있던 여자로 해 주세요."

누군지 기억도 나지 않는 여자를 지목해 선배를 말렸다. 선배가 흔쾌히 고개를 끄덕이자 김 상무는 다행이라는 듯 인사를 하고는 곧바로 또 다른 여자를 데려와 대식의 옆에 앉혔다.

그때부터 선배의 회사 무용담과 돈 자랑이 시작되었고 대식의 파트너는 대식에게만 연신 술을 따라 줬지만 대식의 눈과 귀에는 아무것도 보이지도, 들리지도 않았다. 파트너와 함께 밖으로 나서는 선배를 보내고도 대식은 발걸음이 떨어지지 않았다. 대식은 조금 전에 나온 건물을 올려다보았다. 처음의 호기심은 절망과 배신감으로 바뀌어 자신도 모르게 눈물이 흘러나왔다. 대식은 건물 앞 흡연용 벤치에 앉아 그렇게 몇 시간을 보냈다.

새벽이슬에 옷깃이 젖기 시작할 때 그의 앞에 누군가 다가왔다. 수연이었다. 수연은 말없이 대식의 옆에 나란히 앉았다. 대식은 담배를 꺼내 입에 물었다. 불쑥 올라오는 화를 누르려고 연기를 깊이 들이마셨지만 아무 도움도 되지 않았다. 말문을 먼저 연 것은 수연이었다.

"오빠 원래 담배 피웠었구나."

"오빠라고 부르지 마. 꼭 술집 여자처럼 느껴지니까."

간신히 먼저 말을 걸었던 수연은 다시 말문을 닫았다. 담배만 연달아 세 개비를 피운 대식이 침울한 목소리로 물었다.

"어떻게 된 거니?"

"미안해."

"뭐가 미안한데? 네가 술집에 나가는 거? 아니면 내게 숨겨 왔던 거? 뭐가 미안하다는 거야, 응?"

수연의 눈에서 굵은 눈물방울이 맺혔다가 볼을 타고 흘러내렸다. 대식은 그런 수연의 모습이 안쓰러우면서도 화가 났다.

"나한테 어떻게 이럴 수가 있어? 내가 널 어떻게 생각했는데!"

수연은 아무 말도 없이 눈물만 흘렸다.

"이젠 아무도 못 믿겠어. 어떻게 이럴 수가 있니. 내가 아는 수연이는 천사였는데 지금 네 모습은 정말…… 더러워. 구역질 난다고!"

"말 함부로 하지 마!"

수연의 비명에 가까운 고함 소리에 대식은 술이 깼다.

"내 사정은 아무것도 모르면서 벌레 취급 하지 말란 말이야!"

수연은 마지막 말을 남기고 뛰어갔다. 대식은 그녀를 지금 잡지 않으면 영원히 볼 수 없을지도 모른다고 생각했지만 바닥에 남아 있는 자존심이 그의 발목을 붙잡았다. 후회할 거란 걸 알면서 대식은 그 자리에 남았다.

대식은 며칠을 술로 지냈다. 세상의 모든 것이 맘에 들지 않았고 그만큼 불평이 늘어 갔다. 학교는 물론 형식과도 연락을 하지 않고 그의 자취방에만 처박혀 있었다. 하루에도 몇 번씩

배신감과 허탈, 혐오와 연민이 반복되는 일상은 대식을 더욱 가라앉게 만들었다.

방바닥에 누워 있던 대식은 벌떡 몸을 일으켰다. 그 바람에 뒹굴어 다니던 소주병이 깨져 손을 베었다. 상처를 대충 수건으로 감싸 매고 외투를 챙겨 들었다. 이대로는 아무것도 매듭지을 수가 없다는 생각 때문이었다. 며칠 만에 나서는 바깥세상은 낯설기만 했다. 수연을 처음 만났을 때와는 달리 대식이 모르는 전혀 다른 세상으로 떨어진 것 같았다. 대식은 주머니를 뒤져 자신의 전 재산이 들어 있는 통장과 아버지를 도왔던 분의 연락처를 잘 두었는지 확인했다. 부모님이 살아 계셨다면 이런 자신의 모습에 실망하시겠지만 대식은 망가진 마음을 어떻게 다스려야 할지 방법을 몰랐다. 지금은 그냥 반드시 해야 할 일을 해내야 된다는 것만 믿을 뿐이었다.

대식이 찾아온 곳은 '디오니소스'였다. 아직 이른 시간인지 손님들은 보이지 않았다. 다행히 엘리베이터는 움직였기에 타고 올라갔다. 아무도 없기를 바랐지만 문지기는 여전히 엘리베이터 앞을 지키고 있었다.

"아직 영업 전입니다. 아래 홀에서 기다려 주십시오."

"여기 이수연이라는 아가씨 좀 만나러 왔습니다."

문지기는 대식의 행색을 한번 훑어보았다. 감지 않은 머리와 거칠게 자라 있는 수염, 대충 챙겨 입은 옷을 보고 그는 인상을 구겼다.

"그런 분 없습니다. 돌아가십시오."

대식은 문지기의 팔을 붙잡으며 다시 애기했다.

"잠깐이면 됩니다! 불러 주세요, 예?"

대식에게 팔을 붙잡힌 문지기가 정중하면서도 절도 있게 뿌리치며 말했다.

"손님, 이러시면 곤란합니다. 내려가 주십시오."

그때 복도로 나온 김 상무의 모습이 보였다. 대식은 다급히 그를 불렀다.

"김 상무님! 김 상무님! 며칠 전에 오상철 씨하고 같이 왔었던 사람입니다!"

김 상무는 목을 길게 빼고 대식을 보다 그제야 알아보고는 다가왔다. 가까이서 대식의 행색을 본 김 상무의 표정이 미묘하게 싸늘해졌다. 그는 이마에 붙인 반창고 주변을 긁으며 말했다.

"상철이 형님하고 같이 왔던 분이시네. 그런데 어쩐 일로?"

"수연이, 이수연이라고 그 아가씨 좀 만나게 해 주세요."

"손님, 이러시면 곤란합니다. 상철이 형님 손님이라도 이건 곤란해요."

대식은 주머니에서 지폐를 꺼내 김 상무에게 내밀었다. 김 상무는 아쉽다는 듯 입맛을 다시며 이마의 반창고를 가리켰다.

"저번 일 때문에 사장님께 대박 깨졌어요. 이젠 수연이 아예 못 봅니다."

"김 상무님, 한 번만요! 네?"

지폐를 더 꺼내 김 상무에게 내밀었지만 그는 마음을 굳힌 듯했다.

"그냥 단념하고 가세요. 대신 다음에 오시면 특등급으로 공수해 드릴게. 오케이?"

돌아서려는 김 상무의 팔을 대식이 다급하게 붙잡았다. 대식이 잡아당기는 순간 김 상무 정장 소매가 찢어졌다. 동작을 멈춘 김 상무가 자신의 소매 상태를 천천히 돌아보았다. 그는 번뜩거리는 눈빛으로 대식을 쏘아보며 말했다.

"이 새끼가 미쳤나……."

김 상무는 대식의 뺨을 후려쳤다. 전기에 감전된 듯한 통증이 얼굴 전체로 퍼졌다. 순식간에 일어난 일에 당황한 대식의 얼굴에 김 상무가 몇 대의 뺨을 더 때렸다.

"아무리 어린놈이라도 그렇지. 똥오줌 못 가려? 이 개새끼야?"

김 상무는 말하면서 더 화가 났는지 주먹으로 턱을 쳤다. 대식은 엘리베이터 문에 부딪혀 주저앉았다. 김 상무는 발을 들어 대식을 밟으려 했지만 안 되겠다 싶었는지 문지기가 그를 붙잡아 말렸다.

"병신아, 네 어미젖이나 더 처먹고 와, 잉크도 안 마른 새끼야. 쌍! 옷 다 찢어졌네, 쯧!"

"수연이 만나게 해 달라고! 수연이 내놔, 이 개새끼들아!"

대식은 안으로 들어가려던 김 상무에게 악을 쓰며 소리를 질렀다. 김 상무가 다시 되돌아오려 하자 문지기가 들어가라는 듯 등을 밀고는 대식에게 다가와 완력으로 엘리베이터 문에 기대 세웠다.

"돌아가라. 더 이상 이러면 진짜 다친다."

"수연이 좀 만나게 해 주세요, 네?"

대식이 매달렸지만 문지기는 층수를 나타내는 LED 등을 바라보며 엘리베이터가 올라올 때까지 기다렸다. 엘리베이터 문이 열리자마자 문지기는 대식을 안으로 밀어 넣었다. 엘리베이터 안쪽에서 인기척이 나며 목소리가 들렸다.

"초저녁부터 왜 이렇게 어수선해?"

문지기가 화들짝 놀라며 대식을 엘리베이터 밖으로 잡아 빼고는 정중하게 인사를 했다.

"별일 아닙니다, 사장님. 죄송합니다."

사장은 한쪽에 주저앉아 있는 대식을 힐끗 보고 지나치며 말했다.

"얼른 치워."

대식은 문지기가 말릴 틈도 없이 달려 나가 사장의 팔을 붙잡았다.

"사장님! 수연이 좀 만나게 해 주세요, 사장님!"

당황한 문지기는 대식을 들어 메치고는 얼굴을 걷어찼다. 사장은 얻어맞고 있는 대식을 빤히 바라보다 문지기를 불러 세웠다.

"이거 뭐야? 수연이 찾는 놈이야?"

문지기의 얼굴은 사색이 되었다.

"죄송합니다, 사장님. 금방 처리하겠습니다."

사장은 대식을 끌고 가려는 문지기에게 말했다.

"내 방으로 데려와."

사장은 자신 방에 들어가 외투를 옷걸이에 걸고 의자에 앉아 PC부터 켰다. PC의 팬이 돌아가는 소음이 울릴 때쯤 문지기가 축 처진 대식을 끌고 안으로 들어왔다. 대식을 바닥에 던져 놓자 간신히 몸을 굴려 일어나 앉았다. 그는 무릎을 꿇고 엎드린 자세로 말했다.

"사장님, 우리 수연이 좀 만나게 해 주세요. 제가 할 말이 있어서 그렇습니다, 사장님!"

사장은 앞으로 걸어 나와 책상에 걸터앉으며 말했다.

"너 누구야?"

대식은 욱신거리는 상처 때문에 호흡을 크게 하고는 일어서며 말했다.

"수연이 남자친구입니다."

사장의 표정에 미묘하게 변화가 있었지만 아무도 알아채지 못했다. 사장은 문지기에게 김 상무를 불러오라며 짧게 지시하고 다시 대식에게 물었다.

"남자친구? 그래, 만난 지 얼마나 됐는데?"

대식은 잠시 머뭇거리다 기어 들어가는 목소리로 대답했다.

"3개월이요."

사장의 입꼬리가 올라가더니 이내 웃음이 터져 나왔다.

"귀여운 친구네?"

그때 김 상무가 잔뜩 긴장한 모습으로 방으로 들어왔다.

"사장님, 부르셨습니까."

사장은 여전히 웃는 얼굴로 대식을 가리키며 말했다.

"김 상무, 이 친구가 수연이 남자친구란다. 만난 지 3개월 됐다네?"

웃는 사장과는 달리 김 상무의 얼굴은 사색이 되었다.

"참 희한하지? 수연이가 여기서 지낸 지 얼마나 되었지?"

김 상무는 식은땀을 흘리며 기어 들어가는 목소리로 대답했다.

"7, 7개월입니다, 사장님."

사장은 김 상무를 다가오라는 듯 손가락으로 부르며 말했다.

"그렇지? 그런데 어떻게 두 사람이 만났을까? 응?"

사장은 김 상무의 뺨을 처음엔 툭툭 치다 점점 강도를 높이며 말을 이었다.

"대답해 봐, 응? 관리를 어떻게 했기에 이렇게 자유연애질이냐고 새끼야, 응?"

김 상무의 입술이 터지고 코에서 피가 터져 나왔지만 사장은 멈추지 않았다.

"특히 수연이는 내가 특별히 얘기를 했건만, 나 무시하는 거냐, 이 개새끼야!"

사장의 마지막 고함 소리와 함께 김 상무는 더 이상 버티지 못하고 바닥에 쓰러졌다. 대식은 구석에 붙어 서서 숨을 죽이고 이 광경을 지켜보고 있었다. 사장은 분노로 가늘게 떨고 있는 목소리로 대식에게 물었다.

"어이, 남자친구. 수연이를 왜 그렇게 찾아?"

대식은 분위기에 눌려 아무 말도 할 수 없었다. 사장은 입술만 웃는 모양으로 말했다.

"괜찮으니까 말해 봐. 혹시 알아? 내가 앞으로도 계속 만나게 해 줄지도 모르잖아, 안 그래?"

대식은 용기를 내 무거운 입을 열었다.

"사과하고 싶었어요. 미안하다고……."

"그리고 또?"

"다시 만나고 싶어요."

사장은 여전히 웃는 낯이었지만 눈에서만큼은 살기가 돌았다. 사장은 책상 위에 놓인 골프 대회 트로피를 만지작거리며 말했다.

"너 몇 살이야?"

"스물네 살입니다."

사장은 큰 숨을 여러 번 들이켜 호흡을 고르게 했다. 붉어졌던 얼굴이 약간은 제 색깔을 찾았다.

"수연이 불러 줄 테니까, 할 말 있으면 해라."

아무 대답도 하지 않은 대식의 반응을 동의로 해석했는지 사장이 손가락을 튕겨 보였다. 퉁퉁 부은 얼굴로 한쪽에 서 있던 김 상무가 나는 듯이 밖으로 나갔다. 사장은 대식을 말없이 바라보다 말을 이었다.

"이름이 뭐냐?"

"김대식입니다."

"대식아, 너 수연이에 대해 얼마나 알고 이렇게 목을 매는 거냐?"

사장의 질문에 대식은 당황했다. 수연은 사생활에 관련된 것은 그냥 미소만 지어 보일 뿐 단 한 가지도 얘기한 적이 없기 때문이었다. 사장은 거보란 듯이 웃으며 물었다.

"역시 아무것도 모르고 있었군. 저 아이는 말야, 생긴 건 저 렇게 청순하게 생겼어도 말이야……."

김 상무가 방으로 들어와 옆으로 비켜서자 그 뒤로 미니스 커트 차림의 수연이 나타났다. 사장은 수연에게 시선을 고정한 채 대식에게 말했다.

"자, 수연이. 저기 남자친구 분이 하실 말씀 있단다."

수연은 대식을 보고는 처음엔 당황했다가 그의 얼굴에 난 상처를 보고는 한걸음에 다가갔다.

"얼굴은 왜……."

수연은 하던 말을 삼키고 다른 말을 했다.

"여긴 왜 왔어?"

"미안해, 수연아. 내가 잘못했어. 용서해 줘."

수연은 자기도 모르게 대식의 얼굴로 향하는 손을 억지로 거두며 떨리지만 차갑게 말했다.

"알았으니까 돌아가. 그리고 다신 오지 마. 알겠어?"

"수, 수연아……."

수연이 매몰차게 방 밖으로 나가자 사장은 박수를 치며 대식에게 말했다.

"대식아, 이제 상황 눈치챘으면 가라. 알겠지?"

사장이 손짓을 하자 문지기가 대식을 잡아끌었다. 하지만 대식은 이대로 돌아갈 수는 없었다.

"수연아! 수연아! 이거 놔! 수연아!"

대식은 끌려가면서도 수연을 계속 불렀지만 그녀는 대답이 없었다. 대식은 사장을 돌아보며 큰 소리로 외쳤다.

"사장님! 수연이 풀어 주세요! 풀어 주세요!"

사장은 멀어져 가는 대식의 소리를 들으며 트로피를 움켜쥐고 집어 던질 듯이 치켜들었다가 다시 내려놓았다. 방에 있던 김 상무는 머리를 조아리며 계속 서 있었다.

"김 상무, 누굴 족쳐야 내 기분이 풀리겠냐? 네 대가리를 쪼개 놔야 할까, 아님 수연이 이 쌍년을 찢어 놔야 할까?"

김 상무가 우물쭈물하고 있을 때 복도에서 문지기의 비명 소리가 들렸다. 김 상무가 무슨 일인지 나가 보려는 찰라 방문이 열리며 핏발이 서린 눈으로 노려보는 대식이 피 묻은 칼을 들고 서 있었다.

"이 개새끼들아! 수연이 놔주라고!"

대식은 곧장 사장에게 달려들었다. 몸을 피하는 김 상무와는 달리 사장은 침착하게 서 있었다. 사장에게 대식이 칼을 휘두르는 순간 사장은 슬쩍 피하며 들고 있던 트로피로 대식의 머리를 후려쳤다. 둔탁한 소리와 함께 대식은 그대로 옆으로 쓰러졌다. 트로피의 모가지가 부러졌지만 내려놓지 않았다. 사장은 쓰러져 신음하는 대식에게 다가가며 말했다.

"김 상무야, 너나 수연이나 오늘 별 탈 없이 잘 지나가겠다."

사장은 공을 차듯 대식의 배를 걷어차고는 그의 손을 밟고는 발을 비볐다.

"야, 3개월. 연애 기간에 비해서 너무 오버라는 생각 안 드냐?"

손가락에서 뼈가 부러지는 소리가 선명하게 들렸지만 대식은 신음 소리도 내지 못했다.

"너무 오버 아니냐고, 이 씹할 놈아!"

사장은 트로피의 남은 기둥으로 대식의 머리를 내리찍었다. 피가 튀고 두개골이 내려앉기 시작했지만 사장의 동작은 멈추지 않았다.

"이런 어린 새끼한테 질투가 말이 되냐고! 이 쌍!"

대식의 후두부가 열리고 뇌수가 터져 나와 바닥을 적시고 나서야 사장은 하던 짓을 멈추고 트로피를 바닥에 툭 던져 놓았다. 이 광경을 목격한 수연은 비명을 지르며 방으로 뛰어 들어왔다.

"오빠!"

수연은 이미 시체가 된 대식의 이름을 계속 외치며 울부짖었다.

"후우!"

사장은 숨을 고르며 책상에서 티슈를 빼 얼굴에 튄 피를 대충 닦아 내며 말했다.

"씹할, 오늘 일진이 제일 사나운 게 나였군. 웬 잡종 같은 개새끼 때문에 목돈 쓰게 생겼잖아, 쯧! 쌍년아, 재수 없으니까 그만 울어!"

대식을 껴안고 울던 수연이 사장을 노려보며 외쳤다.

"나쁜 새끼! 엄마 아빠 죽인 것도 모자랐어? 모자랐냐고!"

사장은 수연의 뺨을 후려치고는 한동안 방에서 서성이다 결심한 듯, 대식과 수연을 가리켜 보이며 말했다.

"김 상무, 이거 치워. 둘 다."

잔뜩 굳어 있는 김 상무가 확인차 되물었다.

"두, 둘 다요?"

"왜 너도 묻히고 싶어?"

"아, 아닙니다!"

김 상무는 고개를 설레설레 흔들며 휴대폰을 꺼내 들고 방 밖으로 나갔다. 사장은 여전히 대식을 안고 울고 있는 수연의 머리채를 잡아 고개를 확 젖히고는 강제로 입을 맞췄다.

"이건 다 네년 탓이야. 날 그냥 받아들이기만 했어도, 네년 어미 아비나 이 새끼나 모두 살아 있었을 거야."

"넌 미친 새끼야, 미친 새끼라고!"

"그래, 맘대로 떠들어. 아가리에 흙 들어가면 더 이상 못 할 테니까."

사장은 그렇게 말을 툭 던지고는 수연을 뒤로하고 밖으로 나섰다. 아쉽지만 어쩔 수 없는 결정이라고 생각하면서.

김 상무는 업계에서 '미장이'로 불리는 사내가 자신의 부하들을 시켜 시체와 수연을 차에 옮겨 싣는 걸 지켜보고 있었다. 끌려가지 않으려는 수연을 억지로 밀어 넣고 사장의 방에 깔려 있던 카펫을 싣는 것을 마지막으로 냉동탑차의 문을 잠갔다. 미장이가 김 상무에게 담배를 권하며 말했다.

"김 상무, 이번엔 너무 어질러 놨어. 당신네 사장 무슨 문제 있어?"

"몰라, 짜증 나. 태어날 때 대가리에 물이 찼는지 갈수록 성격이 지랄 같아져."

미장이가 웃으며 대꾸했다.

"사장 내몰고 가게 먹는다더니 벌써 몇 년째야? 한 8년 됐나?"

김 상무는 인상을 찌푸리며 말했다.

"니미럴, 생각나게 해 줘서 고맙구먼."

미장이는 김 상무와 함께 냉동탑차 앞에 있는 승용차에 올라타 출발시키며 말했다.

"김 상무도 주름 많이 늘었어. 슬슬 준비해야 하지 않아?"

"사장 뒤 봐주는 새끼가 있는 것 같은데 그걸 못 찾아서 이러고 있잖아."

"왜, 내가 찾아 줘?"

김 상무는 담배를 창밖으로 던지며 되물었다.

"이젠 그런 서비스도 해?"

"나도 조금씩 양지로 나와야지. 언제까지 미장이질 하면서 살 순 없잖아."

"그렇긴 하지. 어디로 가는 거야?"

"양조장 새로 만든 데 있어. 오늘 개시야."

승용차와 냉동탑차는 밤길을 뚫고 속도를 높이기 시작했다.

그들이 양조장에 도착했을 때는 이미 자정이 지난 후였다. 양조장 안으로 들어서자마자 미장이의 부하들은 일사분란하게 시체를 내려 양조장 건물 안으로 옮겼고 수연은 미장이가 직접 끌고 내려 김 상무 앞에 세웠다. 김 상무는 수연의 볼을 쓰다듬으며 말했다.

"사장이 너까지 이렇게 할 줄은 몰랐다."

수연이 고개를 돌리자 김 상무는 그녀의 머리를 잡고 말했다.

"너 불쌍한 건 알지만 할 수 없잖아. 팔자려니 하고 받아들여야지."

김 상무가 수연을 미장이에게 밀치며 고개를 끄덕였다. 미장이는 수연을 붙잡고 부하에게 넘기며 말했다.

"옮겨."

수연을 받아 건물로 향하던 부하가 다시 되돌아와 미장이에게 물었다.

"형님, 이년 말입니다. 어떻게 할 겁니까?"

미장이는 부하의 눈빛을 보았다. 충혈된 눈으로 수연을 바라보는 것이 놈의 심중을 충분히 알 수 있었다.

"시체 처리가 먼저다."

"그다음은 우리가 맘대로 해도 됩니까?"

미장이는 고개를 끄덕이며 대답했다.

"어차피 같이 묻힐 년이야."

부하가 수연을 끌고 가다 동료들에게 뭐라 알리자 사내들의 행동이 눈에 띄게 민첩해졌다. 미장이는 그런 부하들의 모습을 보며 김 상무에게 말했다.

"사내새끼들은 다 저런 거야. 발정 난 수컷들은 앞뒤 안 가리지. 그건 그렇고 김 상무, 구경 안 할래?"

김 상무는 잠시 생각하다 고개를 끄덕이며 따라나섰다.

건물 안으로 들어가니 정면에 바로 지하로 통하는 계단이 나 있었다. 미장이와 김 상무가 계단을 따라 지하로 내려가니 시멘트 버무리는 작업을 하는 중이었다. 그 옆엔 머리가 으깨져 죽은 대식의 시체가 아무렇게나 놓여 있었다. 미장이는 대식을 발로 툭 차며 말했다.

"이거 왜 아직도 이대로야? 야, 이거 포장 좀 해라."

미장이가 말했지만 부하들은 눈치만 보며 움직이려 들지 않았다. 미장이는 혀를 차고는 제일 믿는 부하를 불렀다.

"진석아, 아무래도 네가 해야겠다."

진석은 고개를 끄덕이고는 시체를 끌고 세척장으로 향했다. 미장이는 기둥에 묶여 있는 수연의 옆으로 다가서며 입을 열었다.

"잘 봐 둬. 이런 그림 보기 힘드니까. 저 나무 상자에 시멘트를 3분의 1쯤 채우고 시체를 넣는 거야. 물론 부피를 줄여야 하니까 시체는 토막을 내야겠지. 그다음엔 남은 공간을 콘크리트로 마저 다 채우는 거야. 그 상태로 28일을 양생하지. 그래야 단단해지거든."

수연의 얼굴은 공포로 파랗게 질려 있었다. 입술은 보랏빛이 되었고 온몸은 진동을 울리는 것처럼 벌벌 떨었다. 미장이는 그녀의 상태 따위는 관심도 없다는 듯 뒷짐을 지며 말을 이었다.

"충분히 단단해지면 동해 바다에 던지는 거야. 시간이 흐르면서 콘크리트가 조금씩 부식되면 그 사이로 물고기들이 들락날락하면서 시체를 먹이 삼아, 콘크리트를 집 삼아 사는 거야. 이거야말로 생태계 리사이클이지."

미장이는 김 상무를 돌아보며 말을 이었다.

"김 상무, 바다에 이런 물고기 집이 몇 개나 될 것 같아?"

씩 웃는 미장이를 보며 김 상무는 인상을 찌푸리며 말했다.

"그런 얘기가 웃으면서 나오냐? 변태 같다는 생각 안 해 봤어?"

미장이는 픽 웃으며 나무 상자를 들여다보았다. 시멘트가 절반가량 채워져 있는 것을 보고 너무 많이 넣었다고 중얼거렸지만 부하들을 나무라진 않았다.

"진석아, 아직 멀었냐?"

세척장으로 간 진석을 불렀지만 대답이 없었다. 시계를 보고는 아직 시간이 있다고 생각했는지 미장이는 특유의 느긋한 말투로 말했다.

"사람 몸이 생각보다 질기긴 하지. 영화에서는 무슨 가래떡 잘리듯 싹둑싹둑 잘리지만 실제로는 말도 안 되는 일이야. 톱으로도 잘 안 잘리는 게 사람 뼈거든."

미장이는 시계를 보고는 옆에 서 있던 부하를 툭 치며 말했다.

"뭐하고 있나 보고 와. 아무래도 너무 오래 걸린다."

부하가 세척장으로 간 지 얼마 안 되어 미장이를 부르는 소리가 들렸다.

"형님! 형님!"

미장이는 부하들과 함께 세척장으로 향했다. 타일 바닥에 진석이 머리에 피를 흘리며 쓰러져 있었다. 하지만 있어야 할 대식의 시체가 보이지 않았다. 미장이와 부하들은 반사적으로 무기를 하나씩 챙겨 들었다. 가만히 숨을 죽이고 기척을 느끼려 했지만 아무것도 느껴지지 않았다.

두려워진 미장이는 세척장에 부하들을 남기고 조심스럽게 밖으로 나가려 했다. 하지만 갑자기 그의 앞을 가로막는 물체에 부딪혀 주춤했다.

벽이라고 생각했던 것이 천천히 다가섰다.

위를 올려다보니 붉은 불빛이 짧은 파장으로 반짝이며 자신을 향해 있었다.

곧이어 목에 따끔한 통증이 느껴졌다.

목을 만져 보니 질척한 액체가 흘러나오기 시작했다.

폐로 쏟아져 들어오는 액체 때문에 숨을 쉴 수가 없었다.

미장이는 목을 붙잡고 주저앉아, 세척장으로 들어선 괴한이 순식간에 부하들의 목을 날리는 모습을 지켜봐야만 했다. 괴한이 걷어차는 순간 미장이의 머리가 떨어져 나오며 시야가 점점 흐려졌다.

　미장이의 기다리란 말만 듣고 밖에 있던 김 상무는 시간이 지나도 소식이 없자 세척장으로 향했다. 세척장 문을 열고 안을 들여다보는 순간 몸이 굳어 버렸다. 부하들은 물론 믿었던 미장이까지 목이 잘린 채 타일 바닥에 널브러져 있는 모습에 충격을 받았다. 눌린 가위를 풀듯 손끝부터 꼼지락거리며 뒤로 물러서다 도망치기 시작했다. 떨리는 다리로 양생 중인 콘크리트 틀을 지나 건물 밖으로 무조건 내달리기 시작했다.

　그는 문밖을 나서다 제대로 내딛지 못하고 넘어졌다. 다시 일어서려 했지만 중심이 자꾸 무너지고 발이 왠지 불편했다. 김 상무는 불편한 발을 살폈다. 무슨 일이 있었는지 종아리에 날카롭게 베인 상처가 있었다.

　"아악!"

　김 상무의 입에서는 비명이 터져 나왔다. 그가 다리를 움켜 쥔 채 바닥을 뒹굴자 누군가가 그의 뒷덜미를 잡고 건물 안으로 다시 끌고 들어갔다. 곰처럼 거대한 덩치의 괴한이 짐짝 들 듯 김 상무를 들어 콘크리트가 반쯤 채워져 있는 나무 상자에 던져 넣었다. 콘크리트의 독성이 상처를 더욱 아프게 했다.

　자신을 집어 던진 괴한을 올려다보았다. 선글라스를 썼지만 오른쪽 눈엔 붉은빛이 들어와 있었고 왼팔은 은백색의 금속으로 뒤덮여 있었다. 김 상무로서는 그가 누군지 알 길이 없었지만 그가 풍기는 위압감만큼은 확실히 느끼고 있었다.

토막 났어야 할 대식의 시체가 온전한 모습으로 눕혀져 있었고 그 옆을 수연이 지키고 있었다. 김 상무는 무슨 일이 벌어진 건지 이해가 가지 않았지만 그런 것보다 중요한 것은 자신의 목숨이었다. 괴한은 김 상무가 담겨 있는 나무 상자에 한쪽 발을 걸치며 물었다.

"내 의뢰인 죽인 게 너냐?"

스피커를 통해 나오는 듯한 희한한 음향이었다. 김 상무는 이 작자가 누구인지 궁금했지만 그보다 그의 말뜻을 알아들으려고 필사의 노력을 기울였다. 머리를 굴리던 김 상무의 눈에 대식의 시체가 들어왔다. 의뢰인이 누군지 눈치로 알 수 있었다.

"아닙니다, 아닙니다! 제가 안 그랬어요! 전 그냥 시켜서 한 것뿐입니다! 정말이에요!"

두려움으로 인해 분비된 아드레날린은 그의 통증까지 둔하게 만들어 주었다. 큰 덩치의 괴한은 대식의 시체를 한번 힐끗 보고는 다시 물었다.

"그럼 누가 그랬는데?"

"사장이요! 저희 사장이요! 아직 가게에 있을 겁니다. 지금 가면 잡을 수 있을 겁니다!"

괴한은 김 상무를 빤히 바라보다 고개를 끄덕이고는 멱살을 잡아 번쩍 들어 밖으로 꺼냈다. 도검은 김 상무의 상처 난 다리를 보고는 말했다.

"안내해. 운전은 내가 하지."

김 상무는 셔츠를 찢어 동여맨 다리를 끌고 사장의 방으로
들어섰다.

"벌써 끝냈냐?"

김 상무에게 묻던 사장은 그의 몰골을 보고는 입을 다물었
다. 이어 그의 뒤로 모습을 드러낸 도검을 발견하고는 표정이
더욱 굳어졌다. 김 상무는 다리의 통증을 느끼며 벽에 기대앉
아 사장을 가리키며 말했다.

"넌 이제 새 됐어, 새끼야! 네 똥 닦아 주는 것도 오늘로 마
지막이다, 이 빌어먹을 자식아!"

사장은 어이없는 표정으로 김 상무에게 다가섰다. 김 상무
는 도검을 힐끗 돌아보았지만 그는 아무 반응이 없었다.

"너 미쳤어?"

"미쳤다 새끼야! 그 불쌍한 학생 네가 죽였잖아, 새끼야!"

김 상무는 도검의 눈치를 살피며 외쳤다. 사장은 더 이상 말
을 하지 않았다. 김 상무의 머리를 때리는 것을 시작으로 두들
겨 패기 시작했다. 발길질과 주먹을 막으며 김 상무는 쉬지 않
고 소리 질렀다. 그때 도검이 앞으로 나서며 말했다.

"그만."

갑자기 들린 스피커 음향에 사장도 흠칫했지만 도검에게서
나는 소리라는 것을 깨닫고 그쪽을 돌아보았다.

"넌 뭐야?"

도검이 발을 드는가 싶더니 느닷없이 앞으로 뻗어 찼다. 사장은 복부에 발이 꽂히는 순간 숨이 멎는 것 같았다. 그는 뒤로 거세게 밀리며 트로피를 모아 둔 진열장에 부딪혀 나동그라졌다. 진열장 유리가 깨지고 트로피가 쏟아져 내려 깨끗했던 방이 순식간에 엉망이 되었다. 바로 일어서려 했지만 다리에 힘이 들어가지 않아 주저앉은 채 노려볼 수밖에 없었다. 도검은 김 상무의 뒷목을 잡아 일으켜 세우며 사장에게 말을 걸었다.

"때려죽인다는 게 어떤 뜻인지 아나?"

그는 김 상무의 뺨을 때렸다. 가볍게 친 것 같은데 차에 치이기라도 한 것처럼 머리가 돌아가며 코와 입에서 동시에 피가 터졌다.

두 번째 뺨을 때리자 이빨이 부러져 나오며 턱이 옆으로 어긋났다.

도검이 주먹으로 관자놀이를 때리자 뼈가 부러지는 소리와 함께 김 상무의 목이 옆으로 꺾였다. 맨손으로 죽인 것이다.

"이게 때려죽인다는 거지."

사장은 갑자기 올라오는 울렁증을 느끼고는 구토를 했다. 도검은 사장이 토하는 것을 멈추기를 기다려 물었다.

"네가 내 의뢰인 죽였다며."

사장은 자꾸 기어 들어가는 목소리를 억지로 끄집어냈다.

"그, 그게 누군데."

"김대식. 저 친구 말로는 네가 때려죽였다던데."

"내, 내가 아니야! 저 김 상무 자식이 그랬어! 내가 안 그랬어!"

도검은 사장을 빤히 보며 말했다.

"거짓말."

"아니야! 내가 안 그랬어! 안 그랬다고!"

도검이 작은 모터 소리를 내며 왼손을 사장의 얼굴 앞에 내밀었다. 중지를 엄지로 눌러 잡아 손가락을 고정하고는 사장에게 들어 보였다.

"알밤으로 때려죽인다는 게 어떤 뜻인지 아나?"

도검은 비명을 지르는 사장의 머리를 움켜잡아 고정했다. 사장은 발버둥을 쳐 봤지만 머리를 바이스에 물린 것처럼 움직일 수가 없었다. 도검의 차가운 손가락이 이마에 닿자 온몸이 차가워지는 것을 느끼며 눈을 질끈 감았다.

도검은 주차장으로 향했다. 수연이 도검의 재킷을 입은 채 밖에 나와 앉아 있었다. 도검은 담요로 덮은 대식의 시체를 고쳐 앉히고 운전석에 올랐다. 수연이 조수석에 앉기를 기다려 차를 출발시켰다. 수연은 더 이상 울지 않았다. 담담한 얼굴로 도검에게 말했다.

"감사합니다."

"감사는 대식 군에게 하시죠. 대식 군이 저를 찾아와서 이수연 씨를 지켜 달라더군요. 다른 얘기도 제게 했더라면 일이 이렇게까지는 되지 않았을 텐데."

수연의 눈에서 소리 없이 눈물이 흘러내렸다. 도검은 말을 이었다.

"미안하고 짧은 시간이었지만 사랑했다고 전해 달라더군요."

도검은 울고 있는 수연을 잠시 돌아보았지만 다시 말없이 운전에 열중했다. 한참을 울던 수연이 눈물을 훔치며 물었다.

"이제 어떻게 해야 하는 거죠?"

"저 친구, 좋은 곳으로 보내 줘야죠. 대식 군이 동해에 뿌려 달라고 했거든요."

수연은 양조장에서 미장이에게 들은 얘기를 떠올리며 고개를 가로저었다.

"바다가 그렇게 슬픈 곳인 줄 몰랐어요. 억울하게 죽은 사람들이 잠들어 있는 곳이라서 오빠는 그곳으로 안 보내고 싶어요."

도검은 고개를 끄덕였다.

"대식 군도 좋아할 것 같네요."

동이 틀 무렵 도착한 곳은 동해가 인접해 있는 작은 산이었다.

도검은 대식을 들쳐 메고 산 위로 향했고 수연은 그 뒤를 따라 올랐다. 작은 산이었지만 정상에 오르니 동해 바다가 한눈에 보였다. 도검은 비교적 평평한 곳을 찾아 대식을 뉘었다. 수연이 바다를 바라보는 동안 도검은 가방에서 심부 온도계처럼 생긴 장비를 꺼냈다. 장비의 뾰족한 부분을 대식의 목과 몸, 팔과 다리에 각각 찔러 넣었다.

그 모습이 끔찍했는지 수연은 고개를 돌렸다. 도검이 원격

장치의 버튼을 누르자 장비가 하얀빛을 내며 녹기 시작하더니 몸을 태우며 대식의 전신으로 퍼져 나갔다. 열기도, 냄새도 없이 대식의 몸은 하얀 가루로 변해 바닷바람에 떠밀려 허공으로 흩어졌다. 몇 분 되지 않아 대식의 몸 전체가 사라졌다. 대식이 있던 자리를 한동안 바라보던 수연은 바다가 보이는 곳으로 향했다. 도검은 수연을 따라 나란히 섰다. 잠시 말없이 바다만 보던 수연이 마음이 좀 진정된 듯 입을 열었다.

"아까, 대식 오빠, 어떻게 한 거예요?"

"최신 기술이죠. 원래는 다른 용도 장비인데 화장터에 갈 수 있는 상황이 아니라서요."

도검은 생각난 듯 품속에서 통장과 도장을 꺼내 수연에게 건넸다.

"대식 군이 주는 겁니다. 아르바이트해서 모은 돈인 것 같은데 조금이라도 도움이 되고 싶다면서 맡긴 거예요."

수연은 통장을 받아 들며 또다시 눈물을 흘렸다. 도검은 약간 망설이다가 흐느끼며 우는 수연을 안아 주었다.

도검은 수건을 목에 걸고 피자 가게 '레드아이'의 주방에서 막 구워 낸 피자의 한 조각을 집어 든 채 매장 뒤편에 있는 야외 테이블로 나가 자리를 잡았다. 따뜻한 햇살이 기분 좋게 닿았다. 그때 주방으로 통하는 문이 확 열리며 가게 사장인 주장

서가 모습을 드러냈다. 그는 인상을 잔뜩 찌푸린 채 큰 소리로
말했다.

"야! 주방에서 아무거나 집어 먹지 말랬지! 이거 15분 내로
배달 나가야 되는데 어떻게 할 거야! 어떻게 할 거야!"

"한 조각 값 빼고 받으시면 되잖아요."

"그게 말이 돼? 저 주둥이를 확!"

장서는 도검의 손에 들려 있는 피자가 아직 먹기 전이란 걸
확인하고는 확 빼앗았다.

"한 번만 더 이딴 짓 했다가는 피자 똥을 싸게 해 주마. 알
겠어?"

"지금 제가 만졌던 걸 팔겠다는 거예요?"

장서는 뭐가 문제냐는 듯 어깨를 으쓱해 보이고는 주방으로
들어갔다. 잠시 후에 장서가 피자 한 조각을 입에 물고 도검 앞
에 앉았다.

"아저씨 그거 어디서 났어요?"

"아까 그거."

도검이 황당한 표정으로 바라보았지만 장서는 전혀 개의치
않고 말을 이었다.

"반반 메뉴 새로 만들었다. 반응이 좋더구만."

"언제 만드신 거예요?"

"1분 전에. 그건 그렇고, 너 뭔 일인데 어제저녁에 나가더니
이제 기어 들어와?"

"일이 있었어요."

도검을 바라보던 장서가 테이블을 탁 치며 말했다.

"너 또 공짜 일 했지?"

"의뢰비로 통장을 통째로 받았는데, 돈이 뭐 얼마 안 들어 있어서 기부를 좀……."

"이거 미친 거 아니야? 지금 우리 통장에 얼마나 들어 있는 줄 알아? 기부를 하려면 나한테 해, 나한테!"

도검은 주머니를 뒤적거리더니 몇 개의 통장을 테이블 위에 올려놓았다. 장서는 손이 잘 보이지 않을 정도의 속도로 통장을 펴 보았다. 그러고는 잠시 호흡을 멈췄다.

"10, 10억!"

도검은 아무 일도 아니라는 듯 무심하게 말했다.

"그놈 거예요. 진수택."

"진수택? 저번에 장기 매매했던 놈 말이야?"

"차 박사님한테 말씀드렸더니 키보드 몇 번에 금방 새 계좌로 옮기셨더라고요. 이거 아저씨한테 말하지 말라고 당부하셨는데."

"썩은 당근처럼 생긴 자식이 나를 따돌렸다 이거지?"

장서가 벌떡 일어서 나는 듯이 주방으로 나가자 가게의 유일한 점원인 오형준이 들어섰다. 가족을 잃고 장서와 도검의 도움으로 함께 지내게 된 그였지만 언제나 밝은 친구였다.

"아저씨 왜 저래?"

"늙으면 다 저래. 너는 뭘 볼일이야?"

형준은 바깥쪽을 가리키며 말했다.

"완전 내 스타일인 여인이 짐승 같은 형을 찾던데?"

도검이 형준의 머리를 쥐어박고 매장으로 나갔다. 수연이 한가한 홀을 둘러보며 서 있었다. 도검은 수연을 보자 입가에 미소를 지어 보였다. 숨을 죽이고 지켜보던 장서와 형준은 믿을 수 없다는 얼굴로 도검과 수연을 번갈아 쳐다보았다.

"안녕하세요."

"아, 수연 씨 오셨어요?"

도검의 말에 장서와 형준은 더 호들갑을 떨며 그들끼리 뭔가 귀엣말을 나눴다. 수연은 어색한 분위기를 미소로 견디며 말했다.

"찾기가 쉽지는 않네요."

"동네 장사하는 곳이라 쉽진 않았을 거예요. 자, 이쪽으로 오세요. 보시다시피 여긴⋯⋯."

각각 행주와 메뉴판을 들고 호기심 가득 어린 눈으로 두 사람의 대화에 집중하고 있는 장서와 형준을 보며 말을 이었다.

"편집증 환자들이 많아서요."

도검은 뒤뜰 야외 테이블로 수연을 안내하고 그 맞은편에 자리를 잡았다.

"와, 겉보기하고는 다른데요? 정원에 앉아 있는 것 같아요."

언제 들어왔는지 형준이 수연 앞에 음료수를 내려놓으며 말했다.

"진심이세요? 다시 한 번 둘러보시죠."

수연은 엉겁결에 주위를 둘러보았다. 벽으로 보였던 곳은 사실 빈 병이 꽂혀 있는 전용 박스가 겹겹이 쌓여 있는 것이었고 화단으로 보였던 곳은 밀가루 포대가 차곡차곡 쌓여 이뤄진 곳이었다. 그 안쪽에 원기둥 모양의 탄산음료 원액 통이 조형물처럼 자리 잡고 있었다.

"아, 되게…… 창조적으로 꾸미셨는데요?"

형준이 남은 자리에 앉아 불쑥 말을 걸었다.

"전 오형준이라고 합니다. 22세, 미혼입니다. 현재 휴학 중입니다."

수연은 웃으며 대답했다.

"저는 이수연이고 나이는 형준 씨보다 한 살 많아요. 저도 휴학 중이고요."

"오! 우리 둘 다 휴학 중이라는 드라마틱한 공통점이……."

도검은 형준의 말을 잘랐다.

"어이, 군 미필자. 적당히 하지그래?"

"내가 뭘?"

도검은 고개를 가로저으며 수연에게 물었다.

"수연 씨, 선지해장국 먹을 줄 알아요? 3분만 주시면 이 자식 혀를 뽑아서 바로 끓여 드릴 수 있는데."

형준은 알겠다는 듯 고개를 끄덕이며 자리에서 일어섰다.

"그 정도로 열렬히 단둘만의 시간을 원한 기었어? 말을 곱게 해도 알아들을 텐데 말이야."

"적당히 하라고 했다."

형준은 도검의 어깨를 툭 치고 지나며 말했다.

"곰 주제에 의외로 능력 있는데? 응?"

도검이 반응을 보이기 전에 형준은 재빨리 주방으로 사라졌다. 도검은 어깨를 으쓱해 보이며 수연에게 사과했다.

"애정 결핍이라 그런 거니까 이해하세요."

사과하는 도검을 빤히 보던 수연이 미소를 지으며 말했다.

"첫인상하고는 완전 다른데요? 처음 봤을 땐 정말 무서웠는데."

"그래요? 저도 일단은 사람이라는 것만 알면 다를 것도 없어요."

말없이 음료수만 마시다 도검이 먼저 말을 꺼냈다.

"대식 군 아버지는 잠깐 도왔던 적이 있는데, 사실 대식 군에 대해서는 아는 게 별로 없어요. 중학생 때 부모님을 잃은 이후로는 친척도 없이 줄곧 혼자 지낸 것 같고요. 그러니 마음대로 화장했다고 미안해할 필요 없어요. 그 친구가 원했던 일이었을 테니까."

"그랬군요."

수연은 가방에서 통장을 꺼냈다. 대식이 남겨 준 통장이었다.

"이걸 어떻게 해야 할지 모르겠어요."

도검은 통장을 다시 수연 앞으로 밀어 놓았다.

"대식 군이 편의점 아르바이트, 과외까지 안 가리고 일해서 모은 전 재산이에요. 수연 씨를 위한 마음이기도 하고요."

수연의 눈시울이 붉어지며 눈물이 흘러내렸다.

"자꾸 아픈 말만 한 것 같군요."

"아니에요. 지금 생각해 보니 그날 오빠가 제게 화를 낸 이유를 알 것 같아요. 오빠는 가족 없이도 올바른 방법으로 돈을 벌면서 꿋꿋이 살아왔는데, 저는 그렇지 못했다고 생각했던 것 같아요."

"직업에 귀천이 어디 있어요."

"괜찮아요. 제가 원해서 그 일을 하게 됐던 건 아녜요. 아빠 사업이 기울면서 그 사장에게 돈을 빌렸어요. 그때부터 전부 어긋나기 시작했어요. 아빠는 그 돈마저 날렸고 사장은 돈 대신에 저를…… 원했어요."

수연은 목이 메는지 잠시 말을 멈췄다. 도검은 수연의 손등을 토닥여 주었다. 수연은 목소리를 가다듬고 다시 말을 이었다.

"아빠는 사장과 담판을 짓겠다며 집을 나섰는데 그 뒤로 소식이 끊어졌죠. 얼마 안 있어 병약했던 어머니는 버티지 못하고 돌아가셨고요. 그 뒤로 전 감시를 받으며 그곳에서 지냈어요. 꼭 복수하겠다고 마음속으로는 결심을 했지만 그 결심마저도 점점 지쳤어요. 그러다 오빠를 만나서 조금은 살고 싶은 마음이 생겼는데……."

수연은 또다시 눈물을 흘렸다. 도검은 수연이 기대어 울 수 있게 어깨를 빌려주며 등을 토닥였다. 주방에서 피자를 들고 나오던 장서는 두 사람의 심각한 분위기에 눌려 그대로 뒷걸음질로 다시 주방으로 돌아갔다. 도검이 수연의 어깨를 감싸 주자 그녀는 목 놓아 울었다. 한참을 울고 난 수연은 통통 부은 얼굴로 고개를 들었다.

"죄송해요."

"별말씀을."

휴지로 눈물을 닦아 낸 수연이 애써 밝은 표정으로 웃어 보이며 말했다.

"원래 잘 안 우는 성격인데 저도 모르게 이렇게 됐네요."

"저도 가끔 울어요. 스트레스 풀려고."

"정말요?"

"아니요."

수연은 짓궂다는 표정으로 가볍게 흘겨보고는 말했다.

"도검 씨는 어때요?"

"뭐가요?"

"왠지 제 과거만 털어놓은 것 같아서 손해 본 느낌이거든요. 도검 씨 얘기도 좀 들려주세요."

도검은 살짝 당황한 기색이었지만 웃어넘기며 말했다.

"별로 재미없어요. 딱히 할 얘기도 없고."

"그런 식으로 나오겠다 이거죠? 좋아요. 그럼 여기 사장님하고 아까 그 직원 분하고는 어떻게 알게 되신 거예요? 딱 봐도 단순히 직장 동료 관계는 아닌 것 같은데."

도검은 잠시 말을 끊었다가 대답했다.

"가족이나 마찬가지죠. 사장님은 전 직장 동료였고, 아까 삥 질거렸던 친구는 일하다가 만나게 된 친구예요. 이렇게 수연 씨 만나게 된 것처럼."

"와, 그럼 저도 인연이 될 수도 있겠네요?"

수연은 픽 웃어넘기는 도검에게 이어서 물었다.

"어떤 일이 있었는데요?"

"그냥 이런저런 일."

수연은 짐짓 화난 표정으로 말했다.

"정말 서운해요. 저는 제 얘기 다 했는데."

수연을 빤히 바라보던 도검이 무표정한 얼굴로 말했다.

"정말 듣고 싶어요? 듣고 나면 다 잃을지도 모르는데 괜찮겠어요?"

"얼마나 큰 비밀이기에 겁부터 주는 거예요? 무슨 비밀 기관 요원이라도 돼요?"

도검은 깜짝 놀라 흠칫했다가 어색하게 웃어 보였다.

"비슷해요."

"호, 혹시 국정원…… 직원이세요?"

도검은 주방으로 통하는 문을 한번 돌아보고는 말했다.

"우리나라 정보기관이 국정원만 있는 건 아니에요."

"그럼 거기에서 일하시는 거예요?"

"진작 은퇴했죠."

"그럼 저분들도 다 같이 일했던 분들이세요?"

"여기 사장님하고 병원 운영하시는 차 박사님이라고 계세요. 그분들이 저하고 같이 일했었죠. 아까 뺀질거리는 친구는 아니에요."

"그럼 그분은 어쩌다가 같이 지내게 된 거예요?"

도검은 또다시 주방 쪽 문을 살피고 목소리를 낮춰 말했다.

“여자 밝히다 가족도 잃고 이상한 병까지 걸리고…….”

“여, 여자 때문에요?”

도검은 고개를 끄덕이며 대답했다.

“갈 곳도 없고 병도 치료할 겸 같이 있게 된 거죠.”

멍하니 도검을 바라보고 있던 수연이 진지한 목소리로 물었다.

“지금 얘기한 거 다 사실이에요?”

도검은 무표정한 얼굴 그대로 대답했다.

“그럴 리가요.”

잠시 멍해졌던 수연은 큰 소리로 웃음을 터뜨렸다. 한참 혼자 웃다가 잦아들 때쯤 도검에게 말했다.

“정말 보기랑 다르게 장난꾸러기 같아요.”

“다행으로 생각하세요. 진짜였으면 수연 씨를 죽여야 할지도 모르잖아요. 비밀 정부 기관 이야기인데. 안 그래요?”

“그러게요. 정말 다행이네. 고마워해야 하나요?”

“물론이죠.”

“그럼 다음에 밥 살게요. 어쨌든 끝까지 얘기해 줄 생각이 없는 거죠?”

도검은 시계를 보며 말을 돌렸다.

“자, 슬슬 일어날 시간이죠?”

“아, 네, 벌써 시간이 이렇게 됐나? 죄송해요. 시간을 너무 많이 빼앗았죠?”

“그러게요.”

수연은 예의 그 장난스러운 표정으로 흘겨보고는 가방을 챙겨 들었다.

"오늘 여러 가지로 감사합니다."

"같이 나가시죠."

도검이 수연과 함께 매장 홀로 들어서자 장서와 형준이 또다시 나란히 서서 두 사람에게 집중했다. 도검은 매장 밖으로 수연을 배웅하며 말했다.

"기댈 어깨가 필요하면 언제든지 와요. 이렇게 넓은 어깨는 드무니까."

"그건 정말 그러네요. 또 놀러 와도 되죠?"

"언제든지."

수연이 멀어지자 도검은 매장 안으로 들어왔다. 장서와 형준이 동시에 곱지 않은 시선으로 도검을 노려보았다.

"왜들 이래?"

형준은 행주를 테이블 위에 탁 내던지며 말했다.

"도검이 형, 그렇게 안 봤는데 정말 실망이군. 어떻게 그럴 수가 있어? 너무한 거 아냐?"

"뭐가?"

이번엔 카운터에서 돈을 세던 장서가 퉁명스럽게 말했다.

"도검이 너, 그렇게 사는 거 아니다. 인마, 세상이 아무리 변했어도 아닌 건 아닌 거야, 알겠어?"

"무슨 말씀이세요?"

형준과 장서가 나란히 서서 청문회를 열듯 팔짱을 끼고 섰다. 장서가 먼저 입을 열었다.

"처음이니까 이해해 줄게. 털어놔 봐. 몇 개월인 거냐?"

"며, 몇 개월이라뇨?"

"마! 고민 있으면 이 아저씨하고 의논하기로 했잖아. 아직 초기면 산모 무리 없이 수술도 가능하니까."

"뭐, 뭘 해요?"

이번엔 형준이 나서서 말했다.

"그렇게 극단적으로만 생각하지 말자고. 낳아서 키우는 것도 하나의 방법이잖아?"

도검은 어이없는 표정으로 말했다.

"두 사람 머릿속에 든 내용물이 똑같네, 똑같아. 아니 어떻게 22세하고 47세하고 생각하는 게 똑같을 수가 있죠? 아까 그 여자는 죽은 의뢰인의 여자친구라고요. 알겠어요?"

장서는 더욱 놀랐다.

"남의 여자를 임신시켰단 말이야? 이런 개 같은……."

도검이 테이블을 내리치며 말했다.

"적당히 하세요, 적당히!"

하지만 장서도 지지 않고 말했다.

"말이 되는 소리를 해라, 자식아! 왜 남의 애인이 너한테 와서 우냐고! 그것도 눈물 콧물 다 흘리면서!"

"죽은 친구가 제게 부탁을 한 게……. 잠깐, 두 사람이 맘대로 상상한 삼류 시나리오를 내가 왜 해명을 해야 하는 건데?"

형준은 당연한 듯 대답했다.

"해명을 안 하면 나하고 아저씨는 평생 형을 그렇게 생각할 테니까."

도검은 눈을 감고 호흡을 크게 하며 홀에서 탄산음료를 마시고 있던 여고생 두 명에게 말했다.

"어이 학생들, 선지해장국 먹을 줄 아나?"

도검에게 불린 여고생은 피자를 입에 문 채 그대로 얼어 버렸지만 개의치 않고 말을 이었다.

"딱 6분만 주면 저 사람들 혀를 뽑아서 해장국 두 그릇 금방 만들어 줄 수 있는데, 한 그릇 할 생각 있나?"

여고생들은 조심스럽게 자리에서 일어나 밖으로 도망쳐 나갔다. 형준은 정색을 하며 말했다.

"이젠 여고생까지?"

도검은 죽일 작정으로 형준에게 손을 뻗었지만 형준의 동작이 한발 앞섰다. 쫓아오는 도검을 보며 형준은 속도를 더욱 높여 달리기 시작했다. 걸레를 들고 밝게 웃으며 거리를 달리는 형준의 모습에 행인들은 옆으로 비켜 길을 터 주었다.

Chapter 2 :: 천적

"복수다."

중앙서 강력범죄수사팀 팀장 주인환은 주위의 눈치를 보며 책상에 놓여 있는 커피에 캡슐 속의 가루를 털어 넣었다. 주변을 한번 둘러본 후에 자신의 자리에 앉았다. 목격자도 없고, 가루약 고유의 쓴맛은 커피의 뜨거운 온도 때문에 순식간에 녹아버려 그마저도 눈치채지 못할 것이다. 모든 것이 순조롭게 진행되고 있다. 이제 놈이 이것을 마시기만 하면 모든 게 끝이다. 얼마 지나지 않아 목표 대상이 안으로 들어섰다. 놈은 자신의 자리에 앉아 항상 그렇듯 책상 위에 놓여 있는 커피를 마셨다. 성공이다.

커피를 마신 놈은 밝게 웃어 보이며 그에게 친숙하게 말을 걸어왔다.

"팀장님, 웬일이세요? 커피를 다 쏘고."

주 팀장은 만족스러운 표정을 지어 보이며 대답했다.

"오직 너만을 위해 준비했지."

"커피 한잔에 대사 참 거창하시네."

이명희 형사는 커피를 단번에 마셨다. 주 팀장은 만족스러운 듯 의자에 아늑하게 기댔다.

"팀장님, 그거 아세요? 인간의 뼈가 206개라는 거."

"그래? 그럼 네놈은 목뼈가 한 개니까 200개겠네."

명희는 자신의 목을 만져 보았다.

"제가 왜 목뼈가 한 개예요?"

"한 개니까 인사할 줄을 모르지, 이 싸가지 없는 자식아!"

명희는 입맛을 다시며 아무렇지도 않은 듯 말했다.

"또 시작이시네."

"네놈이 나한테 인사한 건 여태껏 딱 세 번밖에 없었다는 거 알아?"

"그걸 또 세고 계셨어요?"

"센 게 아니라, 몇 번 되지도 않으니까 그냥 기억된 거잖아! 첫 번째 인사는 별수 없어서 했을 거다. 나 처음 만난 날이었으니까. 두 번째는 저번에 회식한 날, 내가 택시비 3만 원 줬을 때였지. 마지막 인사는 내 마누라 앞에서 그랬고. 마지막 긴 내 체면 생각해 준 거냐?"

"팀장님을 위한 작은 배려라고나 할까요?"

주 팀장이 집어 던질 것을 찾는 동안 명희는 재킷을 들고 일어났다.

"슬슬 현장 나가시죠."

"어디냐?"

"팀장님 다 되셨네. 신당동이라고 말씀드렸잖아요."

"뭐, 다 돼? 역시 전율이 느껴지게 말하는구나. 하지만 이번엔 참아 주지. 나의 승리니까. 아 참, 운전은 내가 하마."

주 팀장은 명희에게서 자동차 열쇠를 빼앗아 들며 씩 웃었다.

"살다 보면 운전하다가 갑자기 배가 아플 수도 있는 거 아니겠냐?"

주 팀장은 생각보다 많은 현장 인력에 눈을 동그랗게 떴다. 요 근래에 본 현장 중에서는 가장 큰 판이었다. 인스턴트커피를 홀짝이며 계단을 올랐다. 좁은 계단을 바삐 뛰어다니는 정복 경찰들을 위해 몸을 잠시 비꼈다가 다시 오르기를 반복했다. 방화문을 지나니 더 많은 인력들이 사방에 퍼져 현장 사진 촬영에 열중하고 있었다. 주 팀장은 시체 곁에서 이것저것 살피는 법의관을 발견하고는 그에게 다가갔다.

"형님, 오랜만!"

하얀 머리에 콧수염을 기른 유 박사가 주 팀장을 돌아보며 인사했다.

"오랜만이야. 명희는 어디 가고 혼자야?"

"화장실 갔수. 뭘 잘못 먹었는지 설사를 하더라고, 그 더러운 자식이."

주 팀장은 시체를 대충 둘러보았다. 키는 대략 190센티미터 정도였고 몸무게도 꽤 많이 나가 보이는 덩치였다.

"건장한 친구구먼. 사인이 뭐요?"

"정확한 건 부검을 해 봐야 알겠지만, 육안상으로는 쇼크사로 보이네."

"쇼크사?"

주 팀장은 시체를 덮어 놓은 흰 천을 들고 보았다. 사람이란 생각이 들지 않을 정도로 심하게 훼손되어 있었다.

"이게 쇼크사라고? 늙어서 눈이 잘 안 보이는 거 아뇨?"

"과다 출혈로 인한 쇼크사야."

주변을 둘러보니 핏자국은 많았지만 과다 출혈이 될 만한 양은 아니었다.

"쏟은 피가 어디 있는데?"

"그건 자네가 할 일이고."

주 팀장은 고개를 기울여 시체의 상체를 더 자세히 살폈다. 날카로운 흉기에 베이고 찔린 상처부터 둔기로 맞은 듯한 타박상과 그로 인한 골절 등이 복합적으로 보였다.

"정황으로 봐서는 싸운 게 맞는데, 세상에 어떤 미친놈들이 이렇게 무식하게 싸우는 거여?"

명희가 지친 얼굴로 현장에 도착했다. 곧장 유 박사에게 다가와 인사를 올렸다.

"안녕하세요, 박사님."

"그래, 명희군. 자네 설사한다며? 아침에 뭘 잘못 먹은 건가?"

"베이글 한 조각 먹고, 아까 커피 마신 것 말고는 딱히……."

"누가 몰래 약 탄 거 아냐?"

유 박사가 툭 던진 말에 주 팀장은 흠칫하며 식은땀이 났지만 애써 태연한 표정을 지으며 열심히 현장을 살피는 척했다. 명희는 힘없이 웃어 보이며 대답했다.

"그럴 리가 있겠습니까? 이렇게 착하게 살고 있는데."

"착하긴 개뿔이나……."

주 팀장은 발끈해서 명희에게 몇 마디 더 하려다 말고 씩 웃으며 그냥 삼켰다.

명희는 배를 살살 만지며 현장을 둘러보기 시작했다. 사무실은 폭탄을 맞은 듯 엉망진창이었다. 시체는 한 구밖에 없는데 사방에 피가 뿌려져 있었다. 핏자국들은 난투극을 벌였을 때의 전형적인 형태였지만 정면에 보이는 벽에는 핏자국이 단절되어 있었다. 벽면 아래를 보니 큰 현수막이 구겨진 채 떨어져 있었다. 명희는 실리콘 장갑을 끼고 현수막을 조심스럽게 폈다.

"팀장님, 이것 좀 잡아 주세요."

"어이쿠, 이젠 지시까지 하세요? 똥 흘리고 다니시느라 불편하실 텐데 제가 이런 거라도 도와 드려야지요!"

주 팀장의 말은 들리지도 않는 듯 명희는 현수막을 잡고 멀리 물러서며 폈다. '목표 150% 달성 기념'이라고 적힌 현수막의 뒷면을 보자 피로 쓴 글씨가 선명하게 보였다. 주 팀장이 눈을 빛내며 중얼거렸다.

"어디 있나 했더니 피가 여기 다 모여 있었구먼."

주 팀장은 뒤로 물러서 현수막을 더 넓게 펼치고는 바닥에 내려놓으니 피로 쓴 글씨가 보였다.

"이거 글씨야? 뭐라고 쓴 거야?"

명희는 약간 뒤로 물러서서 바라봤다.

"여덟 글자인 것 같기는 한데 도대체 뭔 글씨인지……."

"똥구멍에 붓 꽂고 써도 이거보단 낫겠다."

명희는 미간을 찌푸리며 말했다.

"반사적으로 상상하게 되는 말씀은 좀 삼가 주세요. 기분이 더러워지잖아요, 쯧."

"똥 흘리개는 닥치고 해석이나 해."

두 사람이 현수막 글씨에 집중하자 어느덧 현장 인력들도 하나둘 모였다. 저마다 의견을 냈지만 쓸 만한 의견은 나오지 않았다. 명희가 의견을 냈다.

"이거 '정조' 아니에요? 치정에 의한 살인 사건 아닐까요?"

주 팀장은 고개를 가로저으며 말했다.

"바람피웠다고 저 지경을 만들어 놓은 거라고?"

명희는 시체 상태를 보고는 고개를 크게 끄덕였다. 그때까지 시체 상태만 살피던 유 박사가 그들 곁으로 다가왔다. 현수막을 잠시 내려다보던 그가 말했다.

"'장도검'이 누구야?"

"네? 누구요?"

유 박사는 현수막의 글씨를 하나씩 가리키며 말했다.

"'장도검, 다음은 너다'라는데?"

주 팀장과 명희는 유 박사에게 엄지를 들어 보이고는 수첩에 내용을 받아 적었다.

사무실 안의 집기와 가구는 모두 부서져 있었고 10여 명의 사람이 있었으나 살아 있는 자는 한 명도 없었다. 창밖의 흐린 불빛에 비친 사무실 공간은 폐가를 연상시킬 정도였다. 불빛을 등진 채 거대한 사내가 잡지를 대충 넘기며 보고 있었고 그런 그의 모습을 남자가 응시하고 있었다. 사내는 반쯤 부서진 책상 위에 잡지를 던지며 말했다.

"사람 잡는 백정 자식이 금융 잡지를 만든다니 세상 오래 살고 볼 일이야."

남자는 입가에 흐르는 피를 훔치며 말했다.

"넌 죽었어야 했어."

남자의 말에 사내는 콧방귀를 뀌며 받아쳤다.

"그런 네 생각이 지금 널 죽게 하는 거야."

"왜 이제 와서, 죄 없는 내 직원들까지 이렇게 만든 거냐? 왜 지금에 와서!"

사내는 산책하듯 몇 걸음 걸으며 대답했다.

"그렇게 말하니 기가 막히는군. 설마 내가 밥 먹다가 갑자기 생각나서 찾아온 거라고 생각하는 거냐?"

사내의 인상이 험악하게 일그러졌다. 이를 악다문 모습이 흡사 악마처럼 보였다.

"난 말이다. 형제라고 믿었던 놈들에게 버림받은 그날부터 단 한순간도 이날을 생각하지 않은 적이 없었다. 천만분의 일 초도."

남자는 손목을 돌리고 어깨 근육을 풀며 대꾸했다.

"하하, 형제? 돈 몇 푼에 그 형제를 팔아넘기는 놈은 뭐야? 자매야? 미친 새끼. 대가리에 자기 생각밖에 없는 놈들은 진실을 말해도 못 듣는 법이다, 이 불쌍한 새끼야."

"배신한 새끼 주둥이에서 나오는 썩은 말이 귀에 들어올 리가 있나."

남자는 목 근육을 스트레칭으로 풀고는 소매를 걷어 올리며 말했다.

"자매님, 이제 닥치고 덤비시죠."

사내가 오른팔에 부착되어 있는 기계를 작동시켜 긴 칼날을 튀어나오게 했다. 사내를 노려보며 남자는 발목에서 대검을 꺼내 들었다. 그 모습을 본 사내가 큰 소리로 웃으며 말했다.

"대검 들고 다니는 잡지사 사장님 얘기 들어봤냐? 그냥 인정해라. 피는 못 속여. 넌 여전히 슬로터야. 개 같은 슬로터 새끼."

남자는 두 개의 대검을 가볍게 쥐고는 현란하게 돌리며 말했다.

"우리 모두 죽일 작정이야? 그게 가능할 것 같아?"

"혁진이 자식은 이미 돌려보냈고, 오늘은 네놈이 갈 테니, 생각보다 많이 남지도 않아."

남자는 고개를 끄덕였다.

"그래, 어쩌면 가능할지도 모르겠네. 전투력은 네가 제일이었으니까. 그런데 말이다. 넌 그게 다야."

"닥쳐."

사내가 악다문 이빨 사이로 욕을 뱉었지만 남자는 흔들리지 않고 말을 이었다.

"네가 2만 년을 연습해도 도검이한테 안 되는 이유다."

"닥쳐, 새끼야!"

사내는 이를 악물고는 옆에 있던 시체의 몸을 베어 두 동강을 냈다. 피 묻은 칼로 남자를 겨누며 말했다.

"장도검 모가지 떨어지는 걸 못 보여줘서 유감이구나."

남자는 오히려 여유 있는 목소리로 맞받아쳤다.

"내가 너였다면 장도검이 왜 우리 기관 역사상 가장 뛰어난 자원이란 소리를 듣는지, 한 번쯤은 깊이 생각해 봤을 거다. 백 번 붙어서 매번 깨지는 이유가 대가리를 안 써서 그럴 거란 생각은 안 해 봤냐?"

사내의 입가가 분노로 일그러지며 실룩거렸다.

"넌 뒈졌어."

남자는 호흡을 가다듬으며 자세를 취했다.

"덤벼 개새끼야. 너 같은 건 내 선에서 끝낼 테니까."

사내와 남자의 칼이 부딪히며 일어나는 불꽃이 사무실 전체를 환하게 밝혔다.

"왜 이렇게 귀가 가렵지?"

피자 매장 뒤뜰 테이블에서 형준과 함께 감자를 깎던 도검이 귀를 긁었다. 형준은 별거 아니라는 듯 말했다.

"누가 형 욕하고 있는 거지. 하기야, 욕먹을 짓을 한두 번 했어?"

"여기서 감자나 깎고 있는 내 인생 자체가 욕먹을 짓이다."

"근데 형, 그 누나 놀러 안 와?"

"누나? 아, 수연 씨? 그걸 네가 왜 묻는데?"

"내 스타일이라니까."

"흥, 영원히 안 와."

"뭐야, 그 누나랑 아무 사이도 아니라며 태도가 왜 이래?"

"누구에게나 원초적인 질투라는 게 있지."

"진짜 이럴 거야?"

그때 주방문이 열리며 장서가 얼굴을 비쳤다. 장서는 못마땅한 얼굴로 쓰윽 둘러보며 말했다.

"지금 쉬고들 계신 거예요? 나는 이 나이를 먹고도 기관하고 연구소 등살에 콧구멍이 헐 때까지 감시하고 있는데, 새파란 분들은 쉬고 계신 거예요?"

날 선 장서의 말에 도검이 되물었다.

"기관하고 연구소하고 또 분쟁이라도 생긴 거예요?"

"언제는 분쟁이 생겨야 감시했냐? 그놈들, 비밀 기관이랍시고 뒷구멍으로 부딪히는 게 하루 이틀이여?"

"연구소까지 뭐라고 할 건 없잖아요. 기관이 우리 못 건드리는 게 그나마 연구소 덕분인데."

장서는 맘에 들지 않는 표정으로 말했다.

"그래, 네 똥 굵다. 연구소장하고 친해서 좋겠다, 자식아."

"오늘따라 왜 이렇게 까칠하실까?"

형준이 툭 나서서 장서에게 물었다.

"또 차 박사님이 학력 가지고 놀렸어요?"

장서의 표정을 살피던 형준이 단정적으로 고개를 끄덕이며 말했다.

"놀렸네, 놀렸어. 아니 박사 학위도 두 개나 갖고 계신 분이 왜 그러나 몰라. 고졸이 죄는 아니잖아요. 안 그래요? 아저씨 같은 경우엔 형편이 어려워서라기보다는 공부에 그다지……."

"죽고 싶냐?"

장서의 시선은 갑자기 깎아 놓은 감자로 향했고 짜증이 섞인 말이 튀어나왔다.

"뭘 감자를 온종일 깎아? 형준이는 빨리 배달 나가고, 도검이는 오븐 좀 살펴봐. 빨리빨리!"

장서가 말을 툭 뱉고 다시 주방으로 사라지자 깎던 감자를 내려놓은 형준이 말했다.

"형, 난 가끔 이런 생각을 해. 과연 내가 감자를 깎고 피자를 배달하는 게 기관에 저항하는 일과 관련이 있는가 하는."

"난 10년 전부터 그런 생각을 해 왔지. 그래서 아저씨께 여쥐 보았지."

"대답은?"

"닥치고 배달이나 해!"

"젠장."

형준이 축 처진 어깨로 감자 그릇을 들고 들어갔다. 도검은 뒤뜰 구석에서 공구 박스를 챙겨 들고 주방으로 향했다. 오븐 뒤판을 뜯고 가스관을 확인할 때, 정보를 알리는 메시지가 그의 오른쪽 눈에 디스플레이 되었다. 정보원의 예기치 않은 호출이었다. 도검은 재킷을 챙겨 들고 정보원을 직접 만나기 위해 밖으로 나섰다. 정보원에게 정보를 얻을 땐 어떤 매체도 통하지 않고 직접 소통하는 것이 불문율이었다.

도검이 도착한 곳은 대형 운동기구 판매점이었다. 안쪽 사무실을 열고 들어가니 웹서핑 중인 정보원이 고개를 들었다. 도검은 맞은편 의자에 앉았다. 정보원은 냉장고에서 음료 캔을 건네며 입을 열었다.

"아무래도 심상찮아서 호출했어."

늘 그래 왔던 것처럼 안부 인사 따위는 생략하고 본론부터 꺼냈다.

"누군가 당신을 찾고 있어. 어떤 놈이 사람을 걸레로 만들고는 그 피로 글씨를 남겼다는군."

정보원은 준비한 사진을 도검에게 건넸다. 펼쳐진 현수막에 선명하게 도검의 이름이 쓰여 있는 것이 보였다. 정보원이 걱정되는 표정으로 물었다.

"무슨 원한 산 일 있어?"

"정보만 교환하기로 했었지?"

"알았어, 알고 있다고. 4년 거래했으면 그 정도는 물어볼 수 있잖아."

"나에 대해서는 모르는 게 당신한테도 좋아. 이번 정보는 얼마야?"

"돈만 밝히는 놈으로 만들지 말라고. 몸조심하라는 의미에서 이번엔 공짜야."

"이외 다른 사항은?"

정보원이 양팔을 벌려 보이자 도검은 고개를 끄덕이며 자리에서 일어섰다.

"이쪽 바닥에서 굴러먹다 보니 감각만 발달하는데, 이번엔 좀 위험한 것 같아. 몸조심해."

도검은 엄지를 들어 보이고는 밖으로 나와 휴대폰을 꺼내 들었다.

"저예요, 30분 후에 병원에서 뵙죠. 일이 생겼어요."

도검은 지프에 올라타 차 박사의 병원으로 곧장 향했다.

병원에 도착해 차 박사의 방에 들어서자 연락을 받고 먼저 와 있던 장서와 차 박사가 동시에 돌아보았다. 장서가 진지한 표정으로 물었다.

"무슨 일이야?"

도검은 사진을 꺼내 놓았다.

"어떤 놈이 날 찾고 있는 모양이에요."

차 박사와 장서가 동시에 사진을 들고 머리를 모아 살펴보았다.

"장도검, 다음은 너다? 이거 뭐야?"

놀란 듯 두 사람은 눈을 동그랗게 뜨고 도검을 바라보았다.

"한 명 죽이고 그 피로 쓴 글씨라네요. 좋은 의도로 절 찾는 거 같진 않죠?"

차 박사는 잠시만 기다리라는 듯 손가락을 들어 보이고는 자신의 책상으로 가서 PC로 뭔가를 작업했다. 잠시 작업을 한 후 프린트한 문서를 들고 다시 자리로 돌아왔다.

"아무래도 이 사건 같은데?"

차 박사는 두 사람에게 문서를 나눠 줬다. 문서 상단엔 경찰청 시스템 경로가 적혀 있었고 그 아래는 현장 사진과 사건 내용이 간략하게 적혀 있었다.

"이틀 전에 일어난 일이구나."

말없이 문서를 읽은 장서는 이마를 긁으며 입을 열었다.

"수사 초점이 도검이 놈에게 맞춰지겠는데?"

이번엔 차 박사가 말했다.

"도검이는 서류상으로 사망했긴 하지만 안심할 수는 없지. 죽은 사람을 찾으면 더 이상하게 생각할 수도 있으니까."

장서는 벌떡 일어나 소파 주변을 돌아다니다 물었다.

"난 그 범인의 정체가 더 거슬리는군. 원한 산 놈들은 셀 수도 없이 많고……. 기관이 이렇게 어처구니없이 일을 낼 리는 없지만 아무래도 기관 쪽부터 뒤져 보는 게 낫지 않을까? 확률적으로 그쪽이 가능성이 높잖아. 떠오르는 사람 없어?"

차 박사는 문서의 중요한 부분을 볼펜으로 반복해서 그으며 의견을 냈다.

"'다음은 너다'라고 한 걸로 봐서 도검이와 관계된 집단의 구성원을 순서대로 찾는 것도 같은데 말이야. 도검아, 잘 생각해 봐."

차 박사의 말을 들은 도검은 불현듯 뭔가를 떠올린 표정으로 자리에서 일어섰다.

"그럴 가능성은 거의 없지만 거슬리는 게 하나 있긴 하네요."

"뭔데?"

"다녀와서 말씀드리죠."

장서가 물었지만 도검은 급하게 밖으로 나섰다.

명희는 해쓱해진 얼굴로 배를 움켜쥐고는 문서가 담겨 있는 파일을 주 팀장에게 내밀었다. '사망'이라고 기재된 장도검 신원 조회 자료였다.

"팀장님, 이거 아무래도 이상해요. 죽은 사람을 왜 찾는 걸까요?"

주 팀장은 파일을 받아 들며 약간은 걱정스러운 표정으로 물었다.

"배 많이 아프냐?"

"제가 장이 약하거든요. 그래서 그런지 좀 오래가네요."

명희는 신원 조회 자료를 가리키며 말을 이었다.

"범인이 왜 죽은 사람에게 메시지를 보내는 걸까요? 죽은 걸 모르는 게 아닐까요?"

"그럴 수도 있지. 하지만 중요한 건 메시지를 남긴 이유야."

간헐적으로 미간을 찌푸리며 배를 문지르는 명희를 빤히 보던 주 팀장은 책상 서랍에서 알약을 꺼내 내밀었다.

"이 약 먹어라. 배 아픈 데 도움이 좀 될 거야."

"구박 그렇게 하시더니 그래도 챙겨 주시는 분은 팀장님뿐이네요."

"다, 당연하지. 내가 아니면 누가 너 같은 밉상을 챙기겠냐? 안 그래?"

명희는 알약을 입에 넣으며 주 팀장을 의심스럽게 바라보았다.

"어째 약간 오버하시는 것 같은데요? 분위기도 좀 어색한 거 같고. 혹시……."

주 팀장은 재빨리 다른 말을 꺼냈다.

"시체 신원은 밝혀졌냐?"

명희는 최면에서 깨듯 곧바로 주 팀장의 말에 대답했다.

"아, 예. 아주 평범한 사람이었습니다. 이름 양혁진. 나이 36세. 용역 업체를 경영하고 있었고요. 전과 기록도 없고, 남들 초등학교 다닐 때 초등학교 다녔고, 남들 중학교 다닐 때 중학교 다녔고……."

"그거 대학원까지 할 거냐?"

"이 사람은 고졸입니다. 회사에 취직한 후에 다섯 번 이직했고요. 그러다가 5년 전에 용역 회사를 세웠네요."

주 팀장은 볼펜을 똑딱거리며 파일을 보았다. 석연찮은 표정으로 중얼거렸다.

"깔끔하군. 너무 깔끔해서 몸이 가려울 정도야."

"뭐요? 그게 뭔 말이에요?"

주 팀장은 파일을 내려놓으며 대답했다.

"꼭 만들어 놓은 거 같다고. 다른 자료는 없어?"

"예, 아무리 뒤져도 그게 전부예요."

주 팀장은 진지한 표정으로 턱을 매만지며 중얼거렸다.

"뭔가 냄새가 나……."

"죄송합니다, 속이 안 좋아서……."

주 팀장이 어이없는 표정으로 바라보자 명희가 미안한 듯 억지 미소를 지었다.

복도를 지나던 형사과장이 가던 걸음을 멈추고 되돌아와 사무실 안으로 머리를 내밀었다.

"주 팀장님, 사건 접수됐는데 안 나가세요?"

주 팀장은 재킷을 집어 들며 물었다.

"살인 사건인가요? 어디죠?"

"잡지사라네요."

도검은 근처에 있는 낡은 건물 중에서도 페인트가 벗겨져 을씨년스럽기까지 한 건물 앞에 섰다. 계단을 오를 때는 마치 건물 전체가 공원에 있는 공중화장실 같은 느낌이었다. 3층엔 금속판에 실크스크린으로 인쇄한 'IJS'라는 간판이 붙어 있었고 그 옆엔 곰팡이가 잔뜩 핀 출입문이 반쯤 열려 있었다.

도검은 문을 열고 들어가 사무실을 둘러보았다. 바닥은 인조석으로 깔려 애처롭게 보였고, 알몸을 그대로 드러내놓고 있는 스팀 파이프 사이는 거미줄이 늘어져 있었다. 요새는 구하기도 힘든 녹색 철제 서랍장과 책상 외에 가구라고 할 수 있는 건 때가 까맣게 낀 소파 세트뿐이었다.

책상에 다리를 올리고 앉아 신문을 보던 남자가 시선도 주지 않고 말했다.

"화장실은 한 층 더 올라가야 됩니다."

도검은 사내를 한참 동안 살펴보았다. 주름살이 늘고 배가 좀 나오긴 했지만 예전의 모습이 모두 없어진 것은 아니었다. 도검이 여전히 서 있자 사내가 미간을 찌푸리며 말했다.

"무슨 일이오?"

도검이 씨익 웃어 보이자 사내는 자리에서 일어나 시선을 정면으로 받았다. 사내의 신체도 도검 못지않게 거대했다.

"당신 뭐야?"

"배가 많이 나왔군."

도검의 스피커 음향 목소리에 사내의 미간이 꿈틀거리며 주름이 팼다.

"목소리 참 등신 같네. 넌 뭔데 남의 비만 관리를 하고 지랄이야? 좋게 말로 할 때 가라."

"주둥이 거친 건 여전하군."

사내가 책상 앞으로 나와 도검의 멱살을 잡았다. 하지만 이미 그의 목에는 시퍼런 칼이 비스듬히 닿아 있었다. 칼 앞에서도 사내는 위축되지 않고 말했다.

"오늘 일진 엿 같네. 아침부터 다 된 계약이 엎어지질 않나 웬 잡놈이 들어와서 칼을 들이대지를 않나. 뭘 원해?"

"계약? 그렇게 말하니 제법 사업가 같은데?"

사내가 도검의 팔을 쳐 내며 던져 버릴 기세로 팔을 잡아 꺾었지만 도검이 그의 팔을 먼저 붙잡아 막으며 말했다.

"일재야, 나다."

주춤하는 일재에게 도검이 선글라스를 벗어 보였다. 한참을 의아한 표정으로 쳐다보던 일재는 그제야 알아본 듯 눈을 커다랗게 떴다.

"도, 도검아! 야, 이 미친놈아!"

일재는 엉킨 그대로 도검의 허리춤을 안아 들고 제자리에서 빙글빙글 돌다가 내려놓았다.

"진짜 도검이냐? 어디 보자! 눈깔이 개 눈으로 바뀐 거 말고는 도검이 맞네!"

일재는 테이블에 물컵을 내려놓으며 맞은편 소파에 앉았다.

"어떻게 된 거야? 살아 있었으면 연락이라도 하지 그랬냐. 죽은 줄 알았잖아, 자식아. 그렇게 난리를 치고 나갔으니 기관에서 그냥 놔뒀을 리가 없다고 생각했거든."

"그렇게 됐다. 그보다 넌 어때? 경비 회사 차린 거야?"

일재는 자신이 입고 있는 유니폼을 가리켰다.

"제일 잘하는 것을 해야 먹고산다기에 차렸는데, 니미, 돈만 계속 까먹고 있다. 눈이랑 목소리는 어떻게 된 거야? 그때 그런 거야?"

"거의 죽었었지."

"용케도 살아남았네. 병신은 됐지만."

"입 더러운 것도 여전해서 좋다."

일재와 도검은 동시에 큰 소리로 웃음을 터뜨렸다. 웃음이 잦아들고 일재가 먼저 말했다.

"혁진이, 준재, 그리고 민창이하고 가끔 만나거든. 일종의 전우회라고 할까? 오늘 녀석들하고 한잔 찐하게 어때? 그동안 밀린 얘기 다 하려면 일주일도 모자라겠다."

일재의 말에 도검의 표정이 어두워졌다.

"그렇게 할 수가 없게 됐다."

"간만에 만났는데 이렇게 튕길 거야?"

도검은 물을 한 모금 마시고 낮은 목소리로 말했다.

"혁진이가 죽었다."

일재는 잠시 멍한 표정으로 있다가 큰 소리로 웃었다.

"뻥을 치려면 제대로 쳐라, 자식아. 일주일 전에 점심도 같이 먹었는데 무슨……."

여전히 진지한 도검의 표정을 보고 일재가 하던 말을 멈췄다. 도검은 고개를 끄덕이며 말했다.

"이틀 전에 죽었다."

일재의 표정이 어두워졌다.

"어쩌다가?"

"살해당했다."

"뭐? 혁진이가, 기관의 슬로터 출신이 살해를 당했다고? 무슨 이런 말도 안 되는……."

도검도 동의한다는 듯 고개를 끄덕이며 메시지가 적힌 현수막 사진을 꺼내 보여 주었다.

"날 노리는 놈의 짓인 것 같다."

사진을 한참 바라보던 일재가 말했다.

"아무래도 우리를 아는 놈의 짓 같군."

"슬로터나 암살단 출신 놈의 짓이라는 게 내 생각이다."

"그럴 리가 없어. 너도 혁진이 잘 알잖아. 근접전에서 녀석을 능가하는 놈은 없었다고. 너하고 현무 놈만 빼고……."

말하면서도 뭔가 느꼈는지 일재의 표정이 묘하게 바뀌었다. 도검은 고개를 끄덕여 보였다. 일재는 놀란 듯이 눈을 커다랗게 떴다.

"그럴 리가 없어. 현무 놈은 분명 그때 죽었다고."

도검은 자신을 가리켜 보였다.

"나도 이렇게 살아 있잖아. 현무 놈이라면 살아 있을 확률이 훨씬 높을 거다. 슬로터 중에 생존 능력만큼은 현무 놈이 월등했으니까."

일재는 입술을 깨물며 말했다.

"아무리 현무라도 포위당한 상태에서 빠져나올 가능성이 얼마나 있다고 보냐? 슬로터 1기의 화력이 대대 병력 화력과 같다지만 그건 어디까지나 중무장 상태에서의 얘기라고. 당시에 현무 놈은 대검 한 자루뿐이었다고. 너도 알잖아."

도검은 고개를 끄덕이며 대답했다.

"잘 알지. 우리가 그렇게 만들었으니까."

일재의 인상이 구겨졌다.

"무슨 소리야! 그건 자기 혼자 무덤 판 거라고! 그렇게 안 했으면 지금쯤 우리 시체가 중동 어딘가에 뒹굴고 있었겠지."

"복수하려는 거다."

"돈 몇 푼에 우릴 팔아넘기려다가 지 혼자 뒤통수 맞은 건데 뭔 놈의 복수!"

"나머지가 위험해. 준재하고 민창이는 연락 되냐?"

일재는 급히 여러 군데로 전화를 걸어 간단한 대화를 나누고는 또 한 통의 전화를 했다. 전화를 몇 번 반복해도 받지 않자 다시 전화기를 통째로 부숴 버렸다.

"준재가 연락이 안 된다. 현무 새끼, 내 손으로 직접 목을 따 났어야 했는데!"

"민창이는?"

"휴대폰 놓고 잠깐 자리 비웠단다."

도검은 자리에서 일어서며 말했다.

"난 준재한테 가 볼 테니까, 넌 민창이한테 가 봐라."

일재가 벽에 있던 화이트보드를 뜯어내자 작은 공간이 나타났다. 그 안에 손을 넣어 뭔가를 꺼냈다. 기관의 슬로터 시절, 일재를 위해 커스텀으로 제작한 무기였다. 일재는 무기를 가방에 챙겨 넣으며 말했다.

"이걸 또 쓸 날이 올 줄은 몰랐군."

도검은 엄지를 들어 보이고는 사무실 밖으로 나섰다.

도검은 준재의 잡지사로 향했다. 잡지사 근처로 경찰차와 구급차가 눈에 띄게 많이 모여 있었다. 잡지사 건물 입구에 노란 폴리스라인이 둘러졌고 그 앞으로 행인들이 잠시 멈추고 안을 들여다보았다. 기자들도 현장에 나와 경찰과 실랑이를 벌이며 보도를 하고 있었다.

도검은 맞은편 건물 주차장에 차를 주차하고 비상계단을 통해 6층으로 올라갔다. 맞은편 건물의 5층 유리창이 깨진 곳을 살펴보니 아직 감식 중인 경찰 인력들이 보였다.

오른쪽 눈을 스코프 모드로 바꾸자 작은 모터 소리와 함께 깨진 창문이 점점 확대되어 보였다. 조도를 높이니 어두웠던 내부의 모습이 눈에 들어왔다.

벽에 사람이 하나 서 있었는데, 자세히 보니 서 있는 것이 아니라 외투처럼 벽에 걸려 있었다. 칼이 목과 심장에 박혀 있었고 다른 곳은 격투 흔적으로 보이는 상처투성이였다. 시체의 얼굴을 확대해 보니 찢어지고 터진 상처가 얼굴 전체를 덮고 있었지만 준재의 얼굴이 확실했다.

그때 시야 안으로 어두운 것이 쓱 들어왔다. 배율을 낮추자 그를 주시하고 있는 젊은 남자와 눈이 마주쳤다. 형사로 보이는 남자는 다른 사람과 말하고 있었지만 시선은 줄곧 도검을 향해 있었다. 도검이 스코프 모드를 끄고 뒤로 물러서자 형사도 창문 안쪽으로 모습을 감췄다. 쫓아올 것을 감지한 도검은 차로 돌아와 현장을 서서히 빠져나갔다.

명희는 숨을 몰아쉬며 계단을 올라 현장으로 다시 도착했다. 주 팀장은 수첩에 뭔가를 적으며 물었다.

"너 어디 갔다 오냐? 또 화장실 갔다 왔냐?"

명희는 혹시나 해서 다시 한 번 길 건너편 건물을 확인했지만 역시 비어 있었다.

"맞은편 건물은 통제 안 했었나요?"

"거리가 멀어서 거기까진 안 했는데, 왜?"

명희는 주 팀장을 창가로 데려가 맞은편 건물을 가리키며 대답했다.

"저기 6층에 제 체격 두 배는 될 법한 사람이 계속 이쪽을 주시하고 있더라고요. 수상해서 나가 봤는데 이미 사라지고 난 뒤였고요."

"통제 인력한테 연락했는데도 놓쳤어?"

"연락은 했는데 워낙 혼잡해서요."

현장 건물 입구는 기자와 구경꾼, 경찰들이 한데 엉켜 마치 작은 집회라도 열린 듯했다.

"그자가 망원경으로 보고 있었어?"

"아뇨, 뭘 들고 있지는 않았습니다."

주 팀장은 건너편 건물을 살폈다.

"망원경 없이는 이쪽 상황 확인하기는 힘들 거다. 여긴 실내라 낮엔 안쪽이 잘 안 보이니까 그냥 구경꾼일 확률이 높겠네. 다른 인상착의는?"

"덩치가 정말 크다는 것 말고는 별로……."

"그럼 그냥 놔둬. 이 사건은 전형적인 보복형 연쇄살인이니까 관계있는 놈이라면 다음 현장에 또 나타나겠지."

"다음 사건까지 기다리자는 말씀이세요?"

주 팀장은 명희를 쓱 돌아보았다. 평소에는 보기 힘든 진지한 얼굴이었다.

"기다린다는 표현은 적절치 않구먼. 우린 실마리도 못 잡고 있는데 살인은 거의 이틀에 한 번꼴로 나고 있다. 우리가 이틀 안에 놈을 잡을 수 있을 거란 생각은 안 들거든. 이건 수사 태도 문제가 아니라 현실을 직시하자는 거야. 자, 더 찾아보자. 연쇄살인 사건에서 중요한 건 패턴을 찾는 거니까."

다른 시체들은 모두 치워졌으나 대검과 함께 벽에 박혀 있는 시체는 아직 그대로였다.

"이번엔 아주 제대로 지랄을 해 놨군요. 여기서만 시체가 몇 구나 나온 거예요?"

"벽에 걸린 것까지 열두 구."

이번엔 지난번처럼 현수막이 아니라 벽에 메시지가 남아 있었고 문장이 끝나는 곳 옆에 시체가 외투처럼 벽에 걸려 있었다. 그 모습은 끔찍하고 엽기적인 것을 지나 하나의 전위예술처럼 느껴졌다. 대검은 목과 심장을 뚫고 지나 벽에 박혀서, 대검의 손잡이에 시체가 걸려 있는 형국이었다. 명희는 시체를 보며 표본실에 있던 핀에 박힌 곤충들을 떠올렸다. 명희는 시체를 보며 주 팀장에게 물었다.

"이번 피해자가 장도검이란 사람일까요?"

주 팀장은 시체 옆에 남겨진 메시지를 가리키며 말했다.

"만약 그랬다면 내용이 저렇지는 않았겠지."

명희는 메시지를 소리 내어 읽었다.

"장도검, 꼭꼭 숨어라, 머리카락 보인다."

명희는 잠시 생각에 잠기더니 주 팀장에게 말했다.

"이 메시지에서, 장도검이라는 인물이 대머리는 아니라는 사실을 알 수 있……."

주 팀장은 명희의 말이 끝나기도 전에 그의 뒤통수를 후려치고는 다른 곳으로 이동했다. 명희는 맞은 곳을 문지르며 주 팀장을 따라갔다.

"장도검이라는 자가 죽지 않았을 가능성이 꽤 높지 않나요?"

"그럴 수도 있지. 서류라는 게 그다지 믿을 만한 게 못 되거든. 너 같은 헐렁이 공무원이 작성한 문서를 믿을 수 있겠냐?"

"손가락 두 개로 타이핑하는 분이 할 소리는 아닌 것 같습니다만.”

“그, 그게 여기서 왜 나와? 이 썩을 놈이 진짜…….”

명희는 멀리서 시체를 바라보며 다른 말을 했다.

“누군지는 모르지만 어쨌든 힘 하나는 끝내주네요. 도대체 얼마나 괴물 같은 놈이기에 저런 거구를 벽에다가 박아 놓을까요?”

반장도 그의 시선을 따라 보며 말했다.

“여기 있던 열한 구의 시체들을 제외하면 저번도 그렇고 이번도 그렇고 피해자들 특징이 전부 거구라는 게 좀 거슬려.”

“동양에서 나올 만한 평범한 체구들은 아니죠. 이력을 보면 운동선수들도 아닌데 큰 키에 근육질 몸인 걸 보면 분명 뭔가 연관이 있긴 있을 텐데 말이죠. 지난번 피해자는 198센티미터에 135킬로그램이었고, 이번 피해자는 약 188센티미터에 100킬로그램…….”

명희는 길 건너편 건물에서 봤던 사내를 떠올렸다. 그의 체구도 분명 이들과 비슷했던 것 같았다.

“팀장님, 생각해 보니 아까 길 건너편의 남자 체구도 피해자들하고 비슷한 것 같네요.”

주 팀장도 그제야 깨달은 듯 고개를 끄덕였다.

“체구로 연관성 찾기는 좀 그렇지만 분명 관계가 있긴 있는 것 같군.”

주 팀장은 명희의 뒤통수를 후려치며 말했다.

“그러니까 아까 좀 확실히 대처했으면 수사 진도 좀 뽑을 수 있었을 거 아니야!"

"에이 진짜! 눈이 예리한 것도 죄예요? 그렇게 잘하면 팀장님이 직접 하시지 그랬어요!"

주 팀장은 명희의 뒤통수를 또 치며 말했다.

"그게 팀장한테 할 소리여? 이리 안 와? 죽을래?"

명희는 현장 밖으로 도망치며 큰 소리로 말했다.

"장도검이란 인물에 대해 좀 더 깊이 파겠습니다! 다녀오겠습니다!"

"한 번만 더 직접 하란 소리 했다가는 너도 벽에 걸릴 줄 알아!"

주 팀장의 고함 소리에 현장 직원들이 하던 일을 멈추고 시선을 집중했다. 주 팀장이 눈을 부라리자 재빨리 다시 각자 일에 몰두하기 시작했다.

일재는 트레이닝 체육관으로 들어섰다. 건물의 한 층을 다 사용할 정도로 꽤 넓었다. 러닝머신이 나열된 곳의 반대편엔 통유리로 구분이 되어 있는 별실이 있었고 그 안에선 시끄러운 음악과 함께 에어로빅이 한창이었다. 웨이트트레이닝 공간에는 사람들이 저마다 역기를 들고 에너지를 쏟고 있었다. 평화로운 모습에 아직 아무 일도 일어나지 않은 것 같았지만 이대로 안심할 순 없었다. 그는 빠른 걸음으로 곧장 사무실로 향했다. 사무실 문이 열리며 커피 잔이 놓인 쟁반을 든 여자가 나왔다. 바로 앞에 있던 일재를 보더니 흠칫 놀랐다가 이내 습관적으로 미소를 지어 보였다.

"사장 안에 있소?"

"좀 전에 친구 분이랑 나가셨는데요?"

"친구? 혹시 어떻게 생겼소? 혹시 체구가 나 정도 됐나?"

여직원은 약간 당황한 표정으로 대답했다.

"네? 네."

"젠장!"

일재의 갑작스러운 반응에 여직원은 쟁반을 놓쳤다. 요란한 소리를 내며 커피 잔이 깨지자 운동을 하던 사내들이 동작을 멈추고 일재를 바라보았다. 일재는 반말로 여직원을 윽박지르듯 물었다.

"나간 지 얼마나 됐어?"

"10, 10분쯤……."

"어디 짐작 가는 데는 없어?"

여직원의 얼굴이 파랗게 질렸다.

"생각을 해 봐, 생각을!"

일재가 윽박지를수록 여직원의 얼굴빛은 더욱 사색이 되었다. 운동하던 남자들이 체구를 자랑하며 그들 주변으로 몰려들었다. 그중 근육질의 사내가 앞으로 나서며 일재와 여직원 사이에 끼어들었다.

"당신 뭐야?"

여기저기서 사내들이 한껏 가슴을 부풀리고 에워싸듯 섰지만 일재는 그들이 보이지도 않는 듯 여직원에게 다시 물었다.

"평소에 민창이가 자주 가는 곳이 있을 것 아냐!"

"이봐. 당신 뭔데……."

나서는 사내의 얼굴을 일재가 감싸 쥐고는 가볍게 밀쳤다. 사내가 나동그라지며 운동기구에 부딪혀 기절하자 에워쌌던 남자들은 주춤하며 물러섰다. 여직원이 바닥에 주저앉아 버리자 일재는 뭔가 더 물어보려다가 뒤돌아섰다.

"에이, 쌍!"

일재는 무작정 건물 밖으로 뛰어나갔다. 옥상 쪽을 바라보았다. 건물이 높지 않아 위에 일이 생겼다면 그의 귀에 들렸겠지만 아무 소리도 들리지 않았다. 일재는 머리를 굴렸다. 둘이 같이 나갔다면 한판 벌어질 것이 뻔하고 그 성격상 멀리 가지는 않았을 거란 판단이 들었다.

그렇다고 노출된 곳에서 일을 벌일 리가 없기에 지하 주차장을 떠올렸다. 일재는 곧장 지하 주차장으로 향하는 비상구로 향했다. 계단을 따라 달려 내려가며 무기를 꺼내 오른팔에 부착했다. 스위치를 누르자 뜨거운 기운이 느껴지며 팔에 딱 맞도록 조여졌다. 지하 7층에 도착하자 희미하게 금속이 부딪히는 소리가 들렸다. 그가 주차장으로 나가자 소리는 더욱 선명하게 들렸다.

한쪽 벽에 있던 방화문을 열자 격렬한 소리가 여과 없이 들렸다. 아래로 뻗어 있는 철재 계단을 따라 내려갔다. 여러 가지

굵은 파이프들이 교차하고 있는 곳에서 노란 불꽃을 튀기며 두 개의 칼이 격렬하게 부딪히고 있었다.

계단 아래로 내려서니 파이프에 가려 보이지 않던 두 거한이 눈에 들어왔다. 한 명은 체육복 차림의 민창이었고 다른 한 명은 놀랍게도 현무였다.

"현무!"

일재의 외침이 지하실을 울렸고 두 사내는 몸을 뒤로 빼며 거리를 두고 마주섰다. 민창은 온몸에 베인 상처를 붙잡고 몹시 힘겨운 듯 가쁘게 숨을 몰아쉬고 있었으나, 현무는 여유가 있어 보였다. 현무가 일재를 노려보며 입가에 미소를 지었다.

"이런, 아직 때가 아닌데 벌써 만나는군!"

일재는 으르렁거리며 그들에게 다가섰다.

"뒈진 새끼가 여기서 뭐하는 거야? 뒈졌으면 누워 있어야지 여기서 뭔 짓이냐고, 개새끼야!"

"그 주둥이는 재활이 안 되는 모양이군."

민창은 상처를 움켜쥐고는 주춤거리며 뒤로 물러섰고 그 자리를 일재가 대신했다.

"혁진이도 네가 그랬냐?"

"예전 같으면 이런 대화 할 시간도 없이 달려들었을 텐데 네 꼴을 보니 이해가 가는구나. 앞쪽에 달린 게 배야, 엉덩이야?"

"혁진이도 네가 그랬냐고, 새끼야!"

"그럼 누가 그랬겠어? 네 녀석들 실력이 여전한지 확인 좀 했지. 실력이 없으면 죽는 게 우리 슬로터들이 살아가는 방식

아니었나?"

일재의 팔에 부착한 무기에서 긴 총신이 튀어나왔다.

"까는 소리 그만해라. 지가 판 무덤에 빠진 거 가지고 화풀이하는 거잖아, 이 미친 새끼야."

비웃는 현무의 표정이 싸늘하게 굳었다.

"자기들 살아 보겠다고 동료를 미끼로 던진 새끼들이 잘 먹고 잘 사는 꼴이 보기 싫어서 견딜 수가 있어야지."

"멍청한 대가리로 궤변 늘어놓지 마라. 무리하다가 뇌 다친다, 새끼야. 누가 누굴 미끼로 던져? 제 꾀에 지가 넘어가 놓고 누굴 탓해? 우리 해골이 중동에 버려질 동안 넌 와이키키에서 놀고 있어야 제대로 된 그림이었겠지. 미친 새끼. 우린 더 이상 살인 기계도 아니고 어른이다. 너같이 덜 자란 애새끼 장단 맞출 시간 따위는 없다고. 알아들어?"

"예전부터 넌 날 열 받게 하는 데는 타고난 재주를 가졌지."

"원래 구린 게 많은 새끼들이 화를 잘 내거든."

현무의 인상이 험악해지자 일재는 총을 들어 겨누었다.

"이대로 내 근육이 한 번 수축하면 네 대가리는 수박처럼 박살 날 거다. 예전 같았으면 한판 벌였겠지만 어른이 되니 움직이기가 싫어서 말이야."

현무가 자세를 바꾸는 순간 일재의 총이 불꽃을 뿜었다. 현무의 바로 뒤쪽 파이프가 터지며 물이 새어 나와 바닥에 고이기 시작했다.

"이게 어른 방식이란다, 이 씹탱아. 절대로 함부로 움직이지

마. 내 신경이 먼저 반응해서 네 대가리를 날릴지도 모르니까."

일재가 빗맞힐 리가 없다는 생각에 현무도 긴장했는지 마른 침을 삼켰다.

"선택권을 주마. 다시는 나타나지 않겠다고 약속하면 살려 주지. 하지만 3초 내로 대답을 안 하거나 멋대로 움직이면 넌 시체가 된다. 하나, 둘!"

슬로터들에게 공갈 협박은 없었다. 전투에 있어서 그들은 사실만 말했고 실행에 옮겼다. 그게 그들이 존재해 온 방식이었다.

"좋아, 포기하지. 이쯤에서 그만두자."

현무는 팔에 차고 있던 무기를 천천히 풀었다. 일재는 여전히 총을 겨눈 채 움직이지 않았지만 민창은 현무를 믿지 않았다.

"일재야, 저 자식 혁진이하고 준재도 죽였다. 이대로 포기할 놈이 아니야."

일재는 여전히 현무에게서 시선을 떼지 않고 말했다.

"나도 처음엔 죽여 버릴 생각이었는데 생각이 좀 바뀌었다. 민창아, 다음 달이면 딸이 태어난다. 아빠가 돼서도 이렇게 살 순 없잖아."

현무가 눈을 크게 뜨며 말했다.

"결혼을 했다고? 이거 축하할 일이구먼! 누군 한 번 죽고 여기서 또 죽게 생겼는데 팔자 좋군."

민창이 앞으로 나서며 말했다.

"내가 직접 하마."

현무가 입술을 비틀어 웃으며 말했다.

"내 목숨 가지고 서로 양보하는 거냐? 어이가 없군."

현무의 표정이 싸늘하게 바뀌었다.

"그럼, 사이좋게 둘 다 죽어라."

현무가 두 사람 앞으로 무기를 던지며 파이프 위로 뛰어올라 물에서 벗어났다. 일재의 총이 불을 뿜었지만 현무의 동작을 따라잡지는 못했다. 일재가 총구의 방향을 바꾸는 순간 물에 잠긴 발부터 강한 전기의 기류를 느꼈다.

현무는 두 사람의 몸이 굳어진 순간을 놓치지 않았다. 파이프에서 뛰어내리는 동시에 부츠에서 대검 두 자루를 꺼내 들었다. 가까이 있던 민창의 목을 먼저 베고 이어서 전기를 견디며 총을 들어 올리려는 일재의 목에 칼을 꽂아 넣었다. 민창은 고목처럼 물 위로 쓰러졌지만 일재는 찔린 목을 움켜잡고 이를 악물고 현무에게 손을 뻗었다.

"아빠된 거, 축하한다."

현무가 대검을 휘두르자 일재의 손가락이 잘려 나갔다. 일재도 더 이상 버티지 못하고 물 위로 쓰러져 움직일 줄 몰랐다. 쓰러진 일재와 민창의 목에서 흘러나온 피는 물과 섞여 사방으로 퍼졌다. 현무가 자신의 무기를 집어 들기 위해 허리를 굽혔을 때 어디선가 조그만 알람 소리가 들렸다.

소리의 간격이 점차 촉박하게 줄었다. 물에 반쯤 가라앉아 있는 일재의 팔에서 빨간 불빛이 소리에 맞춰 점점 빨리 점멸했다. 현무는 본능적으로 계단 위로 뛰어 올라갔다. 철문을 박차고 뛰어나가는 순간 뒤에서부터 폭발음과 함께 열기가 느껴졌다. 폭발 압력으로 튕겨져 나간 현무는 간신히 몸을 일으켰다. 폭발이 일어난 보일러실을 바라보며 씩 웃었다.

"아직 실력이 녹슬진 않았군."

현무는 몸에 묻은 먼지를 털어 내며 지하 주차장 밖으로 향했다.

주 팀장과 명희가 연락을 받고 트레이닝 센터에 도착했을 때 지하 주차장은 불에 탄 흔적은 별로 없었지만 소방차가 뿌린 물 때문에 거의 지하층 전체가 젖어 있었다.

"이거 왜 이런 거래냐?"

"폭발이 있었답니다."

"그런데 우리한테 연락은 왜 온 거야?"

"요새는 '큰 체구', '시체' 키워드 딱 두 개면 무조건 우리 팀으로 연락이 와요."

"폭발은 어디서 일어났는데?"

"지하 보일러실이요."

보일러실 입구부터 과학수사팀 형사들이 분주하게 움직이고 있었다. 두 사람이 보일러실 아래로 내려가니 마스크를 쓴 박 형사가 눈에 띄었다. 명희는 미리 준비해 온 듯 주머니에서 담배를 몇 갑 꺼냈다.

"여긴 뭐 거의 공사장 분위기인데요?"

"왔냐? 주 팀장님 요새 자주 뵙네요!"

주 팀장은 대충 손을 들어 보이고는 언제나처럼 주머니에 손을 넣고 현장을 둘러보았다. 명희는 담배를 박 형사에게 건넸다.

"이거 피우죠?"

박 형사는 반색을 하며 담배를 주머니에 챙겨 넣었다.

"남자라면 말보로지."

"어때요? 뭐 좀 나온 거 있어요?"

박 형사는 파이프에 그을린 자국을 가리키고는 둘러보라는 듯 팔을 휘저어 보였다.

"분명 대형 화재가 난 것 같은데 그을음은 별로 없어. 탄 자국도 거의 없고. 이제 뭐 같아?"

"폭발?"

박 형사는 손가락을 들어 보이며 말했다.

"대인 살상용 폭약이다. 골치 아프게 됐어. 군용이야."

명희는 고개를 끄덕이며 말했다.

"그 덩치 큰 시체는 어디 있다는 거예요?"

박 형사는 한쪽에 나란히 놓여 있는 보디 백을 가리켰다.

"조각나긴 했지만 대략 모아서 맞춰 놨다. 두 구 다 거인이야. 저쪽에 있는 건 2미터가 넘어."

명희는 보디 백 지퍼를 열어 사체를 살폈다. 살갗은 대부분 날아가고 뼈가 드러난 채 조각나 있었지만 나름 위치에 맞춰져 있었다.

"말씀 잘 들었어요, 선배. 저는 이만 가 봐야겠네요."

주 팀장과 함께 나가려는 명희에게 박 형사가 급히 뛰어와 한쪽 구석으로 끌고 갔다.

"왜, 왜 이래요?"

"너 진짜 증거물에 손 안 댔어?"

"무슨 증거물이요?"

"김훈섭이 공급책 리스트 말이야."

"저는 모른다고 몇 번을 말해요."

박 형사는 여전히 의심스러운 눈빛으로 말했다.

"네가 다녀간 뒤로 그게 없어졌다니까?"

"박 선배, 저 진짜 못 믿어요?"

"어딜 봐서 믿겠냐?"

"진짜 아니라니까요?"

"그럼 엄마 걸고 맹세해."

"아 무슨 그깟 일로 엄마를 걸어요?"

"어, 이 자식 수상하네? 그래서 맹세 못 하겠다고?"

"참 나, 엄마 걸고 맹세! 됐죠?"

박 형사는 여전히 의심스러운 눈으로 바라보다 명희의 등을 치며 보냈다.

명희는 기다리고 있는 주 팀장에게 달려가 같이 밖으로 나서며 입을 열었다.

"빨리 나가시죠. 김훈섭이 리스트 훔친 거 아무래도 걸린 거 같습니다. 시침 떼긴 했는데 유치하게 엄마 걸고 맹세하라는데요? 어이가 없어서."

"그래서?"

"엄마 걸고 맹세했죠, 뭐."

"이 썩을 놈아. 네가 훔친 거 맞잖아! 그런데 엄마를 아무 데나 걸고 맹세하냐?"

명희는 씩 웃으며 말했다.

"아버지가 우리 집 개 이름을 '엄마'라고 지었어요. 그 일로 3주간 냉전이 있긴 했지만 지금은 어머니도 부담 없이 부르세요."

"부모님 참 쿨하시네."

두 사람은 건물 밖으로 나서며 나란히 담배를 입에 물었다.

"네가 왜 내추럴 본 싸가지인 줄 알아? 팀장 앞에서 맞담배질 하는 모습이 너무 자연스럽거든. 태어날 때부터 싸가지가 없기 위해 태어난 사람인 거지."

명희는 자연스럽게 말을 돌렸다.

"여기도 동일범의 소행 같습니다. 메시지는 없었지만 시체 사이즈가 비슷하네요."

"사이즈 말고는 비슷한 게 없는 거냐?"

"지하실에 두 구의 시체 중 조금 작은 쪽이 여기 피트니스 센터 사장이에요. 지난 두 사건의 피해자 기록과 비교해서 공통점이 하나 더 있죠. 각자 현재의 직책을 갖게 된 연도가 동일

합니다.”

명희가 품에서 문서를 꺼내 주 팀장에게 건넸다. 주 팀장은 문서를 한동안 살폈다.

“나이는 조금씩 다른데 경력이 자로 잰 것처럼 연도가 딱딱 맞아떨어지는구먼. 몸이 가려울 정도로 깨끗한 것도 공통점이고.”

“모범생들이 잘려 죽고, 벽에 걸려 죽고, 폭탄 맞아 죽을 확률이 얼마나 될까요?”

“전투에 유리한 체형, 대검으로 싸운 흔적, 군용 폭발물까지. 아무래도 저 친구들 군 경력부터 파 보는 게 좋겠다.”

주 팀장이 몇 가지 사항을 명희에게 지시했으나 생각에 잠긴 듯 그의 시선은 한곳에 집중되어 있었다.

트레이닝 센터 입구는 준재의 잡지사 입구보다 더욱 혼잡했다. 도검은 건너편에 차를 주차하고 건물을 주시했다. 일재 몰래 그의 몸에 달아 놓은 추적기의 신호는 끊어진 지 오래였다.

현장에서 정장을 한 젊은 사내와 중년의 남자가 담배를 피우며 대화를 나누는 것이 보였다. 스코프 배율을 높이니 젊은 사내의 얼굴이 확대되었다. 준재의 사무실에서 보았던 인물이었다.

그는 중년 남자에게 문서를 건네며 몇 마디 더 하다, 도검이 있는 곳을 똑바로 바라보았다. 70미터 정도 되는 거리였기에 그가 도검을 알아보고 직시한다고 생각하지 않았지만 그건 오산이었다.

젊은 사내가 도검이 있는 방향으로 발걸음을 떼다 확신이 섰는지 전속력으로 달려오기 시작했다. 도검을 알아본 것이다.

도검은 차를 천천히 출발시켰다. 사이드미러를 통해 보니 그는 달리면서 어딘가로 전화를 했다. 도검이 오디오 파워 스위치 옆 녹색 버튼을 누르자 번호판이 회전하며 다른 번호판으로 바뀌었다. 속력을 올리기 시작할 때 옆길에서 느닷없이 경찰차가 튀어나와 도검의 앞을 막았다. 도검은 급히 방향을 바꾸어 전속력으로 달리기 시작했다. 사이렌 소리가 요란해서 뒤를 돌아보니, 어느덧 세 대의 경찰차가 따라오고 있었다. 무선통신기의 주파수를 맞춰 경찰 통신 회선을 잡았다.

— 용의 차량 넘버, 30구 2737. 30구 2737. 백색 지프. 한남대교 북단.

— 고속도로 순찰대 지원 요망.

— 한남대교 남단 차단 바람.

— 10분 후 통과 예상.

도검은 강변북로로 빠져나가 구리 쪽으로 방향을 돌렸다. 구리의 한적한 길로 접어든 후 작은 건물 주차장으로 들어갔다. 경찰차도 사이렌을 울리며 도검을 따라 주차장으로 들어섰지만 용의 차량이 보이지 않았다. 경찰들은 입구를 차로 막은 후 차에서 내려 주차장에 있는 차들을 하나씩 체크해 봤지만 용의 차량은 어디에도 없었다. 경찰 중 한 명이 의기소침한 목소리로 무전을 했다.

"놓쳤습니다."

경찰들은 미련이 남은 듯 주차장을 한 번 더 뒤져 봤지만 용의 차량은 흔적도 없이 사라졌다.

한편, 도검의 백색 지프는 가까운 시내의 한 건물 지하 주차장에서 나왔다. 주위를 살폈으나 경찰차는 보이지 않았다. 도검은 천천히 주차장을 빠져나와 속력을 올려 그곳을 벗어났다.

현장을 빠져나온 도검은 미행이 따라붙는 것을 대비하여 설정해 둔 루트를 통해 피자 가게로 향했다. 도검은 매장으로 들어서자마자 장서에게 말했다.

"일이 커졌습니다."

카운터에서 장부를 맞추던 장서가 카운터 앞으로 나왔다.

"왜, 무슨 일이야?"

"기관 시절 동료들이 죽었어요. 경찰에서도 수사를 하고 있고요."

"기관과 관계된 놈들 짓이야?"

도검은 테이블에 앉으며 말했다.

"신현무, 그놈 짓입니다."

장서는 놀라며 도검의 맞은편에 자리를 잡았다.

"현무라면 아프가니스탄 파병 때 죽은 놈 말이냐?"

도검은 생각에 잠긴 표정으로 대답했다.

"아무래도 살아남은 모양입니다. 그놈이라면 오히려 죽은 게 이상하죠."

"그런데 왜 너희를 죽이는 거야? 이유가 뭐야?"

도검은 장서를 돌아보며 말했다.

"복수겠죠."

장서는 입을 다물었다. 기관 시절, 아프가니스탄에서 도검 일행에게 뭔가 일이 있었다는 것은 들었지만 무슨 일이 있었는지는 도검이 말을 하지 않았기에 굳이 묻지 않았다. 분명 좋은 일은 아니었을 테니.

"그럼 이곳도 안전하진 않겠군."

장서는 대비를 하기 위해 매장 밖을 바라보다 엉망이 된 지프를 보고 물었다.

"차는 왜 저 모양이야? 웬 자갈 튄 자국들이 저렇게……. 너, 설마, 기관 시설 이용했냐?"

도검은 어깨를 으쓱해 보이며 대답했다.

"어쩔 수 없었어요. 경찰 추격을 받아서."

"마! 그러다가 기관에 꼬리 밟히면 어떻게 하려고 그래!"

도검은 씩 웃어 보이며 말했다.

"제가 잡힐 리가 없잖아요. 그나저나 피자는 많이 팔았어요? 요새 제가 벌이가 시원찮으니까 아저씨가 분발해야 한다고요."

도검의 농담에도 장서의 표정은 바뀌지 않았다.

"다시는 기관 시설 이용하지 않겠다고 약속해."

"이젠 거의 쓰지도 않는 거 사용하는 건데 뭘 이렇게 호들갑이에요?"

"약속해!"

장서가 소리를 버럭 질렀다. 도검은 흠칫 놀라며 약간은 누그러진 목소리로 대답했다.

"알았어요. 다신 안 쓸게요. 이제 됐죠? 왜 화를 내고 그러세요."

그제야 장서는 표정을 풀었다.

"네놈 잡히는 건 관계없는데 우리까지 불어 버릴까 봐 그런다. 알겠냐? 그건 그렇고, 수연 양 왔다 갔다. 그냥 놀러 왔다는데 네놈 없으니까 아쉬워하는 눈치더라고."

"형준이 놈만 온종일 신 났겠군요."

"하루 종일 바보같이 침 흘리고 다니는 게 얼마나 꼴 보기 싫던지! 배달을 내보내는데도 안 나가려고 해서 얼마나 애먹었는지 모른다."

"장사에 지장 주면 말씀만 하세요. 형준이 변신하기 전이라면 승산이 있으니까, 화낼 틈도 주지 않고 급습을 하면 승산이 있으니까."

장서는 밝은 얼굴로 말했다.

"그런데 수연 양 덕분에 매출이 평소 두 배다."

"두 배요?"

"수연 양이 하루 종일 서빙 도와주고 갔거든. 시작한 지 몇 시간 만에 남자 손님들이 몰려들더니 매장이 가득 찼었다. 그러다가 수연 양이 가니까 손님들이 한 번에 빠지더구먼."

"오, 그게 얼짱 효과?"

"그래서 말인데, 수연 양을 말이다 우리 매장에……."

"수연 씨, 아직 학생이에요"

"그래서 아르바이트 자리 구한다고 하더라고. 이왕이면 다른 데서 하느니 우리 가게에서 일하는 게 낫지 않냐? 시급 많이 주면 되잖아. 안 그래?"

도검은 잠시 이마를 문지르며 대답했다.

"우선 현무 놈 일부터 해결하고 나서 이야기하시죠. 지금은 너무 위험해요."

"그래? 그럼 일단 우리 가게에 나오는 걸로 얘기해 놓으마."

자리에서 일어서려는 장서의 팔을 도검이 붙잡았다. 도검은 의심스러운 표정으로 물었다.

"아저씨, 형준이한테 뇌물 먹었죠? 적극적인 게 영⋯⋯."

장서는 팔을 빼며 화들짝 놀랐다.

"아, 아냐 인마! 날 뭐로 보고 자식이! 이거 왜 이래? 나 그런 사람 아니야, 자식아!"

도검은 더욱 의심스러운 눈초리로 바라보며 말했다.

"필요 이상으로 화들짝 놀라는 게 영 어색한데요? 가만있자⋯⋯. 역시, 진단 딱 나오네. 치킨 한 마리에 넘어가셨구먼. 안 봐도 훤하네."

"좋아, 완전히 부정할 순 없지만 수연 양 얼짱 효과가 탐나는 게 진실이다. 그러니까 네놈도 그냥 쿨하게 동의해!"

"나중에 다시 얘기하자니까요. 형준이 녀석은 어디 갔어요?"

"수연 양 배웅 나갔다."

장서가 다시 카운터로 가서 정산을 할 때 매장 문이 열리며 형준이 들어왔다. 약간은 상기된 얼굴이 밝아 보였다.

"다녀왔습니다! 어, 형 왔네?"

도검은 못마땅한 표정으로 대답했다.

"왜, 벌써 와서 맘에 안 드나?"

형준은 만세를 부르며 말했다.

"오늘만큼은 무슨 시비를 걸어도 용서해 주지."

"아주 신 나셨구먼."

장서가 돈을 가방에 옮겨 담으며 형준에게 물었다.

"배웅은 잘 했냐?"

형준은 도검의 맞은편에 앉으며 대답했다.

"시급 안 받겠다는 걸 억지로 주머니에 밀어 넣고 왔어요."

도검이 여전히 못마땅한 표정으로 끼어들었다.

"이미 아르바이트 시작했던 거였군."

형준이 턱으로 도검을 가리키며 장서에게 물었다.

"아저씨, 뭐래요?"

도검은 느닷없이 형준의 뒷덜미를 잡아채고는 양손으로 형준의 등을 받쳐 높이 들어 올렸다.

"감히 형님을 턱으로 가리켜? 버르장머리를 고쳐 주마!"

"잘못했어! 나 고소공포증 있다고!"

"수연 씨 알바, 네놈의 계략이렷다!"

"수연 누나가 아르바이트 자리 구한다기에 건의만 한 거라고!"

"수연 누나? 네놈의 흑심은 감춰지질 않는구나!"

도검이 팔을 쭉 펴 형준을 더 높이 들어 올리자 천정에 거의 닿을 지경이 되었다.

"아악! 아저씨, 뭐라고 말 좀 해 주세요!"

돈 가방을 챙긴 장서가 태연히 주방 쪽으로 가며 말했다.

"확실히 도검이 말이 틀렸다고 할 순 없지."

형준은 위에 매달린 채 큰 소리로 외쳤다.

"좋아요, 아저씨! 치킨 두 마리!"

도검은 형준을 더욱 세게 흔들며 말했다.

"역시, 그런 거였어! 으랏차!"

도검이 무릎을 굽히며 허벅지에 형준의 엉덩이를 내리꽂자 눈을 크게 뜬 형준이 비명도 지르지 못하고 엉덩이를 부여잡고 앞으로 쓰러졌다. 도검은 쓰러진 형준을 확인하고는 구경하던 장서에게로 돌아섰다. 장서가 놀란 표정으로 뒷걸음질을 쳤다.

"뭐, 뭐야 너. 왜 이리 오는 건데? 저리가! 훠이!"

"정의의 심판엔 남녀노소가 없지요."

"그래서 날 저렇게 패대기치겠다는 거야? 네 이놈! 감히 어른에게!"

장서가 호통을 쳤지만 도검에게선 전혀 멈출 기세가 보이지 않았다. 장서는 손가락 세 개를 펴 보이며 다급하게 외쳤다.

"세 마리!"

"정의의 심판이 치킨 따위에 흔들릴 리가 없잖아요."

"좋아, 네 마리! 메뉴도 자유 선택!"

도검의 걸음이 우뚝 멈췄다.

"역시 어른을 공경하는 마음은 어쩔 수 없나 봐요. 저는 훈제, 양념, 후라이드, 갈릭 좋아하는 거 아시죠? 이따 집에서 뵙지요."

장서는 이마에 흘러내린 땀을 닦아 내며 여전히 바닥에 뒹굴고 형준에게 다가가 말했다.

"이렇게 돼서 안됐지만 치킨 두 마리는 유효한 거다. 알겠지? 그럼 정리하고 들어와라. 먼저 들어가마."

아무도 없는 매장에 형준 혼자 엉덩이를 붙잡고 공허하게 바닥에 엎어져 있었다.

🔫

현무는 의료 키트를 열고 손의 화상을 치료했다. 심하지는 않았지만, 활동에 약간의 제약이 따를 것 같았다. 날아오는 콘크리트에 맞은 다리도 타박상이 심했는지 부어오르고 있었다. 다행히 어디 부러진 곳은 없었다.

일재가 무장을 하고 그곳에 나타났다는 것은 자신의 행동을 어느 정도 파악했다는 뜻이었다. 일재가 파악했다면, 도검은 계획까지 세워 놓았을 것이 분명했다. 지금 이 상태로 장도검을 상대하면 승산이 없었기에 당분간은 움직이지 않는 것이 좋겠다고 판단했다.

상의를 벗으니 가슴 부위의 상처가 길게 벌어져 있었다. 민창에게 베인 것이다. 소금으로 피부를 단련시켜 웬만큼 찢어져도 피는 나지 않았지만 그렇다고 아프지 않은 것은 아니었다.

그는 의료 키트에서 의료용 바늘을 꺼내 피부를 꿰매기 시작했다. 따끔한 통증이 느껴졌지만 그의 분노에 비하면 아무것도 아니었다. 상처 치료를 끝낸 현무는 쉬지 않고 무기를 정비하기 시작했다. 장도검과의 일전이 그의 긴 여정의 피날레를 장식할 메인 이벤트였으므로.

명희는 주 팀장을 별도의 회의실로 불렀다. 좀처럼 없는 일이었지만 그만큼 중요한 일이라는 것을 의미하기에 주 팀장은 말없이 그를 따라 회의실로 들어갔다.

"그 자식 찾았냐?"

"아뇨, 구리에서 놓쳤어요. 번호판도 기록에 없는 거였고요."

"분명히 그놈 맞아?"

"확실해요. 두 개의 범죄 현장에 연달아 나타난 놈이면 거의 용의자 수준 아니에요?"

"범죄 현장을 쫓아다니는 관람객일 수도 있지. 그렇게 좀 극단적으로 생각하지 말라고 인간아. 그건 그렇고 장도검에 대해선 알아봤냐?"

명희는 회의실 문이 닫혔는지 한 번 더 확인하고는 노트북을 켰다.

"알아낸 건 없지만 한 가지 수상한 걸 알아냈지요. 경찰청에 제 동기 놈 있는 거 아시죠? 얼마 전에 그놈을 만났는데 재밌는 얘기를 해 주더라고요. 2년 전에 정부 서버 해킹으로 잡힌 놈이 있는데, 잡힌 지 30분 만에 국방부에서 그놈을 넘겨받아서 갔답니다. 청장이 직접 연락해서 넘겨주라고 했다더라고요. 국정원도 아니고 국방부에서 해커를 데려간 게 이상해서 기억하고 있었는데 엊그제 책상 정리하다가 해킹 자료 복사본 DVD가 굴러 나왔답니다."

"요건이 뭐여? 자꾸 길게 말할래?"

"조금만 있으면 핵심이 나온다니까요. 스토리텔링 기법으로 말해야 기억이 오래 간다는 사실 모르세요? 그래서 그 친구가 멀리 떨어진 PC방에서 몰래 파일을 열어 봤는데 바로 이게 나온 겁니다."

명희는 노트북을 주 팀장 앞으로 내밀었다. 노트북엔 문서 파일이 몇 개 있었는데 청와대 비서실 카테고리의 문서가 눈에 띄었다. 1982년에 작성된 조직 설립에 대한 기안서였다. 희한한 것은 조직의 명칭이나 설립 목적 등은 전혀 기재되지 않고 설립 자체만을 인가받는 게 내용의 전부였다.

"이게 뭐야?"

명희는 더욱 작은 목소리로 말했다.

"일명 '비밀 기관'이란 거죠. 표면적으로는 국방부 산하 부서로 되어 있는데 국방부에는 전혀 언급이 없어요. 더 수상한 거 보여 드리죠."

명희가 문서 몇 개를 더 열었다.

"1966년 문서인데 '중앙유물연구소'라는 곳을 '원자력연구소' 산하기관으로 편입한다는 내용입니다. 그리고 여기 보면 1971년에 청와대 직속 조직인 '자원연구소'라는 게 생깁니다. 주목할 건 같은 해에 '중앙유물연구소'가 해체됐다는 거죠. 즉, '중앙유물연구소'가 '자원연구소'로 명칭을 바꾸고 소속도 변경된 거죠. 그 이후부터는 이 조직은 명칭조차도 거론되지 않는다는 겁니다. 문서 번호 아니었으면 연관성도 못 찾을 뻔했죠. 하지만 가장 희한한 건 1960년대부터 지금까지 계속 정권이 바뀌었는데도 이 조직은 계속 유지되고 있다는 거죠."

명희가 가리킨 문서는 1998년에 작성된 아프가니스탄 파견에 대한 것이었다.

"우리가 알고 있는 파병은 2002년에 비전투원 파병이잖아요. 그런데 이건 그보다 4년이나 앞서 있어요. 게다가 대통령 직보直報 자료라는 거죠. 국방부 소속인데 이럴 수가 있어요?"

"파병 인원이 여섯 명이구면. 여섯 명 가지고 뭘 한 걸까? 그보다 왜 자원이나 연구하는 곳에서 파병 안을 올리는 거지? 분위기상 연구 목적은 아닌 것 같고."

그때 명희의 휴대폰에 문자 메시지가 도착한 것을 알리는 소리가 났다. 문자를 확인한 명희는 갑자기 노트북을 벽에 집어 던졌다. 주 팀장이 말릴 틈도 없이 명희가 노트북을 때려 부수는 작업은 계속되었다. 그는 노트북을 해체하고 하드디스크를 뜯어내 다시 집어 던졌다.

"뭐, 뭐하는 짓이야!"

명희는 주머니칼로 하드디스크 케이스를 벗겨 디스크를 직접 손상시키며 대답했다.

"이게 다 팀장님하고 저를 위한 길이라고요."

명희가 다 부서진 노트북 잔해를 주 팀장 앞에 내려놓는 순간 회의실 문이 벌컥 열렸다.

똑같이 검은색 양복을 입은 사내 세 명이 들어왔다. 그러자 명희는 갑자기 주 팀장 앞에 무릎을 꿇으며 애원했다.

"팀장님, 다시는 근무시간에 게임 같은 거 안 하겠습니다! 죄송합니다! 한 번만 봐주십시오! 이 젊은 나이에 잘리면 제가 뭘 해서 먹고살겠습니까! 안 그렇습니까?"

주 팀장은 상황이 완전히 이해는 가지 않았지만 일단은 명희가 진지해 보였기에 그의 장단에 맞췄다.

"내가 경고 몇 번 했어? 분명히 확 다 부숴 버린다고 얘기했지?"

주 팀장은 짐짓 그제야 들어온 사람들을 발견했다는 듯 물었다.

"무슨 일이우?"

사내들 중 오른쪽에 있던 남자가 부서진 노트북에 시선을 고정하며 신분증을 들어 보였다.

"국방부에서 나왔습니다. 같이 가 주셔야겠습니다."

주 팀장은 황당한 표정으로 대꾸했다.

"그 대사를 군인들도 하는구먼. 근데 무슨 일로 가자는 거요?"

"가시면 압니다."

그들이 다가서자 명희가 일어서며 끼어들었다.

"이봐요. 같은 공무원끼리 빡빡하게 굴지 맙시다. 무슨 일로 왔는지 말해 주는 게 그렇게 어려운가?"

가운데 우두머리로 보이는 사내가 앞으로 나서며 선글라스를 벗었다.

"일단 동행하면 알게 될 거요."

주 팀장의 얼굴이 벌겋게 상기되기 시작했다.

"짜증 나게 같은 말 되풀이하지 말고 공문 좀 봅시다. 다른 기관에서 사람 보내면서 공문을 안 보내진 않았겠지."

"긴급 상황인 경우엔 공문 없이도 처리가 가능합니다."

주 팀장의 얼굴은 노기로 잔뜩 부풀어 올랐지만 미소를 잃지는 않았다.

"난 긴급한 일 없는데?"

선글라스를 벗었던 사내가 목소리를 깔며 말했다.

"당신들 죽고 싶어?"

주 팀장의 표정이 딱딱하게 굳어졌다. 그는 자리에서 일어서며 말했다.

"대한민국 경찰이 아주 동네 호구가 됐구먼. 이젠 군바리들까지 경찰서 한복판까지 들어와서 설레발치네?"

"뭐?"

"귓구멍에 잼 처발랐어? 이래도 안 들리세요?"

주 팀장이 고함을 지르자 사무실에 있던 형사들까지 회의실 주변으로 몰려들었다. 사람이 많아지자 국방부 요원들은 살짝 당황한 기색이 보였다.

"일 복잡하게 만들지 맙시다."

"어이, 내가 일 복잡하게 만들었나? 공문도 없이 사유도 안 가르쳐 주면서 같이 가자는데 어떤 호구 새끼가 좋다고 따라 가나?"

"당신들. 지금 공무 집행 방해하는 중인 거 알아? 물러서. 안 그러면 다쳐."

주 팀장은 더욱 화난 목소리로 말했다.

"그래 물러서지 뭐. 이런 짓거리 할 수 있는 곳은 국정원밖에 없는데 너희는 국방부 소속이라고 하니까 내가 의심이 들어서 그래. 너희 정체가 뭐야?"

"이미 밝혔을 텐데."

그들을 말없이 노려보던 주 팀장이 할 수 없다는 듯 양팔을 벌려 보이고는 말했다.

"할 수 없네. 나도 정식으로 처리하는 수밖에. 명희야 저기 저 친구 가슴팍에 불룩한 거 뭐냐? 어이쿠! 혹시 총 아니야?"

명희는 놀라는 표정을 지어 보이며 말했다.

"네? 신원이 불확실한 자들이 대한민국 땅에서 총을 가지고 있다고요? 그렇다면 범죄자 아닙니까?"

명희의 말을 신호로 주변에 있던 형사들이 그들을 벽에 밀어붙여 놓고 수갑을 채운 뒤 몸을 뒤졌다. 권총과 지갑, 신분증이 테이블 위에 쏟아져 나왔다.

"당신들 지금 큰 실수 저지르는 거야! 알아들어!"

그들이 뭐라고 하든 주 팀장은 테이블 위에 있는 물건들을 살피다 권총을 들어 보이며 말했다.

"이 친구들 정말 수상한데? 대한민국 군인이 글록을 쓴다는 얘기는 금시초문인데 말이야. 이러면 이거 불법 무기 소지가 되잖아."

명희는 주머니칼로 신분증에 인쇄된 사진을 긁으며 말했다.

"신분증도 쉽게 지워집니다."

국방부 요원이 발끈해서 외쳤다.

"칼로 긁어서 안 지워지는 신분증이 어디 있어!"

하지만 아무도 듣지 않았다. 그는 화난 목소리로 외쳤다.

"당신들 상관 불러와, 상관!"

그때 회의실 밖에서 누군가 들어왔다. 형사과장이 이쑤시개를 물고 들어왔다.

"여기 뭔 일이야? 왜 이렇게 시끄러워?"

그가 들어오자 다른 형사들이 모두 인사를 했다. 형사과장은 회의실 분위기를 탐지하듯 둘러보았다. 국방부 요원이 그에게 말했다.

"당신이 여기 책임자요?"

형사과장의 미간이 살짝 찌푸려졌지만 금세 풀어졌다.

"형사과장입니다. 그쪽은 누구시죠?"

"국방부 소속이오."

"국방부?"

형사과장이 주 팀장을 돌아보자 주 팀장은 어깨를 으쓱해 보이며 칼로 긁다 만 신분증을 건넸다. 형사과장은 신분증을 보며 물었다.

"무슨 일로 오셨죠?"

"그건 말할 수 없습니다."

"그럼 공문은 언제 보내셨죠?"

국방부 요원들은 노려만 볼 뿐 아무 대답을 하지 않았다. 형사과장은 난처한 듯 머리를 긁으며 말했다.

"무슨 일로 왔는지 말도 안 해 주고 공문도 없고…… 이거참 곤란하군요."

형사과장은 잠시 머리를 긁적이다 그들의 지갑을 뒤져 봤지만 다른 신분증은 없었다. 그는 회의실 전화기를 당겨 와 어딘가로 전화를 걸었다.

"신분 확인 좀 해 주시겠습니까? 국방부 소속이고요."

형사과장은 몇 마디 하고 잠시 기다리는 동안 국방부 요원들을 둘러보았다. 그들은 여전히 화가 난 표정으로 노려보았다.

"아, 네. 알겠습니다. 감사합니다."

전화를 끊은 형사과장이 주 팀장을 돌아보았다.

"일단 신분 확인은 됐네요."

국방부 요원들은 약간 안도한 표정이었지만 형사과장의 다음 말에 다시 굳어 버렸다.

"하지만 얼굴 대면을 하기 전엔 동일 인물인지는 확인할 길이 없죠. 더구나 이런 불법 무기류라면 생각해 볼 필요가 있겠군요."

"당신들 큰 실수 하는 거야."

형사과장이 대꾸했다.

"만약 실수하는 거라면 미안합니다만, 절차를 무시하고 여기까지 들어왔을 땐 이 정도 생각은 하셨으리라 생각합니다."

전화벨이 울렸다. 명희가 받으려 하자 형사과장이 직접 받았다.

"형사과장입니다. 아, 네, 서장님. 그렇습니까?"

형사과장이 국방부 요원들을 돌아보는 것으로 보아 경찰서장이 그들에 대해 언급을 한 모양이었다.

"아, 그렇군요. 그분들은 좀 전에 돌아갔습니다."

그의 말에 국방부 요원들의 얼굴에 당황한 기색이 역력했다. 약속이나 한 듯 뒤에 있던 형사들이 그들의 입을 틀어막아 소리 내지 못하게 했다.

"물론입니다. 행정상에 착오가 있으면 당연히 책임져야죠. 네, 알겠습니다. 들어가십시오."

형사과장이 전화를 끊고 나서야 형사들이 그들의 입을 막았던 손을 풀어 주었다.

"서장님이 확인해 달라시네요. 국방부 직원들 다녀갔냐고."

"확인됐으면 이제 이거 풀어요."

형사과장이 고개를 끄덕여 보이자 주 팀장이 항의의 뜻으로 앞으로 나섰다. 형사과장은 주 팀장에게 진정하라는 듯 손가락을 들어 보였다. 형사들이 수갑을 풀어 주자 그들은 자신들의 소지품을 챙겼다. 그들이 권총을 집으려 하자 형사과장이 직접 권총을 한쪽으로 치우며 말했다.

"신분은 그렇다 치고 이제 이 불법 권총에 대해서 대화 좀 합시다. 왜 국방부 지정이 아닌 모델을 가지고 있는지 얘기해 보시죠."

"공무 수행 방해 형량을 알고 이러는 거요?"

"제가 지금 개인 업무 보는 건 아니잖아요. 불법 무기에 대해 수사하는 건 형사과장으로서 충분히 공무 수행으로 보입니다만."

"당신들 모조리 옷 벗을 각오해!"

형사과장은 손뼉을 쳐서 주위를 환기시키며 말했다.

"자, 협박까지 받은 이상 대화로 해결하긴 어렵게 됐네요. 주 팀장님, 이분들 취조실로 옮겨 주십시오. 제가 직접 취조하겠습니다."

형사과장이 나가자 주 팀장이 지시를 내렸다.

"권총들 증거물로 수집하고 이 시간부터 취조 끝날 때까지 과장님이나 내 앞으로 오는 전화는 전부 따돌려라."

주 팀장이 회의실을 나서자 명희가 따라나섰다. 주 팀장은 시선도 주지 않고 물었다.

"너 때문에 일 커진 거 알지? 무슨 일인지 설명해 봐. 듣고 타당성 없으면 옷 벗을 각오해라."

명희는 문자 메시지를 보여 주었다. 휴대폰엔 '접어'라는 한마디만 찍혀 있었다.

"그 친구가 DVD를 열어 본 걸 정부에서 알아챘다는 의미죠.

그래서 하드디스크부터 박살 낸 거예요."

"어떻게 알아낸 건데?"

"그건 저도 모르죠. 자동으로 웹에 접속되게끔 하는 프로그램을 DVD에 박아 놓았을 수도 있죠. 아니면 복사본이 있다는 걸 알아채고 수사를 해 온 걸 수도 있고요."

"네 말은 저놈들이 그 비밀 기관인가 뭔가 관계된 놈들 같다는 얘기지?"

"그렇지 않고서는 자료를 찾아낸 타이밍에 맞춰서 나타날 리가 없잖아요. 안 그래요?"

주 팀장은 자신의 자리에 앉으며 고개를 깊이 끄덕였다.

"절묘한 타이밍이긴 하네."

"그보다 형사과장님 취조할 때는 무섭다면서요?"

"확실히 평소의 인상은 아니지."

"역시 엘리트는 다르다니까. 전직 경찰청장님 아들이라면서요? 팀장님보다 거의 열 살이나 젊은데 카리스마도 있고 리더십도 있고. 참 대단하지 않아요?"

"부인하지는 않겠지만 꼭 나이 어리다는 걸 힘줘서 말해야겠니? 내 입장도 생각을 해 주셔야지, 이 싸가지 없는 놈아."

주 팀장은 명희를 때리려다 말고 시계를 보고는 취조실로 향했다.

사내는 맞은편 건물을 지켜보았다. 열화상 스코프는 건물 내에 체온을 가지고 있는 모든 사람들을 나타냈지만 그는 오직 세 명에 대해서만 집중했다. 세 명 모두 창문이 없는 곳에 있었기 때문에 쉽지는 않았다. 그나마 두 명은 오픈된 공간에 있어서 특수 장비로 처리가 가능했지만, 나머지 한 명은 환풍기조차 없는 방 안에 있었기에 아무래도 직접 나서야 할 듯했다.

목표물들은 작은 움직임을 보이긴 했지만 오차 범위 내였다. 사내는 캐리어에서 좀 더 큰 라이플을 꺼내 설치했다. 길이 1,200밀리미터의 총신이 건물을 벗어나지 않도록 하기 위해 사내는 엎드린 채 뒤로 물러나야 했다. 손바닥만 한 별도의 디바이스를 꺼내 케이블을 연결하고 그것을 또다시 스코프에 연결했다. 디바이스의 버튼을 누르자 미리 입력했던 건물 설계 도면이 스코프 화면에 겹쳐져 투사되었다. 설계도가 입체적으로 움직이며 목표물이 앉아 있는 방에 설치된 환풍기와 공기가 흐르는 통로를 보여 주고는 권장 루트를 안내하는 실선이 노랗게 나타났다. 사내는 통로의 공간과 재질, 두께 정보를 보며 루트를 미세하게 조정했다. 디바이스를 조작하자 탄이 날아가 작동되는 모습이 스코프 화면에 시뮬레이션으로 보였다.

그는 쇠말뚝과 같은 탄의 제일 뾰족한 부분을 돌려 열고 별도의 케이블로 디바이스와 연결했다. 디바이스에 계산된 결과 값이 탄으로 싱크 되었다. 싱크가 완료된 것을 알리는 LED가 한 차례 점멸했다. 탄을 원래대로 닫고 라이플의 약실을 개방했다. 탄을 약실에 밀어 넣고 장전했다. 한 발에 천만 원짜리 수제 제작 탄이었지만 남는 장사이기 때문에 기꺼이 사용하기로 했다.

시계를 보았다. 23시 20분. 내일 새벽까지 두 건을 끝내야 했기에 시간이 촉박했다. 사실 원래는 한 건만 의뢰가 들어왔지만 갑자기 예정에도 없는 일이 급하게 들어온 것이다. 예정된 일이 아니었기에 짜증이 났지만 그의 유일한 클라이언트를 생각하면 안 할 수도 없는 일이었다.

손가락의 근육을 풀었다.

약간만 탄도가 바뀌어도 실패하게 된다.

호흡을 가다듬고는 건물 외벽의 한곳을 노려보았다.

숨을 내쉬다가 멈추었다. 그리고 다시 3분의 2를 뱉어 내며 다시 멈추었다.

손가락을 가볍게 구부렸다.

미세한 반동이 느껴지며 탄이 날아가는 모습이 스코프를 통해 보였다.

탄은 '퍽' 소리를 내며 벽을 뚫고 들어가 환풍 통로를 따라 날아갔다. 스코프에 표시된 지점에서 탄이 분리되며 추진체로 사용된 부분은 통로에 박히고, 보다 작은 탄이 튀어나와 90도로 방향을 꺾었다. 통로를 따라 비행하던 탄은 또다시 분리되며 방향을 바꾸었다. 날아가던 탄은 통로 벽에 박히는 동시에 아래에 나 있는 환풍기를 향해 더 작은 탄 네 발을 빠른 속도로 뱉어 냈다. 네 개의 탄은 환풍 구멍을 통해 목표물을 향해 날아갔다. 네 개의 탄이 양쪽으로 나눠지며 목표물의 이마와 심장에 박혔다.

사내는 열화상 스코프로 건물을 살폈다. 사무실 안은 거의 동시에 납작 엎드렸다가 분주하게 움직이기 시작했다. 목표물의 체온을 나타내는 수치가 점점 내려가는 것을 확인한 사내는 준비해 온 경찰 정복으로 갈아입었다.

건물로 들어가니 원인 모를 저격으로 인해 경찰서 전체가 발칵 뒤집힌 상태였다. 경찰들이 분주히 움직이고 있었고 사내는 그 무리에 섞여 자연스럽게 현장 쪽으로 향했다. 대부분이 정면에 보이는 칸막이 방으로 모였다. 사내는 손목에 찬 장치를 힐끗 보았다. 빨간 점 세 개 중 두 개는 이미 꺼져 있었고 남은 하나는 여전히 깜박이고 있었다. 그는 점이 있는 방향으로 곧장 움직였다.

복도를 지나 '취조실'이라고 씌어 있는 곳에서 경찰들이 뛰어나오는 것이 보였다. 취조실엔 정복 경찰과 목표물만 남아 있었다. 사내는 경찰의 머리를 쏜 다음 곧바로 목표물의 가슴과 이마에 한 발씩 쏘았다.

사내는 혼란을 틈타 빠른 속도로 건물을 빠져나왔다. 23시 24분. 예상보다 많은 시간이 소요되었지만 갑자기 처리한 일치고는 꽤 효율적으로 처리했다고 생각했다. 그는 장갑을 벗어 경찰서 앞 쓰레기통에 버렸다. 추적자들의 방향감각을 잃게 하기 위해서는 현장에서 쓴 물건은 현장에 남겨 둬야 했다.

사내는 장비를 단단히 챙겨 차에 싣고 다음 목적지로 향했다. 기관의 의뢰 담당자가 지금 하려는 일을 맡기며 했던 말이 떠올랐다.

'복싱 선수가 잽을 날리는 이유 중에 하나가 견제야. 가끔씩 날려 줘야 섣불리 못 덤비거든.'

담당자에겐 자신이 한낱 잽에 불과할지 몰라도 자신은 긴장 때문에 손발이 저리기까지 했다. 이번 의뢰는 지난 20년간의 빛나는 경력은 물론 목숨까지 걸고 벌이는 도박이나 마찬가지였다. 임무를 완수하면 그의 명성은 수직 상승할 것이지만 그렇지 않다면 죽어야 할지도 몰랐다. 시뮬레이션으로 얻은 승률은 30퍼센트. 이렇게 낮은 확률의 일은 받지 않았지만 그냥 포기하기엔 너무 매력적이었다. 돈과 명성. 무엇보다 전사로서 본능이 강한 상대를 원했기 때문이다.

그는 차 안에서 심호흡을 하고 예술 작품을 다루듯 세밀하게 장비를 점검했다. 어쩌면 마지막이 될지도 모르는 차 안의 방향제 향을 맡으며 머릿속으로는 계획을 점검했다.

현무는 맞은편 카페에 앉아 길 건너편 단층 건물에 있는 피자 매장을 바라보았다. 현재 시간 24시 10분. 영업이 끝난 지 두 시간이 지났지만 피자 매장은 여전히 뒷마무리 작업을 하고 있었다. 피자 매장에서 직원으로 보이는 남녀가 커다란 쓰레기 봉투를 들고 밖으로 나와 건물 옆에 꺼내 두고 다시 매장 안으로 들어갔다. 잠시 기다리자 잠깐 나왔던 직원 두 명이 다시 평상복으로 갈아입고 나와 어딘가로 향했다.

현무는 조금 더 기다린 후 밖으로 나섰다. 주위의 지형을 살피며 자신의 시가전 지식과 노하우를 오버랩 시켰다. 피자 매장 건물을 보던 현무는 미소를 지으며 고개를 끄덕였다.

"과연."

겉보기엔 평범한 건물이었지만 피자 매장 건물의 지형적 조건은 마치 요새와 같았다. 지상 주차장은 도로변에 있고 안쪽으로 후퇴하여 배치된 건물은, 양쪽에 서 있는 빌딩을 성벽처럼 이용할 수 있었다. 전면을 보는 출구는 하나로 되어 있어 공성전이 벌어질 경우 방어가 용이했다. 한마디로 다수를 상대하기에 좋은 입지 조건이었다. 건물 자체도 단층으로 지어 외부에 노출되는 면적을 최소화한 것만도 이미 훌륭한 요새였다. 분명 중요 시설은 모두 지하로 몰아넣어 지었을 가능성이 높았다.

현무는 담배를 비벼 끄고는 길을 건너 건물을 자세히 살폈다. 매장 안쪽은 영업 종료를 알리는 푯말을 달고 여전히 정리 작업 중이었다. 그는 습관적으로 담배를 하나 더 꺼내 입에 물었다. 오늘 중으로 결판을 내고 싶었지만 조금이라도 확률을 높여야 했기에 조급한 마음을 간신히 억눌렀다.

그가 돌아서 걸음을 옮길 때 아까 외출했던 피자 매장 직원이 돌아오는 것이 보였다. 두 사람은 서로서로 힐끗 보며 스쳐 지났다.

현무는 몇 걸음 걷다 말고 깜짝 놀라며 뒤를 돌아보았다. 좀 전에 마주친 그 직원이 매장 안으로 들어가는 모습이 보였다.

현무는 잠시 동안 발을 뗄 수가 없었다. 그가 느낀 건 보통 사람에게서는 절대 느낄 수 없는 살기였다. 그것은 살의를 지닌 기운이라기보다 야수에게 본능적으로 새겨져 있는 기운에 더 가까웠다. 살기가 밖으로 방출되는 걸로 봐서는 전문적인 훈련을 받은 프로도 아니었다. 하지만 일반 사람으로 생각하기엔 그 기운은 너무나 강했다. 무의식중에 흘러나온 것이 그 정도의 기운이라면 실제로 발현됐을 때는 얼마나 강하게 바뀔지 예상도 잘 되지 않았다. 현무의 머리가 갑자기 복잡해졌다. 이건 전혀 예상하지 못한 일이었다. 그는 복귀하려던 계획을 바꿔 조금 더 살피기로 했다.

계획에는 없었지만 만약을 위해 저격을 해야 할지도 모른다는 생각이 들었다. 그는 저격할 만한 장소를 돌아보다 맞은편 건물 위쪽을 올려다보았다. 자신이라면 바로 저곳에서 저격할 거라고 생각했다. 그때, 찰나와 같은 짧은 순간이었지만 반사광이 비쳤다. 군용 무기에서만 느낄 수 있는 반사광이었다. 먼저 온 손님이 있을 거란 생각은 하지 않았다. 기관 수뇌부의 갈등으로 반대 세력 대응 정책이 중단된 상태라는 것을 알고 있었기 때문이다.

저격수가 있는 건물로 들어가 비상계단을 따라 올라갔다. 옥상은 진입할 수 없도록 막아 놨지만 자물쇠가 깔끔하게 열려 있었다. 그 하나만으로도 프로의 냄새가 물씬 났다. 옥상으로 올라간 현무는 인기척을 없애고 주변을 살폈다. 현무가 반사광을 본 그 자리에 검은 옷을 입은 남자가 차분히 엎드려 기다리고 있었다. 그의 자세에서는 베테랑다운 편안함과 여유가 느껴졌다. 현무는 몸을 날려 엎드려 있던 사내를 순식간에 제압했다. 현무의 악력이라면 손에 쥐고 있는 사내의 목을 부러뜨리는 것은 일도 아니었다. 사내는 권총을 꺼내 현무에게 겨누려했지만 총마저 빼앗겼다. 현무는 손아귀에 힘을 주며 조용히 말했다.

"해치지 않아. 몇 가지만 물어볼 생각이다. 엉뚱한 생각 하면 내가 죽일지도 모르니까 최대한 조심스럽게 움직여. 알아들었나?"

목을 잡힌 사내가 눈을 깜빡이는 것으로 대답을 대신했다. 현무는 나란히 엎드린 채 움켜쥐었던 손을 풀어 주었다. 사내는 기침을 몇 번 하며 안정을 찾아갔다.

"뭐하는 놈이야?"

사내는 비무장인 현무의 빈틈을 살폈지만 어디에도 공략할 곳은 없었다. 고도의 훈련을 받은 자신이 인기척을 느끼지 못할 정도라면 그냥 일반 소속의 군인은 아닐 거란 생각에 역공하려는 계획을 접었다.

"그런 질문이라면 어떤 질문에도 대답할 수가 없어."

현무는 흥미롭다는 듯 사내를 빤히 살폈다. 휘장 없는 흑색 민간 전투복에 액세서리 따위도 전혀 하고 있지 않았다. 심지어는 있을 법한 군번줄조차 하고 있지 않아 그에 대해 짐작할 만한 것이 전혀 없었다. 하지만 그의 장비만큼은 명확하게 구분이 되었다. 현무 자신도 다뤄 봤던 대인 특수 화기들. 현무에게 이 장비들은 지문이나 마찬가지였다.

현무는 씩 웃으며 말했다.

"기관 살상 에이전트구나."

사내는 눈에 띄게 놀랐다. 기관을 아는 것도 놀라운데 그의 신분을 정확히 맞춰 소름이 돋을 정도였다. 사내는 처음으로 현무에게 흥미가 생겼다.

"당신도?"

현무는 마음대로 사내의 스코프를 쓰며 말했다.

"아니야. 이젠 기관 요원도 아니고."

사내는 자신 앞에서 여유롭게 피자 매장을 보고 있는 남자의 정체가 궁금했다. 이렇게 느슨한 상태라면 자신이 당장에라도 대검을 그의 목에 꽂을 수도 있는데 그는 전혀 신경 쓰지 않는 듯했다. 자만이 아니라면 대단한 자신감이었다.

"아주 오래전에 은퇴했지."

나이가 들어 보이지도 않았는데 무슨 사연이 있는지 궁금해졌다. 하지만 물어볼 수도 없었다. 자신이라도 대답해 주지 않았을 테니까. 그때 현무의 귀 뒤에 있는 작은 문신이 보였다. 알파벳과 숫자만 새겨진 문신. 잠시 생각에 잠겼던 사내는 뭔가를 떠올리고는 또 한 번 크게 놀랐다.

사내는 이라크전에서 기관의 명을 받아 20여 명의 특임부대에 차출되어 파병되었다. 자원 정보 획득이라는 비공식 독립 작전이었기에 협조 요청을 할 수도 없어 이라크 군부대에 포위된 채 괴멸의 위기에 빠졌다. 포위망이 좁혀져 산 정상에서 간신히 버티고 있을 때 하늘에서 병사 하나가 한가운데로 떨어져 내렸다. 그 병사가 외투를 벗자 은회색 철갑으로 두른 거대한 몸이 드러났다. 그의 양팔에 붙어 있는 화기가 불을 뿜기 시작하면서 전세가 순식간에 역전되었다. 특임부대의 퇴로가 확보되자 그 병사는 헬기를 타고 철수했는데 그 병사의 귀 뒤에도 현무와 같은 표식이 있었던 것을 떠올린 것이다. 기관에서는 그들을 슬로터라 불렀고 존재 자체가 기밀 사항이었기에 기관 내에서도 소문만 들었을 뿐 그렇게 직접 본 것은 처음이었다.

사내는 약간 흥분된 목소리를 간신히 가라앉히며 말했다.

"당신 슬로터 출신이군."

현무는 스코프에서 눈을 떼지 않은 채 대답했다.

"서울 한복판에서 나를 알아보는 자를 만나게 될 줄은 몰랐군."

현무는 스코프를 사내에게 건네며 말했다.

"잡담은 됐고, 저기 나오는 친구가 타깃인가?"

사내는 라이플의 스코프를 통해 현무가 가리키는 곳을 보았다. 거대한 덩치의 남자가 중년의 남자와 이야기를 하며 매장 밖으로 나오는 것이 보였다. 장도검이었다. 사내는 흐트러지는 심호흡을 다시 차분하게 만들었다.

"욕심이 너무 과하군. 설마 이걸로 도검이를 죽일 수 있다고 생각하는 거야?"

현무의 말에도 사내는 최대한 집중력을 발휘했다. 장도검 역시 인간이라는 사실을 잊지 않고 주눅 들지 않으려고 노력했다.

호흡을 가다듬고 방아쇠에 손가락을 걸었다. 이 거리라면 눈을 감고도 맞출 수 있는 거리였다. 그의 스코프 정중앙에 도검의 머리가 걸리기만을 기다렸다. 한가운데 오는 순간이 시체가 되는 순간이었다. 도검의 머리가 가운데 오는 순간 스코프 속의 도검이 이쪽을 똑바로 바라보았다. 사내가 흠칫하며 주춤하는 순간을 놓치지 않고 도검은 중년 남자를 끌고 건물 안으로 사라졌다. 들킨 것이다.

"제기랄!"

현무가 낄낄거리며 말했다.

"진짜 죽일 수 있다고 믿은 거야? 이 친구 너무 순진하네."

현무의 표정이 싸늘해졌다.

"기관 놈들이 점점 바보가 되어 가는 모양이군. 슬로터를 이렇게 우습게 보면 나도 곤란하잖아. 어이, 지금 뭐하는 거야?"

소형 장비를 챙기는 사내를 보고 현무가 의아한 표정으로 물었다. 사내는 묵묵히 장비를 챙기고 일어서서 말했다.

"임무 수행."

계단을 따라 건물을 내려가는 사내를 보며 현무는 씩 웃고는 그가 놓고 간 스코프로 피자 매장 건물을 관찰했다.

도검은 장서와 함께 매장으로 다시 들어왔다. 형준은 지프를 몰고 오다가 도검의 신호를 보고 그냥 지나갔다. 차를 빤히 보던 도검이 카운터 뒤에 숨어 있는 장서에게 물었다.

"차 공장에 맡긴 거 아니었어요?"

"오늘 바빴잖아."

"아, 진짜, 차량 정비를 그때그때 해야 긴급할 때 쓸 수 있잖 아요."

"누가 기관 시설 쓰래? 그리고 네놈이 직접 하면 주둥이에 가시가 돋냐?"

"저야말로 바빴잖아요."

장서는 이마로 흐르는 식은땀을 닦아 내며 말했다.

"됐어 자식아. 그나저나 기관 놈들인 거냐?"

도검은 안쪽 테이블에 앉아 밖의 동태를 살피며 대답했다.

"아저씨가 사채 쓴 거 아니면 기관이겠죠."

"지금 기관이 이럴 정신이 없을 텐데……."

도검은 슬쩍 앞쪽 테이블로 옮겨 앉았다.

"정신은 없는데 할 일은 해야겠고, 그래서 용역 준 거 아니 겠어요?"

"그런데 확실히 저격수 맞아? 괜히 이러고 있는 거면 우리 당분간 쪽팔리지 않겠냐?"

도검은 자신의 오른쪽 눈을 가리키며 말했다.

"이 눈 유지 보수하시는 분이 아저씨 아니에요? 1킬로미터 밖에 있는 것도 보이는 눈인데, 잘못 봤으면 아저씨 잘못이지."

"저 썩을 놈은 무조건 내 탓이래!"

도검은 검지를 입술에 대며 귀를 기울였다.

정면을 주시하고 있는 그의 오른쪽 눈에 있는 아날로그선이 파동을 일으켰다. 지붕에 설치한 무게 감지 센서가 반응을 보인 것이다.

"왔군."

도검의 말과 동시에 불이 꺼졌다. 도검이 말없이 위쪽을 가리키자 장서는 카운터 아래서 조용히 샷건을 꺼내 들었다. 도검이 총을 보고 놀란 눈으로 바라보자 장서는 아무것도 아니라는 듯 어깨를 으쓱해 보였다.

도검은 조심스럽게 일어나 그의 움직임에 따라 함께 이동했다. 침입자는 자신의 위치가 발각된 것을 깨달은 듯 굳이 기척을 숨기려 들지 않았다. 철컥거리는 소리에 이어 시멘트에 말뚝이 박히는 소리가 네 번 났다.

"젠장!"

도검이 몸을 날려 피하는 순간 천장에서 엄청난 폭음과 함께 구멍이 뚫리며 무너졌다. 먼지와 파편이 날아다니는 사이 천장에서부터 누군가가 뛰어내리며 총을 쏘기 시작했다. 소음기의 둔탁한 소리에 따라 주방과 홀의 유리와 집기들이 요란하게 깨지고 부서졌다.

도검이 바닥에 고정되어 있던 테이블을 뜯어 침입자에게 집어 던졌다. 침입자는 날아오는 테이블을 쳐 냈지만 무게에 눌려 자세가 흐트러졌다.

그 순간을 놓치지 않고 도검은 낮은 자세로 미끄러지듯 달려가 그의 팔을 쳐 무기를 떨어뜨렸다. 침입자는 머리를 노리고 날카로운 발차기로 응수했지만 도검은 왼쪽 어깨를 살짝 들어 올려 그의 발차기를 막는 것과 동시에 그의 목을 움켜잡아 들어 올렸다. 도검은 지체하지 않고 주먹으로 그의 늑골을 부러뜨려 호흡량을 부족하게 했다. 지탱할 곳을 잃은 침입자는 허공에 매달린 채 쉿소리를 내며 간신히 숨만 쉬고 있었다.

도검은 그를 내려놓고 발로 밟아 양쪽 어깨 관절마저 망가뜨렸다. 장서가 눈살을 찌푸리자 도검은 어쩔 수 없다는 듯 말했다.

"확실한 게 좋으니까."

도검은 부서진 집기 중에서 멀쩡한 의자를 골라 앉았다.

"기관에서 보냈나?"

침입자는 힘겹게 고개를 끄덕였다.

"왜 지금이지?"

침입자는 침을 삼키고는 힘겹게 말했다.

"그들 말로는…… 잽을 날리는 타이밍이라더군."

도검은 고개를 가로저으며 말했다.

"그럴 거야. 우리가 편한 꼴은 못 보니까."

도검이 벌떡 일어나 침입자에게 다가갔다. 도검의 왼팔에서 칼이 튀어나오자 장서가 다급하게 말했다.

"어차피 임무도 실패했고 전투력도 상실했는데 꼭 그래야겠냐?"

도검은 침입자의 상태를 빤히 내려다보다 칼을 집어넣으며 물러섰다.

"어떻게 하시게요?"

"그냥 밖에 어디다가 내놓든지⋯⋯."

"이 상태로 밖에 버리자고요? 뭐야, 그게 더 이상하잖아요!"

"듣고 보니 그렇긴 한데 그래도 직접 그러는 건 좀⋯⋯."

창밖에서 날아온 한 발의 총알이 침입자의 관자놀이를 관통했다. 두 사람은 동시에 바닥에 바싹 엎드렸다. 머리가 날아간 침입자의 시체가 옆으로 기울며 쓰러졌다. 이어서 바람 소리를 내며 뭔가가 날아와 도검 앞에 떨어졌다. 저격용 라이플이었다. 도검이 매장 밖으로 뛰어나갔지만 아무도 없었다.

경찰서는 종일 재래시장처럼 복잡하고 분주하게 돌아갔다. 입구에서부터 정복과 사복 경찰이 행인처럼 오갔고 과학수사팀은 허리를 숙여 물건을 고르듯 현장을 상세히 조사했다. 그들 사이엔 주 팀장과 명희도 있었다. 명희는 나란히 앉은 채 죽어 있는 국방부 요원을 바라보았다.

"똑같은 자세로 동시에 인생을 마감할 줄 알았을까요?"

"몰랐을걸. 알았다면 그 순간부터 불행했을 텐데 살 수 있었겠냐?"

명희는 봉투에 든 금속조각들을 흔들어 보였다.

"믿어지세요? 이게 저격에 쓰인 무기 파편이라네요. 박 선배가 그러는데 이런 건 태어나서 한 번도 못 봤답니다."

"그 자식은 코끼리도 못 본 놈이야."

주 팀장은 금속조각을 형광등에 비추어 보며 말을 이었다.

"뭔가 복잡해 보이기는 한데 훼손이 심해서 작동이 어떻게 되는 건지 알아내려면 골치 좀 썩겠군. 이게 환풍 통로에 박혀 있었다고?"

"잠정적인 결론은 환풍기를 통해서 총알이 날아들었다는 겁니다."

주 팀장은 환풍기를 올려다보았다.

"창문이 없으니까 환풍기를 이용한 거다……란 얘기야?"

"저도 안 믿어지긴 마찬가지예요."

밖이 소란스러워졌다. 형사들이 뒤로 물러서며 열린 통로에 정장을 입은 사내 한 무리가 지나왔다. 그들은 두 개의 무리로 나뉘더니 한쪽은 한 구의 시체가 있는 취조실로 나머지 한쪽은 명희와 주 팀장이 있는 현장으로 들어섰다. 책임자로 보이는 자가 국정원 신분증을 보였다.

"여기서부터는 저희가 맡겠습니다."

그가 지시를 하자 뒤에 있던 직원들이 일사분란하게 움직이며 현장의 자료는 물론 시체까지 운반을 했다. 책임자는 주 팀장의 손에 있던 증거물을 채 갔다. 주 팀장의 미간이 찌푸려지며 항의를 하려 하자 형사과장이 주 팀장의 어깨에 손을 얹어 제지했다.

"이거 공문은 보내고 하는 거예요?"

형사과장이 문서 하나를 주 팀장에게 건네며 대답했다.

"경찰청장 직접 지시 사항입니다. 깔끔하게 협조하랍니다."

형사과장의 말에 주 팀장은 웅얼거리는 것으로 불만을 대신했다. 국정원 요원들은 자로 잰 듯한 움직임으로 현장에 있는 모든 증거물과 자료를 박스에 넣었고 끝으로 사체를 보디 백에 넣어 방 밖으로 나섰다. 취조실로 향했던 요원들도 거의 때를 같이하여 이들과 함께 움직였다. 책임자는 방 안을 한번 둘러보고는 형사과장에게 가벼운 인사를 남기고 나갔다.

"협조해 주셔서 감사합니다."

그들이 폭풍처럼 사무실을 휩쓸고 지나가자 잠시 동안 정적이 흘렀다. 어안이 벙벙한 얼굴로 얼어 버린 것처럼 멈춰 있다 일순간 마법이 풀린 것처럼 움직이며 각자의 자리로 돌아갔다. 과학수사팀 박 형사는 문서 몇 개를 들고 주 팀장에게 흔들어 보였다.

"시체 한 구당 총창 두 개. 똑같이 이마와 가슴에 관통 총창이 있으며 사입구 주변 화학 입자 부착 없음. 자, 이거 사본인데 어떻게 할까요?"

이대로 그만둘 리 없는 주 팀장의 성격을 잘 아는 박 형사가 그에게 감식 사본을 건네려 했으나 형사과장이 대신 받으며 말했다.

"박 형사, 주 팀장님도 이번 일에는 더 이상 손대지 않으실 거다. 그렇죠, 주 팀장님?"

확답을 요구하는 형사과장에게 주 팀장은 떨떠름한 표정으로 고개를 끄덕였다. 형사과장도 알겠다는 듯 고개를 끄덕이며 방 밖으로 나갔다. 박 형사는 귀를 후비며 중얼거렸다.

"닭 쫓던 개 지붕 쳐다보는 기분이 이런 기분이군요. 개 기분이 겁나 더러웠겠는데요?"

박 형사는 신경질적으로 중얼거리고는 밖으로 나갔다. 명희는 총알이 날아 들어온 환풍기를 멍하니 바라보며 입을 열었다.

"팀장님, 우리가 봤던 게 보통 자료가 아닌 게 확실하다니까요. 경찰청 동기 놈한테도 국방부 놈들이 나왔었다대요. 우리처럼 이렇게 극단적으로 끝나진 않았지만."

"그러게. 뭔가 구린 게 있긴 있구면."

명희가 반색을 하며 작은 목소리로 물었다.

"어떻게, 별도 프로젝트로 추진해 볼까요?"

주 팀장은 갈등하는 듯 입술을 실룩거리다 말했다.

"과장님이 하지 말라잖아."

"아니, 팀장님이 언제부터 과장님 말씀 들었다고 이러세요?"

"이번엔 좀 위험한 거 같으니까 손 떼자. 아무래도 우리가 파 볼 수 있는 게 아닌 거 같다."

명희는 입맛을 다시며 고개를 끄덕였다.

"일단은 알겠습니다."

"뭐? 일단은? 하지 말라면 하지 마! 어겼다간 네놈 마빡에도 '관통 총창' 생길 줄 알아, 알겠어?"

"네, 일단은."

주 팀장은 명희의 뒤통수를 후려치고는 밖으로 나섰다.

아침이 되었지만 셔터를 내린 채 임시 휴업 푯말이 걸린 피자 매장은 여전히 난장판 상태였다. 도검과 장서는 유일하게 멀쩡한 테이블에 마주 앉아 아침으로 피자와 커피를 마셨다. 홀 안쪽엔 새벽에 침입했던 사내의 시체가 여전히 죽은 자세 그대로 있었다.

"저격한 놈은 누구지?"

"현무 놈입니다."

"저 죽은 놈하고 파트너로 일하고 있다는 거야?"

"아닐 거예요. 어떻게 만났는지는 모르지만 그 자식은 언제나 독고다이로 움직이거든요. 저 친구는 기관에서 용역 준 게 맞을 겁니다."

장서는 피자 한 조각을 더 집어 들며 물었다.

"근데 총은 왜 집어 던지고 지랄이야?"

"이걸 보고 현무라는 걸 알았죠."

도검은 테이블 한쪽에 올려 두었던 라이플을 들어 보이며 말을 이었다.

"기본은 기관 용병 표준 저격 라이플이에요. 근데 커스텀으로 개조했어요. 은퇴하지 않으면 못 하는 짓이죠. 아마 저 죽은 친구가 기관 용병 출신 프리에이전트일 겁니다. 그런데 이거 보이시죠?"

라이플의 개머리판 쪽 건슬링을 풀어 개머리판에 감아 놓은 것이 보였다.

"현무 자식 저격할 때 습관이죠. 눈을 스코프에서 멀리 떼서 보는 버릇이 있는데 이렇게 해야 볼을 고정하기가 쉽거든요."

"한마디로 선전포고한 것이군."

두 사람은 잠시 동안 말이 없었다. 현무가 이제 도검을 노리는 것은 확실해졌고 그로 인해 앞으로 닥칠 일이 걱정스러웠다. 먼저 입을 연 것은 장서였다.

"시체, 태워야겠지?"

"뒤뜰에서 하죠. 크리메이터* 갖고 있는 거 있어요?"

"창고에 몇 개 있을 거야."

"그럼 그건 됐고……. 그나저나 사람 죽었다고 하면 형준이 또 난리 칠 텐데. 분명히 이거 제가 이런 거 아닌 거 아시죠?"

"죽이진 않았지만 분명 죽이려고 했었지."

"아 진짜, 치사하게 이러실 거예요? 형준이 자식 잔소리 때문에 고막에 굳은살이 박일 지경이라고요."

"알았어, 인마. 얼른 치우기나 해."

장서가 커피 잔을 들고 자리에서 일어서자 도검이 그의 팔을 잡았다.

---

* 크리메이터(Cremator) : 연구소가 개발한 소각 장비. 무연(無煙), 무취(無臭), 무열(無熱)이 특징.

"잠깐만, 같이 치울 생각이 없는 것 같은 뉘앙스로 들렸는데 제가 잘못 느낀 거죠?"

"너 혼자 해도 충분하잖아."

"이러시기예요? 저도 힘들다고요."

"남는 게 힘밖에 없는 놈이."

"저도 벌써 서른한 살이라고요. 살날보다 살아온 날이 더 많다고요."

"뭐?"

"점쟁이가 그러는데 저는 명이 짧아서 환갑을 못 넘긴다고 하더라고요. 이제 29년 남은 거죠."

"29년 시한부 인생이라고? 이젠 지랄을 아주 체계적으로 하는구먼."

"진짜 안 도와주실 거예요?"

다시 자리에 앉은 장서가 갑자기 작은 목소리로 중얼거렸다.

"그래, 정 원한다면 이 힘없는 늙은이가 어떻게든 도와주지. 새벽에 놀랐더니 심장이 불규칙하게 뛰고 당은 떨어져서 기력은 점점 없어지고 있지만 젖 먹던 힘까지 짜내면 어떻게든 될 거야. 혹시 우황청심환 가진 거 있나? 갑자기 갑상선이 부풀어 오르는 거 같아서 어지러운데? 아, 도, 도검아! 앞이, 갑자기 앞이 안 보여! 앞이 안 보여!"

그걸 빤히 바라보던 도검이 한숨을 쉬며 일어섰다.

"그냥 제가 할게요."

도검의 말이 끝나자마자 장서는 벌떡 일어나 주방으로 사라졌다.

모두 퇴근한 늦은 시간이었지만 주 팀장과 명희는 여전히 자리를 지키고 있었다. 주 팀장은 PC로 문서 작업을 했고 명희는 책상에 앉아 조그만 공을 맞은편 벽에 튕겼다가 받는 것을 반복했다. 주 팀장이 갑자기 소리 질렀다.

"아, 정신없어!"

명희는 깜짝 놀라 떨어뜨린 공을 주우러 가며 한마디 했다.

"그 버럭 병 좀 고치세요. 그러다가 혈압으로 훅 간다니까요."

"저 썩을 놈, 팀장한테 말하는 꼬락서니 봐라. 뭐? 훅 가?"

명희가 다시 자신의 자리에 앉으며 말했다.

"장도검이란 인물 말입니다. 완전히 막혀 버렸어요. 전에 보여 드린 그 파일 딱 한 개 말고는 아무것도 없어요. 무균실처럼 완전 하얗다니까요?"

"죽은 피해자들도 마찬가지지?"

명희는 손가락으로 오케이 사인을 보냈다.

"조작된 게 확실해. 명희야 그 공 좀 잠깐 줘 봐라."

주 팀장은 공을 받자마자 명희 얼굴에 던졌다. 얼굴에 맞고 튕겨 나온 공을 받아서 또 던지기를 반복했다. 공을 던지는 타이밍에 맞춰 말을 했다.

"감히, 팀장한테, 손가락으로, 대답을 해?"

공이 빗맞아 멀리 날아가고 나서야 주 팀장은 다시 자리에 앉았다. 명희는 놀란 얼굴로 물었다.

"방금 그거 어떻게 하신 거예요? 혹시 절대 감각? 어떤 각도로 던져야 목표물을 맞힐 수 있는지 본능적으로 아는 거 있잖아요. 그거예요?"

"명희야, 저기 공 좀 주워 와 봐라. 내가 절대 감각인가 뭔가 제대로 보여 줄 테니까."

"제가 바보예요? 또 던질 텐데."

주 팀장은 의자를 뒤로 젖히며 책상 위에 발을 올렸다.

"퇴근도 안 하고 날 괴롭히는 이유가 뭐냐? 집에 안 가니?"

"제가 같이 있을 때를 만끽하세요. 여자친구 생기면 칼같이 퇴근해서 얼굴 보기도 힘들 테니까."

"그래, 제발 여자친구 좀 만들어라, 이 무능한 자식아!"

"곧 생기겠죠. 아 참, 팀장님 덕분에 설사가 깨끗이 나았습니다."

갑작스러운 설사 얘기에 주 팀장은 발을 내리고 다소곳이 앉았다.

"아, 그, 그래? 잘됐네. 걱정 많이 했는데."

"아니, 근데 설사에 대한 뼈아픈 추억이라도 있어요? 설사 얘기만 꺼내면 팀장님 얼굴색 묘하게 바뀌어서요. 웃는 건지, 당황한 건지 알 수 없는 괴기스러운 표정으로 바뀌고……."

"무, 무슨 헛소리! 난 설사가 어떻게 생겼는지도 모르는 남자다. 내 장은 병약한 네놈 장 따위와는 비교할 수 없지."

"설사가 어떻게 생긴 건지 모르신다고요? 이런 딱한 경우를 봤나. 제가 설명 드리죠. 화장실 막힌 거 모르고 물 내렸을 때 막 넘치면서 그게 풀어지는 거 있죠? 김도 있고, 고춧가루, 소화 안 된 콩나물이랑……."

"당장 나가, 이 더러운 놈아!"

주 팀장의 말은 들리지도 않는 듯 명희는 머릿속으로 뭔가를 떠올리는 표정으로 말을 이었다.

"그거보다 약간 진하다고나 할까? 하지만 절대적인 특징은 뿜어져 나올 때 생기는 특유의 사운드가 아주……."

"야!"

주 팀장이 키보드를 집어 들고 나서야 명희가 입을 다물며 멀리 떨어졌다.

"언젠가 그 버럭 병 때문에 분명히 후회할 날이 올 겁니다."

"너나 차 시동 걸 때 조심하는 게 좋을 거다."

주 팀장이 사악한 미소를 지어 보이며 말을 이었다.

"네놈이 입수한 그 자료 때문에 국방부에 국정원 애들까지 들이닥치고 게다가 국방부 애들은 죽기까지 했잖아. 뭔가 거대한 음모에 휩쓸린 거 같지 않냐? 혹시 알아? 영화에서처럼 시동을 거는 순간 쾅 터질지?"

명희는 약간 불안한 표정으로 말했다.

"꼭 그 자료 때문에 그런 거라고 볼 순 없잖아요."

"아, 그렇게 생각하신 분이 자료 들어 있는 노트북부터 작살내신 거예요?"

명희는 최대한 티를 내지 않으려고 했지만 굳어지는 표정을 어쩔 수가 없었다.

"그 비밀 기관인가 뭔가가 있다면 네놈부터 제거하려고 혈안이 되어 있지 않겠냐?"

주 팀장은 씩 웃으며 손을 흔들어 보였다.

"잘 가. 좋은 꿈 꾸고 내일 꼭 다시 보자. 꼭!"

명희는 머리를 흔들어 긴장을 풀고는 대꾸했다.

"쳇, 팀장님이나 조심하시지요. 오늘 일 때문에 놀라서 자다가 똥 흘리지나 말고요."

"말로 할 때 닥치고 퇴근해라."

명희는 사무실을 나와 자신의 차에 올라탔다. 습관처럼 스타트 버튼을 누르려다 말고 멈칫했다. 무시하려고 했지만 주팀장이 했던 말이 자꾸 걸려서 누를 수가 없었다.

그는 생각을 바꾸어 차에서 내렸다. 안전하다고 생각될 만큼 멀리 떨어져서 원격 시동 버튼에 손가락을 올렸다. 심호흡을 하고 버튼을 눌렀다.

"쾅!"

갑자기 들린 소리에 명희가 놀라 돌아보자 사무실 창문 밖으로 머리를 내밀고 있는 주 팀장이 보였다. 주 팀장은 아쉽다는 듯 말했다.

"오늘만 날이 아니잖아? 내일 터질 수도 있으니까 힘내자고!"

"그게 뭔 말이에요!"

명희는 닫힌 창문을 보며 어이없어했지만 항의한다고 들을 사람도 아니었기에 쉽게 포기했다. 차는 정상적으로 시동이 걸렸고 명희는 괜한 짓을 했다는 생각에 머리를 긁적이며 차에 올랐다.

차를 출발시키며 맥이 빠진 듯이 픽 웃었다. 운전을 하며 오늘 벌어진 일을 머릿속으로 정리했다. 비밀 기관 정보를 얻은 지 몇 시간 만에 국방부 요원이 찾아온 것도 수상한데, 알 수 없는 범인에게 살해를 당하고 그 사건을 국정원 요원이 와서 정리했다는 사실만 봐도 확실히 보통 일은 아니었다. 결론적으로 오늘 봤던 자료가 근거 없는 정보는 아니라는 게 명희의 생각이었다.

이 사건을 깊게 파 보고 싶은 생각이 굴뚝같았지만, 당장 주 팀장과 형사과장이 걸렸고 그 위로는 경찰서장, 경찰청장을 넘어야 했기에 사실상 별도 진행은 불가능해 보였다. 더구나 국정원까지 연루가 되어 있다면, 주 팀장 말대로 우리의 범위를 넘어서는 일이 분명했다. 낮에 서장이 직접 과장을 불러 깼다는 소식을 듣고는 더 엄두가 나지 않았다. 평소 서장이 과장을 신임했던 터라 그 여파는 더욱 크게 느껴졌다.

평소보다 도로 통행량이 적었다. 늦은 시간이기 때문이라고 생각했지만 차량 수가 점점 줄어들었다. 명희가 뭔가 이상하다고 느낀 것은 외곽 도로의 터널에 들어섰을 때였다. 통행량이 절대 적은 곳이 아니었으나 지금은 단 한 대의 차도 보이지 않았다. 사고가 난 것일지도 모른다는 생각에 라디오를 켰지만 잡음만 나올 뿐 주파수가 잡히지 않았다.

그때 보이지 않던 검은색 밴이 뒤쪽에 갑자기 나타났다. 주팀장의 음모론 농담이 떠오르며 더욱 불길하게 느껴졌다. 속도를 높이자 검은색 밴도 속도를 올려 따라붙었다. 명희의 심장이 뛰기 시작했다. 침이 마르고 목이 따가웠다.

속도를 더 높이자 분명 한 대였던 밴이 분열하듯 두 대로 나뉘며 나란히 달렸다. 바리케이드 포지션이었다. 유난히 터널이 길게 느껴졌다. 내비게이션에도 터널은 계속 이어졌다. 갑자기 앞쪽에서 헤드라이트 불빛이 켜졌다. 순간적으로 눈이 부셔 브레이크를 밟아 멈춰 섰다.

뒤쪽에 따라붙던 밴도 덩달아 멈췄다. 명희는 차에 앉아 앞뒤를 살폈다. 확실히 포위당한 형국이었다. 터널 안이었기에 길을 벗어날 수도 없었다. 정면 돌파를 생각했지만 무거운 밴을 이 차로 뚫기엔 무리가 있었다. 더구나 밴도 같이 달려들면 죽는 거 말고는 방법이 없었다.

명희는 습관적으로 권총을 찾았지만 반납한 것을 뒤늦게 깨달았다. 글러브박스를 열어 드라이버를 챙겨 들었다. 괴 차량에 포위되었는데 겨우 든 게 드라이버라는 게 왠지 서글프게 느껴졌다. 차 문이 열리는 소리와 함께 밴에서 괴한들이 내려서는 것이 보였다. 명희가 사이드미러를 조정해 그들을 확인하려는 순간 총소리와 함께 거울이 박살났다.

명희는 몸을 최대한 낮췄다. 사이드미러를 깬 것을 시작으로 괴한들의 총격이 시작되었다. 장난하듯 사이드미러 다음 미등이 깨졌고 유리창에서 몇 발의 총알이 관통하며 지나갔다.

총격이 멈추자 앞쪽 차량에서도 괴한들이 내리는 것이 보였다. 서로 맞총질을 해 대서 죽어 버리길 기대했지만 그건 그냥 명희의 실낱같은 희망일 뿐이었다.

상대방들이 비록 여러 명이긴 했지만 사람이란 것을 확인한 명희는 침착하게 휴대폰을 꺼내 들었다. 주 팀장에게 연락을 했지만 신호 자체가 먹통이었다. 라디오나 휴대폰이 되지 않는 것은, 놈들이 터널에 뭔가를 했다는 것이었고 그것은 곧 놈들이 프로라는 것을 의미했다. 그런 놈들이 명희를 죽일 생각이었다면 진작 처리했을 게 뻔했다. 하지만 이렇게 압박을 하는 것을 보니 뭔가 원하는 것이 있는 것이라는 판단이 섰다.

머리를 굴려 봤지만 비밀 기관에 대한 자료 말고는 떠오르는 게 없었다. 자료의 복사본을 갖고 있는지 확인을 하려는 것이라면 이렇게 살려 두고 있는 것이 논리적으로 이해가 갔다. 명희는 드라이버를 소매에 넣은 채 조심스럽게 차 문을 열고 내렸다. 그는 양손을 머리 뒤로 얹으며 앞쪽을 향해 소리쳤다.

"쏘지 마! 비무장이다!"

명희는 손이 빈 것을 확실히 보여 주기 위해 흔들어 보이며 소리쳤다. 예상대로 그들은 명희에게 총을 쏘지 않았다. 명희는 만약을 위해 차 뒷문도 열어 몸을 가렸다.

"난 중앙서 강력범죄수사팀 이명희 형사다! 무슨 일인지는 모르지만 대화를 하고 싶다!"

앞쪽에 서 있던 괴한의 어깨가 움찔하는 것을 보며 반사적으로 차 안으로 뛰어들었다. 명희가 방패막이로 썼던 문에 총알이 박혔다. 또다시 난사가 시작되었다. 앞 유리가 박살 나며 파편이 날아들었다. 총알이 빗발치듯이 몰아치는 가운데 명희는 뒷좌석으로 옮겨 가 최대한 바닥으로 몸을 웅크렸다. 총소리와 파편 때문에 정신이 나갈 지경이었지만 속수무책이었다.

명희는 총성이 멈추기를 기다려 고개를 살짝 들어 바깥을 살폈다. 놈들이 탐색을 하며 서서히 접근해 오는 것이 보였다. 명희는 트렁크를 살짝 연 다음 고장 난 뒷좌석 등받이를 뒤로 밀었다. 등받이가 젖혀지며 트렁크로 통하는 통로가 생겼다. 그는 몸을 구겨 트렁크 안으로 들어갔다. 발소리가 트렁크 바로 앞까지 왔을 때 명희는 숨겨 둔 드라이버를 꺼내 들었다.

걸음 소리가 멈췄을 때 트렁크를 열고 팔을 뻗어 놈의 목에 드라이버를 꽂았다. 놈은 당황하며 명희에게 총구를 들이댔지만 명희는 꽂았던 드라이버를 비틀어 뽑고는 총을 빼앗았다. 놈이 목을 붙잡고 쓰러지자 또다시 난사가 시작되었다. 명희는 트렁크를 재빨리 닫고 기어서 다시 뒷좌석으로 옮겨 왔다.

컴퓨터게임에서나 볼 수 있었던 독일제 MP5 경기관총이었다. 도대체 놈들의 정체가 뭔지 궁금해하면서 탄창을 확인했다. 탄창 두 개를 엇갈려 테이프로 묶어 놓았기에 다행히도 탄은 넉넉한 편이었다. 그렇지만 이대로 있다가는 죽는 건 시간 문제였다.

그는 엎드린 자세로 핸드브레이크를 풀고 후진 기어를 넣었다. 액셀 페달을 손으로 밀자 차가 뒤로 달려 나갔다. 이대로 조금만 달리면 뒤쪽에서 막아선 밴 사이에 차를 박아 넣고 트렁크를 통해 빠져나갈 수 있을 것 같았다. 하지만 얼마 지나지 않아 보다 격해진 총소리와 함께 엔진이 파열되며 동력을 잃었다. 이대로 포기할 수 없었다. 뒷문을 살짝 열고 조수석에 굴러다니던 등산 폴을 지팡이 삼아 차를 조금씩 뒤로 밀었다. 이어진 총소리에 타이어에 펑크가 나며 이마저도 어렵게 되었다.

명희가 총을 가진 것을 놈들도 알기에 쉽게 대하지 못할 거란 추측에 이대로 아침까지 버틸까도 생각했지만, 반대로 생각하면 그때까지 놈들이 명희를 그냥 놔둘 리가 없다는 데까지 생각이 미쳤다. 일당 중 한 명을 해친 지금 상황에서는 더욱 그러했다.

명희는 심호흡을 크게 했다. 결혼도 못 하고 죽는 게 억울하긴 했지만 이대로 앉아서 죽을 수는 없었다. 명희는 뒤쪽을 향해 총을 쏘며 전속력으로 달려 나갔다. 놈들이 밴 뒤로 서둘러 몸을 숨기며 응사했다. 밴에 거의 다가갔을 때 옆구리와 허벅지에 불에 닿은 듯한 통증이 몰려왔다. 명희는 이를 악물고 밴 앞좌석에 집중사격을 했다. 놈들이 기세에 눌려 밴 뒤로 완전히 몸을 숨겼을 때 명희는 깨진 앞 유리창을 통해 운전석에 상체를 넣고 손으로 액셀 페달을 누르며 안으로 기어 들어갔다. 밴은 방향을 잃고 후진을 했다. 당황한 놈들이 몸을 날려 피하며 밴을 향해 집중사격을 했다. 후진하던 밴은 터널 벽에 부딪히며 큰 충격을 받고 멈췄다. 명희는 감으로 방향을 잡고 다시 차를 전진시켰다. 이번엔 옆에 있던 밴의 측면을 들이받았다.

총알이 밴의 엔진부에 집중적으로 쏟아졌고 명희가 다시 출발시키기도 전에 밴은 주저앉았다. 명희는 숨을 죽이고 밴의 뒷좌석에 누웠다. 밴에 부딪히는 총알 소리가 차양에 떨어지는 빗물 소리처럼 들렸다. 명희는 총을 움켜쥐고 있었지만 마음은 거의 절망에 가까웠다. 죽을 때는 머리에 맞아 고통 없이 한 방에 죽었으면 좋겠다고 생각하며 눈을 질끈 감았다.

그때 터널 저편에서 엄청난 폭음과 함께 섬광이 터지며 순식간에 불길이 솟아올랐다. 앞쪽 바리케이드를 쳤던 차량 두 대가 연이어 폭발을 일으켰다. 놈들이 대응사격을 하는 총소리가 터널 전체를 울렸다. 시끄러운 가운데 독특한 총소리가 울려 퍼졌다. 전기톱으로 나무를 자르는 듯한 총소리는 다른 기관총 소리를 뒤덮어 버렸다. 총소리가 울린 곳은 어김없이 모두 잘게 파괴되었다. 명희가 타고 있던 밴도 예외는 아니었다. 수천만 마리의 메뚜기 떼가 밭을 훑고 지나면 폐허가 되는 것처럼 명희의 머리 위로 지나간 총알들은 밴을 가로로 두 동강을 냈다.

요란한 총소리가 멈추고 빈 모터 소리가 한동안 여운을 남기며 돌다 멈췄다. 전쟁터와 같았던 터널 안이 차가 불에 타며 내는 바람 소리 말고는 고요해졌다. 명희는 잘려 나간 밴 위로 조심스럽게 머리를 내밀었다. 앞쪽에 불에 타고 있는 차를 등진 채 서 있는 남자가 보였다. 명희는 그의 눈치를 살피며 차에서 조심스럽게 내렸다. 사내는 한동안 명희를 응시하더니 팔을 들어 올렸다. 그의 팔에서는 불꽃이 뿜어지며 총알이 발사됐다. 명희는 순간적으로 몸을 움츠렸지만 쓰러진 건 뒤쪽에 아직 숨이 붙어 있던 괴한 중 한 명이었다. 밴에 기대앉은 명희에게 사내가 다가왔다.

명희 앞에 선 남자는 곰을 연상케 하는 거대하고 단단해 보이는 몸집을 소유하고 있었다. 그가 손을 내밀며 말했다.

"움직일 수 있겠소?"

스피커 음향의 목소리가 살짝 거북했지만 생명의 은인이었기에 명희는 최대한 밝게 대답했다.

"죽진 않았으니 될 거요."

명희는 그의 커다란 손을 잡고 밴에 기댄 채 일어섰다. 걸음을 떼려고 했지만 다리에 난 총상 때문에 쉽지가 않았다.

"초면에 미안하지만 부축 좀……."

명희는 터널 불빛에 사내의 얼굴을 가까이서 확인하고는 흠칫 말을 멈췄다. 두 곳의 사건 현장에 나타나 유력한 용의자로 생각했던 바로 그 인물이었다.

"다, 당신!"

"너무 티 내지 마. 나도 당신 알아봤으니까. 자, 갑시다. 할 얘기가 있어."

명희는 사내의 부축을 받아 걸으며 말했다.

"이래저래 잘됐구먼. 마침 나도 당신을 찾던 중이었거든."

명희는 사내에게 거의 들리다시피 부축을 받으며 편안하게 터널 밖으로 향했다. 터널을 벗어나자 갓길에 주차되어 있는 차가 눈에 들어왔다. 하지만 사내의 극적인 등장과는 달리 그에게는 전혀 어울릴 것 같지 않은 작은 미니밴이었다. 측면엔

'둘이 먹다 모두 죽어 버리는, 레드아이 피자'라는 문구가 새겨진 피자 배달용 차였다.

명희는 커다란 덩치의 사내가 운전석에 구겨져 들어가는 모습을 지켜보며 물었다.

"이거 당신 차요?"

사내는 못 들은 척했지만 그의 눈썹이 못마땅한 듯 꿈틀거린 것을 놓치지 않았다. 명희는 미니밴의 조수석에 올라타다 말고 자신도 모르게 웃음이 터져 나왔다.

"푸흡! 큭큭!"

사내의 눈치를 보며 참으려고 할수록 더 웃긴 생각이 드는 바람에 상처가 심하게 욱신거렸다. 그로 인해 웃음소리와 신음소리가 섞인 기괴한 소리가 흘러나왔다.

"커헉, 흑! 으흐흐, 헉!"

시동을 걸던 사내가 쓱 돌아보며 아무 감정도 실리지 않은 톤으로 조용히 말했다.

"그만 웃어. 그러다 죽어."

그러다 죽는다는 말이 실제 죽을까 봐 걱정이 돼서인지, 아니면 죽는 수가 있다는 위협의 뜻인지 정확히 이해는 되지 않았지만 사내의 분위기는 당장이라도 죽일 수 있을 것 같았다. 사내는 잠시 운전에 열중하다 뜬금없이 입을 열었다.

"오해할까 봐 말해 두는데, 이거 내 차 아니야."

차 안은 다시 조용해졌다. 한참 뒤에 명희가 대답했다.

"그럴 거 같았어."

미니밴은 명희가 왔던 도로를 그대로 다시 되돌아 달렸다. 안 보이던 차량이 하나둘 보이기 시작할 때쯤 사내가 다시 입을 열었다.

"진짜 내 차 아니야."

명희는 사내를 힐끗 보며 말했다.

"인사가 늦었지만 구해 줘서 고맙소."

"이거 내 차 아니라고."

자신의 말을 믿어 주지 않으면 화낼 것 같은 사내의 표정에 명희가 조심스럽게 대답했다.

"그럴 거라고 생각했어."

"내 차 아니야."

"……."

명희는 사내의 집요한 말에 두려움을 느끼며 입을 다물었다. 지나가는 헤드라이트 불빛이 흐리게 보이며 점차 기운이 빠져나가는 것이 느껴졌다. 과다 출혈로 죽는 것은 아닌지 걱정하며 자신도 모르게 정신을 잃었다.

차 박사는 병실 침대에 누운 명희의 상처를 꿰매고 붕대를 감았다. 붕대가 잘 감겼는지 확인하고는 치료 도구를 치우며 말했다.

"죽진 않겠어. 뼈도 안 다쳤고 내장도 괜찮아. 두 발은 스친 거지만 옆구리 한 발은 좀 위험했어. 다행히 급소를 비껴서 관통했고."

차 박사가 마지막으로 주사를 놓고 물러섰다. 명희는 쑤시는 듯한 통증을 참으며 몸을 일으켰다.

"고맙습니다, 어르신."

"죽진 않겠다는 게 바로 움직여도 된다는 얘기는 아니었네."

병실 밖에서부터 시끌벅적한 소리가 점점 가까워지더니 도검과 장서가 병실 안으로 들어왔다. 장서는 명희를 보자마자 큰 소리로 말했다.

"당신이 바로 그 짭새군."

갑작스러운 말에 명희가 무슨 반응을 보여야 할지 생각하기도 전에 장서는 뒤에 서 있는 도검에게 말했다.

"짭새를 이렇게 막 데려와도 되는 거냐?"

"죽으면 귀찮아져서 어쩔 수 없었어요."

명희는 어정쩡하게 목례를 하며 감사의 말을 했다.

"일단 목숨 구해 주셔서 감사합니다."

장서는 맘에 안 드는 듯 귀를 후비며 대답했다.

"이 곰탱이 자식이 데려온 거지, 내 생각은 아니었어. 야, 돌팔이 의사, 피자 내기 장기 한 판 어때?"

차 박사가 인상을 찌푸리며 대답했다.

"또 누가 배달 취소했냐?"

"아마추어처럼 왜 이래?"

장서가 차 박사와 어깨동무를 하며 병실 밖으로 나가자 도검은 옆에 놓여 있는 의자를 끌어다 앉았다.

"견딜 만해?"

명희는 셔츠 단추를 채우며 고개를 끄덕였다.

"고맙군. 꼼짝없이 죽는 거였는데."

도검도 고개를 끄덕이고는 입을 열었다.

"궁금한 게 한두 가지가 아니겠지만 세 개만 답해 주지. 그런 다음 당신이 내 요구에 답하면 돼."

"진실만을 말한다고 맹세할 거요?"

도검은 씩 웃으며 대답했다.

"당신이 그런 거 따질 입장은 아니잖아?"

명희는 고개를 끄덕이며 단도직입적으로 말했다.

"좋아. 연쇄 살인 사건, 당신이 범인이야?"

도검은 고개를 가로저었다.

"그럼 현장엔 왜 나타난 거야? 현장마다 나타나니까 의심할 만하잖아, 안 그래?"

"피해자들이 예전에 동료들이었거든. 내가 경찰에 연락할 만한 입장은 아니라서 직접 확인하러 간 거지."

명희는 도검의 말을 진술처럼 새겨들었다. 잠시 머릿속으로 정리를 한 뒤 다시 질문했다.

"당신 정체가 뭐야?"

"내가 장도검이야. 기타 사항은 귀찮아서 패스."

명희가 눈을 크게 떴다. 사건 현장마다 메시지에 남겨져 있던 인물이 바로 이자였다. 서류상으로는 죽은 자였기에 명희의 머리는 더욱 복잡해졌다. 주 팀장이 짐작한 대로 조작된 문서였다.

"당신, 피해자, 그리고 날 습격했던 놈들 모두 연관이 있군."

고개를 끄덕이는 도검을 보며 명희는 연관성을 생각하다가 조용히 말을 이었다.

"공식적으로는 존재하지도 않는 그 비밀 기관하고도 연관이 있는 거고. 그렇지?"

도검이 놀랍다는 듯 입모양을 동그랗게 만들었지만 제스처일 뿐이었다.

"생각보다 많이 알고 있군. 죽어 줘야겠어."

명희가 당황했지만 도검은 픽 웃으며 질문했다.

"질문은 할 만큼 한 것 같은데?"

정작 궁금한 질문은 알려 주지 않는 그가 얄미웠지만 그렇다고 알려 달라고 요구할 입장도 아니었다. 명희는 붕대를 감은 옆구리를 손으로 받치며 말했다.

"나한테 궁금한 건 없을 것 같고, 요구 사항이란 게 뭐요? 어려운 거요?"

도검은 팔짱을 끼며 대답했다.

"당신이 얼마나 유능한 형사냐에 달려 있지."

"적당히 하라고. 내 능력 밖이면 어쩔 수 없으니까."

"범인이 누군지 궁금하지 않아?"

뜻밖의 말에 명희는 눈을 껌뻑였다. 누군가 연쇄 살인 사건의 범인을 알고 있다면 명희는 매달려서라도 알아내야 했다. 그게 경찰이 해야 할 일이니까. 도검이 다음 말을 할 때까지 기다렸다.

"놈이 누군지도 알고 원하면 잡을 수도 있어. 알다시피 놈이 노리는 건 나니까."

"범인을 넘기겠다는 얘기야?"

도검은 고개를 끄덕이며 대답했다.

"내가 시키는 대로만 해 준다면 기꺼이."

요구 사항이란 언제나 조건이 따라붙기 마련이었지만 명희는 조건부 요구 사항을 체질적으로 싫어했다.

"조건 없이는 힘들겠지?"

"당신 구해 온 보람이 없잖아."

명희는 도검의 직설적인 말이 묘하게 설득력 있게 느껴졌다.

"어떻게 해야 하는데?"

"간단해. 내가 미끼가 되고 당신이 잡으면 되는 거야. 단, 끌어올 수 있는 병력이란 병력은 모두 모아서 와야 해."

듣고 보면 그의 요구 조건은 경찰의 업무 범위 내였기에 어려울 건 없었다. 하지만 가장 어려운 건 병력을 어떻게 모을 수가 있냐는 것이다. 병력을 모으기 위해선 보고를 해야 하고 보고를 하려면 논리적 근거와 명확한 증거가 있어야 한다. 한 사람의 말만 믿고 병력을 빼 줄 상층부도 아니었지만 만약 잘못되기라도 하면 명희는 경력에 심각한 오점을 남기게 된다. 반대로 놈을 잡게 되면 훌륭한 경력 하나가 추가되는 것이다.

"생각보다 쉬운 요구가 아니군."

도검은 팔짱을 더욱 굳게 걸어 잠그며 말했다.

"장담하는데 그놈이 날뛰기 시작하면 터널에서의 일은 소꿉 장난처럼 느껴질 거야."

명희는 여러 가능성을 생각하느라 상처의 통증마저 잊었다.

"빨리 정해."

"놈이 현장에 안 나타나면 어떻게 할 건데?"

도검은 씩 웃으며 말했다.

"그건 당신이 알아서 할 일이고."

명희는 세상에 이렇게 냉소적인 캐릭터가 있다는 사실에 충격을 받았지만 틀린 말은 아니었다. 그렇기에 거래가 성립되는 것이니까.

"점점 복덕방 분위기로 바뀌는 거 같은데, 나만 그렇게 느낀 건가?"

명희는 단순하게 생각하기로 했다. 생명을 구해 준 은인에게 뭘 못 해 주겠는가?

"좋아, 그렇게 하지."

"내가 죽을 경우를 대비하는 것일 뿐이니까, 너무 긴장하지는 말라고."

명희는 도검을 바라보았다. 형사 인생도 나름 위험하다고 생각하고 있었지만 한 번도 자신의 목숨을 가지고 아무렇지도 않게 이야기해 본 적은 없다. 도대체 어떤 인생을 살아야 자신의 생명까지 시크하게 말할 수 있게 되는 건지 궁금했다.

도검은 조그마한 전자수첩 같은 기기를 명희에게 건넸다. 매끈한 무광의 금속이었다. 외부에 있는 단 한 개의 버튼을 누르자 폴더처럼 열리며 파란색 화면이 나타났다.

"신호를 보내면 화면에 위치가 나타날 거야. 파란 점이면 소풍 가는 기분으로 오면 되고 빨간 점이면 중무장으로 오라고."

"연락 방법은?"

도검은 손가락으로 전화를 하는 시늉을 해 보였다.

"내가 걸지."

명희는 고개를 끄덕이다 생각난 듯 도검에게 물었다.

"처음 보는 사람한테도 원래 이렇게 반말해?"

"난 그런 적 없는데?"

"뭐?"

도검이 오히려 명희를 이상한 사람 보듯 힐끗 거리며 일어섰다. 명희는 황당한 표정으로 올려다보다 갑자기 졸음이 쏟아졌다. 차 박사가 마지막에 놓아 준 주사가 떠올랐다. 명희는 급속도로 어지러움을 느끼며 눈이 감겼다. 명희는 침대 모서리를 붙잡고 간신히 버텼다.

"이봐, 이거 너무하는 거 아니야?"

"여긴 알려지면 안 되는 곳이거든. 특히나 짭새는 안 될 말이지."

중심을 잃고 앞으로 쓰러지는 명희를 도검이 붙잡아 침대 위에 뉘고 병실 밖으로 나섰다.

🔫

포장되지 않은 땅은 질척했다. 비가 온 것도 아닌데 폐허가 된 공장 철골에서 흘러나온 녹물이 땅을 더욱 붉게 물들였다. 현무는 저벅저벅 걸어 공장으로 향했다. 블록으로 지어진 벽은 온전했지만 합판으로 덧댄 곳은 곰팡이가 피어 금방이라도 무너질 것 같았다.

있으나마나 한 문을 열고 안으로 들어서자 공장의 높은 천장을 철골로 받치고 있는 내부가 꽤 넓고 크게 느껴졌다. 이 정도면 현무가 최대의 숙적과 벌일 마지막 장소로는 최적이라고 생각했다. 공장 구조를 따라 부비트랩을 설치할 곳을 머릿속으로 그렸다.

모든 전투를 조금은 격한 스포츠로 생각했던 예전이었다면 부비트랩 따위는 생각하지도 않았을 것이다. 하지만 이제는 달랐다. 전투는 수단과 방법을 가리지 않고 이겨야만 하는 것일 뿐 그 이상도 이하도 아니었다. 특히 상대가 도검이라면 더더욱 그랬다. 어떤 일이 있더라도 이번만큼은 반드시 이겨야 했다.

그는 차에서 장비들을 내려 공장으로 옮겼다. 그는 수시로 시간을 확인하며 부비트랩과 장비를 하나둘 설치했다. 이번 일을 준비하며 스스로 대견하게 생각하는 또 하나의 방안을 준비해 뒀다. 도검의 인성까지 이용하는 것이야말로 철저히 그를 짓밟아 주는 것이라고 생각했다. 시계를 보고는 하던 일을 멈추고 곧장 차를 타고 피자 매장을 향해 출발했다. 이것이야말로 승률을 한 번에 높여 주는 비장의 무기였기에 반드시 해내야 했다.

피자 매장의 오븐에 불이 들어와 있었지만 주문이 들어온 것은 오븐스파게티가 전부였다. 장서는 바지를 걷어 올리고 앉아 메뉴판으로 부채질을 했다.

"대기업 사장 출신 대통령이라면서 경기가 왜 이래? IMF 때보다 어째 더 후지냐."

아무도 없는 홀에 앉아 멍하니 창밖을 바라보던 도검이 대답했다.

"국민들이 직원같이 안 움직이나 보죠."

장서는 부채질을 더 격하게 했다.

"그래 씨벌, 누굴 탓하겠냐. 근데, 짭새는 어디다 버렸냐?"

"경찰서 앞이요."

창밖을 보던 장서는 자세를 바꿔 도검에게 돌아앉았다.

"넌 뭔 생각으로 짭새를 끌어들인 거야? 잘못되면 우리 행동에 제약만 받게 된다고. 그럼 더 힘들어져."

"현무 그 미친놈이 저를 깨고 나면 다음엔 뭘 할 것 같아요?"

도검의 말에 장서는 말문이 막힌 듯 바라만 보고 있었다. 도검은 테이블 위에 있던 칠리소스와 소금 통을 하나씩 옮겨 놓으며 말했다.

"전환점이 필요한 기관과, 야망과 카리스마를 갖고 있는 녀석이 만난다면?"

장서는 도검이 옮겨 놓은 칠리소스와 소금 통을 바라보았다.

기관은 연구소와의 헤게모니 문제로 혼탁한 상황이었다. 기관과 연구소가 균형을 잡고 있는 이유 중에 하나가 바로 도검이었다. 만약 도검이 죽고 현무가 기관에 붙는다면 기관의 득세는 명약관화했다. 현무가 그동안 조용히 있었던 것은 도검에 대한 열등감이었기에 만약 도검이 죽는다면 현무를 제어했던 고삐가 풀리는 것과 같았다. 그것은 곧, 무소불위의 권력을 휘둘렀던 과거의 기관으로 회귀하는 것이었다. 결국 기관이 평소와 달리 도검을 직접 손대기로 결정한 것은 현무의 등장 때문이었다. 현무만이 일대일로 도검을 이길 수 있는 거의 유일한 존재였고, 미리 용병을 보내 힘을 빼 놓으면, 조용히 도검을 제거할 수 있는 가능성이 있다고 판단한 것이다.

　"제가 없어지면 제도 밖에서는 놈을 막을 방법이 없습니다. 하지만 놈을 제도권 안으로 끌어들이면 온통 비밀인 기관의 습성상 움직이는 게 쉽지는 않을 겁니다. 이렇게 될 경우 아저씨가 할 일은 언론에 터뜨려 버리는 거예요. 기관을 막을 수는 없겠지만 재정비할 시간은 벌 수 있을 거예요."

　장서는 무거운 목소리로 말했다.

　"죽긴 왜 죽어. 넌 안 죽는 놈이야. 알아들어?"

　"개인 전투력만 따지면 제가 놈을 이길 수 있는 확률은 절반도 안 된다는 거 아시잖아요."

　"살아야 하는 이유가 있는 놈은 살 수밖에 없다. 네가 그런 놈이고."

　밖에서 형준이 급히 달려왔다. 요즘엔 가게 일을 도맡다시

피 해서 오 사장이란 별명까지 생겼지만 배달 나갔다가 다른 길로 세는 버릇은 여전했다. 형준은 문을 거의 부술 듯이 열어 젖히며 안으로 뛰어 들어왔다.

"없어졌어요! 수연이 누나가 없어졌어요!"

장서는 여전히 부채질을 하며 물었다.

"같이 양파 사러 나갔었잖아."

도검은 황당한 표정으로 두 사람을 번갈아 보았다.

"이젠 대 놓고 아르바이트 시작했군. 정말 이럴 거예요?"

장서가 난감한 표정으로 해명했다.

"형준이 녀석이 조르기도 하고 수연 양도 당장 일자리가 필요한 상황이라서 그렇게 됐다. 그런데 같이 양파 사러 간 놈이 모르면 어떻게 해? 전화는 해 봤어?"

형준이 휴대폰을 꺼내 전화를 한 번 더 걸어 보며 대답했다.

"열 번도 더 했는데 안 받아요."

"이제 보니까 나간 지 다섯 시간도 넘었잖아? 도대체 양파를 사러 나갔다가 잠깐 한눈을 파는 거야, 아니면 놀러 나갔다가 잠깐 들러서 양파를 사 오는 거야? 이것들을 진짜……."

말을 하다 말고 시계를 본 장서가 사태의 심각성을 뒤늦게 깨닫고는 표정이 굳었다.

"어디서 놓쳤어? 총각네야채가게 갔다가 그런 거야?"

장서가 형준을 다그칠 때 매장 전화기에 벨이 울렸다. 세 사람은 약속이나 한 듯 전화기를 돌아보았다. 어느 누구도 받을 생각을 하지 않고 서로의 눈치만 보았다. 형준은 조심스럽게 전화를 받았다. 형준은 잠자코 듣고 있다 얼굴빛이 노랗게 된 채 도검에게 전화기를 넘겨주었다. 도검은 전화 건 상대가 누 군지 금세 알아차렸다.

"현무인가?"

— 그래, 오랜만이다. 11년 만인가?

"그래."

— 네가 기관에서 반란을 일으켰다는 소식 듣고 걱정 많이 했다. 네가 죽으면 내 손으로 못 죽이잖아. 그거 견디기 힘들 것 같더라고.

"우리 직원, 네가 데려갔나?"

— 직원? 아, 그 귀엽게 생긴 아가씨라면 지금 곁에 있지.

"민간인 끌어들이는 건 너답지 않은데?"

— 10년이면 강산도 변한다지.

"왜 하필 지금이냐? 왜 10년이나 지난 이제 와서 이러는 거 야?"

— 이놈이고 저놈이고 다 그 소리군. 내 시간 좀 가진 게 그 렇게 잘못된 건가?

도검은 잠시 말을 멈췄다가 물었다.

"어디로 가면 되나?"

— 폰으로 보내 주지. 경치 죽이는 곳에 있거든. 가급적이면 혼자 왔으면 좋겠다. 민간인 피해는 최소화해야 하지 않겠나?

도검은 조용히 전화기를 내려놓았다.

"형준아, 차 어디에 뒀니?"

형준이 차 키를 도검에게 건네며 자신도 재킷을 집어 들고 따라나섰다. 도검은 나가다 말고 형준을 멈춰 세웠다.

"넌 어디가?"

"누나 구해야지."

도검은 말없이 장서를 돌아보았고 장서는 형준의 어깨를 붙잡았다.

"도검이 혼자 가게 둬라."

형준은 장서를 향해 뒤를 돌아보며 다급하게 말했다.

"같이 갈게요. 조금이라도 도움이 될 거예요."

장서가 도검에게 눈짓을 하자, 도검이 형준의 목덜미에 손을 얹고 힘을 주었다. 형준은 의식을 잃으며 쓰러졌다. 장서는 형준을 의자에 옮기며 도검에게 말했다.

"오, 내 눈짓을 알아봤군. 간만에 마음이 통한⋯⋯."

"무슨 눈짓이요?"

"방금 내가 눈으로 신호 보낸 거 알아보고 형준이 기절시킨 거 아냐?"

"그 동태눈을 무슨 수로 알아봐요. 형준이 놈 변신이라도 했다가는 더 방해만 될 것 같아서 이런 건데."

도검을 짧게 흘겨본 장서는 이내 걱정스러운 표정으로 말했다.

"수연이 안 다치게 할 수 있지?"

"그래야죠. 녀석 깨어나면 잘 얘기해 주세요. 변신해서 덤벼들면 골치 아프니까."

"그래, 피자 대자로 한 판 구워 놓으마."

도검은 장서에게 웃어 보이며 나와 차 앞에 섰다. 배달용 미니밴을 마주하며 올라오는 한숨을 길게 내뱉었다. 마지막이 될지도 모르는 길을 배달 차로 가게 될 줄은 몰랐으니까.

현무가 알려 준 폐공장에 도착하니 밤 11시를 조금 넘어서고 있었다. 시내 외곽이라 칠흑같이 어두웠지만 공장에서 새어나오는 희미한 불빛에 그나마 사물 구분은 가능했다. 도검은 오른쪽 눈에 여러 가지 필터를 적용시켜 공장 주변을 살폈다. 꽤 많이 설치되어 있는 부비트랩을 보자 긴장이 되었다.

도검은 조심스레 공장 안으로 들어섰다. 높은 천장에 길게 매달린 수은등이 주변을 밝지 않게 비추고 있었다. 그 한가운데 현무가 서 있었다. 그는 손님을 맞이하듯 양팔을 벌리며 말했다.

"밖은 잘 둘러봤나? 꽤 신경 썼는데 못 알아본 건 아니겠지?"

"그래, 인테리어에 꽤 신경 썼더군."

"천하의 장도검이 죽을 장소인데 그 정도는 해야지."

"우리 직원은 어디 있나?"

현무는 픽 웃으며 말했다.

"꽤 예쁜 얼굴이던데, 애인이냐?"

"우리 같은 놈들에게 연애가 가능한 일인가?"

현무는 고개를 끄덕였다.

"후훗, 슬프지만 부정할 순 없구나. 그 여자는 안쪽에 곱게

모셔 놓았으니까 네 몸이나 챙겨."

도검은 잠시 말을 끊었다가 현무의 이름을 불렀다.

"현무야, 그만둘 수 없겠냐?"

현무는 황당한 표정으로 빤히 바라보다 큰 소리로 웃음을 터뜨렸다. 한참 웃던 현무는 표정을 굳히며 도검에게 말했다.

"11년을 하나만 바라보고 살아왔는데 그걸 그만두면, 내 11년 인생은 뭐야? 그냥 쓰레기야?"

"네가 날 죽이면 뭐가 달라지는데?"

현무는 주변을 어슬렁거리며 고개를 끄덕였다.

"도검아, 네가 죽는 건 네가 생각하는 것보다 의미가 많다. 나는 많은 걸 얻게 되지. 마음의 평화, 권력, 그리고 돈."

"결국 그거냐?"

"정보부장이 직접 찾아와 내게 많은 걸 약속했지. 어차피 장도검은 내 손에 죽을 텐데 증정품까지 준다니 거부할 이유가 없잖아. 안 그래?"

"내가 왜 목숨 걸고 기관을 뛰쳐나왔다고 생각하나? 기관은 널 이용만 하고 헌신짝처럼 버릴 거라고."

현무는 듣기 싫다는 듯 손을 허공에 저으며 말했다.

"내가 기관을 왜 좋아하는 줄 알아? 이상주의 샌님들만 모인 연구소하고는 달리 지나칠 정도로 현실적이거든. 연구나 하는 일벌레들이 세상을 어떻게 바꾼다는 거야? 현실은 권력이다. 권력이 곧 현실이고. 너야말로 정신 차려. 언제까지 이상주의에 빠져서 선비 놀이나 할 거냐."

"그런 거 없다. 세상을 다 자기 것처럼 휘두르는 기관의 태도가 꼴 보기 싫을 뿐이야."

현무는 장난스럽게 고개를 끄덕이며 말했다.

"그러렴."

"한 가지만 묻자. 최근에 일어난 잡지사 임직원, 용역 회사 사장, 스포츠 센터 사장, 그리고 경비 회사 사장 살해한 게 너냐?"

도검의 어색한 질문에 현무의 표정이 멍하게 변했다.

"지금 혁진이랑, 준재, 일재, 민창이 얘기하는 거냐?"

"그래."

"뭐 이렇게 질문이 어색해? 내가 아니면 그놈들을 누가 죽일 수 있겠냐? 네놈이야 그 녀석들하고 둘도 없는 친구니까 말할 것도 없고."

도검의 팔에서 날카로운 소리와 함께 칼이 튀어나왔다.

"모두 은퇴하고 새 삶을 살던 친구들이다. 좋아, 이걸로 됐다."

현무의 팔에서도 칼이 튀어나왔다.

"그래, 이제 좀 죽어 줘야겠다."

현무가 도검에게 달려드는 것을 시작으로 두 사람은 격돌했다.

서로의 빈틈을 노려 베고 찌르며 한참을 부딪쳤다. 공장 안은 거친 숨소리와 칼이 부딪히는 소리 말고는 그 어떤 소리도 들리지 않았다. 도검이 현무를 힘껏 밀어붙이자 현무는 날렵하게 몸을 뒤로 빼고는 우뚝 섰다.

"역시 장도검! 넌 날 실망시키지 않을 줄 알았지. 하지만 이젠 끝낼 시간이다. 건강을 위해서 자정에는 꼭 수면을 취해야 하거든."

현무가 주머니에서 리모컨을 꺼내 버튼을 누르고는 뒤쪽 사무실로 뛰어 들어가 문을 닫았다.

공장 안 곳곳에서 기계음이 나며 창문과 출입구가 강판으로 봉쇄되었다. 모터가 돌아가는 소리와 함께 갑작스럽게 총알이 뿜어져 나왔다. 도검은 몸을 굴려 이리저리 피했으나 모든 총알을 피할 수는 없었다. 다리와 어깨의 통증은 참을 만했지만 복부를 뚫고 들어오는 총알은 견디기 힘들었다. 도검은 구석으로 미친 듯이 구르며 자동 기관총을 향해 왼팔을 들어 올렸다. 팔뚝에서 소형 런처가 올라와 미사일을 발사했다. 미사일은 연기를 뿜고 날아가 폭발하며 자동 기관총을 부쉈다.

총알을 피할 공간이 생기자 나머지 자동 기관총들은 보다 쉽게 처리할 수 있었다. 문제는 저런 부비트랩보다 복부에서 흘러나오는 피의 양이었다. 이대로라면 얼마 버티지 못할 것을 안 도검은 이를 악물고 자리에서 일어나 현무가 들어간 곳의 문에 마지막 남은 미사일을 쏴서 날리고는 안으로 들어섰다. 화약 연기 사이로 언뜻 보인 광경에 도검은 당황할 수밖에 없었다. 바닥에 누운 채 현무의 발밑에 깔려 있는 형준과 그런 형준을 내려다보고 있는 현무였다.

"형준이 너!"

도검이 화난 목소리로 소리 질렀지만 형준은 현무에게서 눈을 떼지 않았다. 그 뒤엔 수연이 입에 재갈을 문 채 눈물로 범벅이 되어 있었다. 현무는 형준을 밟고 있는 발에 더욱 힘을 주며 말했다.

"나도 무뎌졌나 보군. 이놈 느낌이 묘해서 긴장했는데."

도검은 차분하게 말했다.

"부탁이다. 그 애 건들지 마."

배에서 흘러나온 피가 바닥에 고이기 시작했다. 도검의 얼굴빛이 하얗게 변해 갔다. 그 모습을 지켜보던 현무가 입을 열었다.

"그렇다면 더더욱 살려 보낼 수 없지."

"그 애 화나게 하지 마."

"흥, 어떻게 되는데? 헐크라도 되는 거야?"

형준의 눈이 붉은빛을 띠었고 피부는 점차 회색으로 변해 가고 있었다. 그의 얼굴선에 각이 생기며 모서리처럼 변했고 머리카락이 한 올 한 올 빳빳이 일어났다. 당황한 현무가 밟고 있던 발을 슬그머니 떼며 물러났다.

"뭐, 뭐야 이거."

"젠장, 늦었군."

도검은 현무가 당황하고 있는 틈을 타 주먹을 날려 그를 쓰러뜨리고, 묶여 있는 의자째로 수연을 들고 달렸다. 온통 은빛으로 몸을 물들인 형준이 서서히 몸을 일으키고 있었다.

"어딜 가, 새끼야!"

현무가 일어서며 도검에게 소리쳤지만 도검은 형준에게 시선을 둔 채 사무실 밖을 향해 달렸다. 현무가 도검을 붙잡으려 했지만 도검이 한발 빨리 밖으로 뛰어나갔다. 공장 밖으로 나가자 장서가 지프를 탄 채 앉아 있었다.

"하여튼 말 안 듣는 사람들투성이라니까!"

도검은 지프로 달려가 수연을 내려놓았다. 장서는 수연을 받아 들며 다급하게 말했다.

"형준이가……."

"알아요! 지금 안에 있어요. 추출물 가져왔어요?"

장서가 건네는 작은 병은 형준을 진정시킬 수 있는 장미꽃에서 뽑아낸 물약이었다. 물약을 받아 든 도검은 다시 공장을 향해 달렸다. 장서는 도검의 뒤에 대고 크게 소리쳤다.

"그 몸으로 어딜 가! 도검아!"

"전부 이따가 얘기 좀 해요!"

그때 공장 안에서 총소리가 어지럽게 났다. 심지어는 수류탄이 터지는 소리도 간혹 들리며 공장 전체가 전쟁에 휘말린 듯했다. 마지막으로 두 발의 총성과 함께 소리가 뚝 끊어졌다.

불안해진 도검은 더 빠른 속도로 달리려 했지만 힘이 점점 빠지며 어지러웠다. 배에서 여전히 피가 흘러나왔다. 도검은 배를 움켜쥐고 다시 공장의 사무실로 들어섰다.

완전히 금속체로 변해 버린 형준이 보디체크로 현무를 들이받았다. 트럭에 치인 듯 현무의 몸이 건너편 벽을 뚫고 튀어 나갔다. 형준은 눈으로 따라가기도 힘든 빠른 속도로 달려가 벽을 뚫고 현무에게 달려들었다. 도검은 사무실 밖으로 나가 뒤

엉켜 있는 그들을 보았다. 현무의 팔다리는 맹수의 발톱 공격을 받은 것처럼 뼈가 드러난 채 너덜거렸고 형준은 그런 현무의 얼굴을 할퀼 기세로 손톱을 치켜들었다. 도검은 몸을 날려 형준의 등에 매달렸다.

"형준아, 정신 차려! 형준아!"

형준은 뒤로 손을 뻗어 도검을 떼어 내려 했고 도검은 필사적으로 매달렸다. 현무는 피를 토하며 죽어 가는 목소리로 말했다.

"살려줘……."

"도망쳐!"

도검이 외쳤지만 현무는 이미 움직일 수 있는 상태가 아니었다. 도검은 추출물을 꺼내 형준에게 뿌리려 했지만 형준의 저항으로 도무지 틈이 나지 않았다. 형준은 허우적거리다 머리 뒤로 손을 뻗어 도검의 목덜미를 잡아 앞쪽으로 집어 던졌다. 등이 바닥에 세게 부딪히자 입에서 피가 튀어나왔다. 형준은 현무를 집어 들고 한 번에 찢어 버리려는 듯 금속으로 된 손톱을 세우고 손을 치켜들었다.

도검은 몸을 일으켜 추출물 병을 손에 들었다. 단 한 번의 기회밖에 없었다. 이번 기회를 놓치면 승산은 없었다. 도검은 눈으로 거리를 계산하고 추출물이 들어 있는 병을 형준의 얼굴을 향해 던졌다. 직선으로 날아간 추출물 병이 얼굴에 거의 도달했을 때, 형준은 머리를 숙여 피하고는 도검을 돌아보았다. 병이 공장 벽에 부딪혀 산산조각이 나며 살 수 있는 마지막 기회도 날아갔다. 형준은 눈에서 붉은빛을 쏘아 내며 하던 것을 멈추고 도검에게로 몸을 돌렸다.

도검은 조금씩 뒤로 물러섰다. 형준이 달려들기 직전의 자세로 몸을 잔뜩 웅크렸다. 등이 활처럼 펴져 부딪혀 오면 도검도 현무 꼴이 날 것은 쉽게 예상되는 일이었다. 형준이 등을 펴려는 순간 어딘가에서 형준을 향해 병이 날아들었다. 첫 번째 것은 가볍게 피했지만 두 번째 세 번째 병은 각각 등과 얼굴에 맞았다.

"도검아 도망쳐!"

장서였다. 장서는 아직 몇 개 더 남은 병을 들고 엉거주춤 서 있는 형준에게 던졌다. 하지만 이번 것들은 모두 가볍게 피했다. 형준은 머리를 흔들며 표적을 장서로 정하고 그를 향해 서서히 다가갔다. 장서가 놀라 도망치기 시작하자 그를 따라 뛰어나가려던 형준은 돌연 멈춰서며 그대로 앞으로 쓰러졌다. 형준의 피부 색깔이 원래대로 돌아오기 시작했다.

도망치던 장서가 그 모습을 보고 다시 돌아왔다. 도검은 긴장이 풀리며 온몸의 기운이 썰물처럼 빠져나가는 것을 느꼈다. 누워 있는 도검의 시야에 장서가 나타났다.

"다 죽게 생겼구먼."

"좀 도와주세요."

장서는 도검을 부축해 일으켰다. 두 사람이 나가려다 말고 공장 안을 돌아보았다. 현무는 거의 죽은 듯이 누워 있었고 형준은 찢어진 옷을 입은 채 잠에 빠져 있었다. 두 사람은 차가 있는 곳으로 발걸음을 옮겼다.

"아저씨, 사는 게 왜 이렇게 힘들죠?"

"원래 힘든 것이 사는 거야."

"제 주머니에 리모컨하고 패치가 하나 있어요. 패치는 현무 놈에게 붙이고 리모컨 버튼 좀 눌러 주세요. 이거는 그놈 주머니에 넣어 두고요."

장서는 도검을 차에 앉히고는 그의 주머니에서 세 개의 물품을 꺼내 들었다. 잠시 망설이던 장서가 입을 열었다.

"꼭 경찰에 넘겨야겠냐?"

도검은 픽 웃으며 말했다.

"안 넘기면 짭새 옷 벗어야 돼요. 민간인한테 피해 줄 생각은 아니죠?"

"썩을 놈. 그나저나 형준이 저 자식은 어떻게 옮겨야 돼?"

장서는 투덜거리며 다시 공장으로 향했고 도검은 조용히 눈을 감았다. 뒷좌석에 앉아 있던 수연이 뭐라고 말을 하며 도검의 목을 끌어안았지만 잠이 쏟아져 아무것도 들리지 않았다.

🔫

시 외곽에서 나란히 차를 대 놓고 기다리던 명희가 동원된 경찰들을 한번 돌아보았다. 중앙서 전경과 형사과 인원만 동원된, 예상보다는 조촐한 규모였다.

"이 인원 가지고 안 되면 진짜 어떻게 하죠?"

"서장님이 이렇게 받아 준 게 어디냐? 판 크게 벌였다가 쪽 팔린 거보다는 낫잖아. 너야말로 이거 확실한 정보야?"

도검이 건네준 전자수첩만 초조하게 들여다보고 있던 명희가 큰 소리로 외쳤다.

"왔어요! 신호가 왔어요!"

그들은 차량으로 신호가 나오고 있는 공장을 에워싸고 그곳에 헤드라이트를 비추었다. 주 팀장은 목소리를 가다듬고 확성기를 켰다.

"항복해라. 무기 같은 거 있으면 버리고. 알겠나!"

응답이 없자 옆에 있던 형사과장이 손짓을 해 보였다. 정복 경찰과 사복 경찰이 뒤섞여 총을 빼 들고 공장 안으로 조심스럽게 들어갔다.

공장 밖으로 나온 한 경찰이 수신호를 보내자 의료반이 들것을 들고 공장 안으로 뛰어갔다.

잠시 후에 큰 덩치의 남자를 들것에 싣고 네 명이 들고 나왔다. 형사과장은 그들을 잠시 세운 뒤 시트를 걷어 보고는 자신도 모르게 미간을 찌푸렸다. 들것을 다시 보내고 함께 나온 명희에게 물었다.

"저게 용의자라고?"

명희는 보이스리코더를 형사과장에게 내밀었다. 형사과장이 버튼을 누르자 녹음된 소리가 나왔다. 다 들은 형사과장이 다시 명희에게 건네며 말했다.

"다행이군. 뭔가 있긴 있었군."

옆에 있던 주 팀장이 거들어 줬다.

"명희 이놈이 뺀질거리기는 해도 헛소리는 안 한다니까."

"아직은 모르죠. 저놈이 진범인지 아닌지 가려지기 전까지는."

형사과장이 구급차 쪽으로 가자 주 팀장은 인상을 구기며 흘겨보고는 명희의 어깨를 두들겨 주었다.

"수고했다. 하지만 경찰특공대까지 불렀으면 쪽팔릴 뻔한 거 알지?"

"다 주 팀장님 덕분입니다."

"어이쿠! 우리 명희가 안 하던 말을 다 하고, 드디어 죽을 때가 됐나 보구나!"

공장에 진을 치고 있던 차량이 하나둘 길을 따라 빠져나가기 시작했다.

도검이 눈을 떴을 때, 수연과 형준이 제일 먼저 눈에 들어왔다.

"아저씨! 형 깨어났어요!"

형준은 차 박사를 부르러 병실 밖으로 뛰어나갔다. 수연은 도검의 커다란 손을 두 손으로 잡고 또다시 눈물을 흘렸다.

"피를 많이 흘려서…… 정말 다행이에요."

"피를 많이 흘려서 다행이라고요?"

"아니 제 말은 그게 아니라……."

도검은 장난스럽게 웃으며 말했다.

"알아요, 무슨 말인지."

수연은 눈을 닦아 내며 미소를 지었다. 손을 더욱 꼭 쥐며 말했다.

"부탁 하나 드려도 될까요?"

"들어줄 수 있는 거라면."

"이젠 편하게 말 놓으면 안 될까요? 어색하고 거리감 느껴져서 싫어요. 난 가족처럼 지내고 싶거든요."

도검은 잠시 생각하는 표정으로 위를 바라보다 말했다.

"서로 목숨도 걸었었고, 우리 가게에서 식구처럼 일도 하고 있고…… 그럴까, 그럼?"

수연이 잠시 머뭇거리다 도검에게 말했다.

"오빠, 구해 줘서 고마워."

도검은 픽 웃으며 수연의 머리를 쓰다듬으며 말했다.

"나야말로 미안해. 나 때문에 험한 일 겪게 해서."

그때 밖에 나갔던 형준이 어수선하게 뛰어 들어왔다. 손을 잡고 있는 두 사람을 본 형준이 번갈아 보며 호들갑스럽게 말했다.

"어! 이거 뭐하는 분위기야!"

뒤따라왔던 차 박사가 끼어들었다.

"둘이 사귀는구나!"

도검이 수연의 손을 슬그머니 놓으려 하자 수연이 더 꽉 잡으며 형준에게 말했다.

"오빠하고 의남매 하기로 했어."

"뭐? 그럼 나도 의남매 해! 나도! 나도!"

차 박사는 청진기로 도검의 상태를 검사하며 말했다.

"형준아, 의남매 하면 수연이랑 연애할 기회는 영원히 없는 거다."

형준은 자신의 이마를 두드리며 생각에 잠겼다.

"아, 그래요? 그럼 그 부분은 좀 생각해 봐야겠는데요? 흠, 그렇다 이거지……."

형준은 계속 생각에 잠긴 채 병실 안을 돌고 있었고 수연은 여전히 도검의 손을 잡고 앉아 있었다. 수혈 팩의 양을 체크하는 차 박사를 보며 도검이 말했다.

"이 피는 깨끗한 거 맞겠죠?"

"우리 병원의 위생 상태를 의심하는 거냐?"

"아니, 요새 수혈 사고가 많이 생기잖아요. 수혈 때문에 에이즈 걸리면 정말 억울하지 않을까요?"

에이즈라는 말에 수연이 슬그머니 손을 놓았다. 도검이 발끈하며 수연에게 말했다.

"뭐야, 지금. 옮을까 봐 손 놓은 거야?"

"아니 그냥 땀나서……."

차 박사는 도검의 귀에 체온을 측정하며 말했다.

"도검아, 이 피는 모든 검사를 끝낸 깨끗한 피란다. 그리고 수연이, 에이즈는 손잡는다고 옮는 게 아니란다. 이 무식한 의남매야."

도검은 콧방귀를 뀌며 말했다.

"만약 에이즈 걸리면 제일 먼저 박사님부터 덮쳐서는……. 어떻게 해야 감염이 된다고요?"

"그거야……."

차 박사는 뭘 상상했는지 인상을 잔뜩 찌푸리며 주사기를 꺼내 들었다.

"어떻게 된 게 말하는 모양새가 점점 장서 놈하고 똑같이 더러워지냐!"

차 박사는 주삿바늘을 도검의 손등에 꽂아 넣었다. 도검은 따끔한 통증을 참으며 말했다.

"박사님, 주사는 링거에다 줘도 되는 거 아녜요? 굳이 제 살에다가 직접 할 필요가……."

"네가 의사냐! 에이, 상상한 게 머리에서 지워지질 않네. 에이 더러워! 에이 퉤!"

차 박사가 병실을 나가자 그걸 의아한 표정으로 보며 장서가 안으로 들어섰다. 그는 피자를 도검의 다리 위에 내려놓으며 물었다.

"돌팔이 왜 저래? 보기 드문 표정인데? 뭔가 굉장히 더러워하고 있구먼. 자, 모두들 피자 먹자!"

도검은 고개를 살짝 들어 피자 종류를 확인하고는 다시 누웠다.

"피자 박스만 봐도 질려요."

형준과 수연은 한 조각씩 입에 물고 게걸스럽게 먹기 시작했다. 형준이 피자 조각을 반으로 접어 한 번에 씹으며 말했다.

"형이랑 누나랑 의남매 하기로 했대요."

장서는 반색을 했다.

"오, 듣던 중 반가운 소리구먼. 수연이가 우리 가게에서 일하는 거 도검이가 반대했었거든."

수연이 미간을 찌푸리며 도검을 바라보자 도검은 애써 딴청을 피웠다.

"아 참, 도검아. 경찰서에 알아봤는데 말이야."

장서의 입에서 이물질이 튀어나와 도검의 팔에 튀었다.

"아, 좀 삼키고 말씀하세요. 여기까지 튀잖아요."

"자식이 까다롭기는, 쯧. 현무 놈 말이다. 경찰 쪽에서 그러는데 살기 힘들 것 같다고 그러더라고. 보이스리코더 내용도 증거로 채택될 가능성이 높고 본인도 굳이 부인하지 않고 말이야."

"저에 대해서는 무슨 말 없어요?"

"전에 네가 구해 준 짭새가 잘 커버하는 모양이더라. 짭새치고는 괜찮은 구석이 있는 것 같다."

도검은 고개를 끄덕이다 생각난 듯 형준을 불렀다.

"형준아, 잠깐만 이리 와 봐."

"왜?"

도검은 다짜고짜 형준의 머리를 쥐어박으며 말했다.

"총 맞은 형님을 죽어 버리라고 바닥에 패대기를 쳐?"

형준은 맞은 곳을 문지르며 대답했다.

"내 의지가 아닌 걸 제일 잘 아는 사람이 이러면 곤란하지!"

"어라, 지금 눈 치켜뜬 거야? 눈동자 원위치 안 시켜?"

티격태격하는 그들 사이에 수연이 끼어들었다.

"무슨 얘기야?"

"아무것도 아니야 누나."

도검이 여유로운 표정으로 수연에게 말했다.

"수연아, 내가 저 녀석 비밀 하나 알려 줄까?"

형준은 재빨리 도검의 입을 막았다.

"아이 도검이 형님! 뭐 불편한 거 있으면 말해. 음료수 사다 줄까? 콜라? 사이다?"

도검이 혀를 내밀어 형준의 손에 침을 바르자 기겁을 하며 손을 뗐다. 도검은 잠시 생각하다 입을 열었다.

"아메리카노 한잔 마시면 참 좋겠네. 아 참, 난 스타벅스 아니면 안 마신다."

"금방 사 올게. 누나 같이 가자!"

수연은 고개를 가로저으며 말했다.

"혼자 갔다 와도 되잖아."

형준은 정색을 하며 말했다.

"누나가 이 방에서 나가지 않으면 커피 사 오는 게 의미가 없단 말이야."

알 수 없는 압박에 수연은 엉거주춤 일어섰다. 형준은 재촉하듯 수연의 팔을 잡고 밖으로 나섰다. 도검의 시선이 그들을 따라가다 장서와 눈이 마주쳤다. 장서가 씹던 피자를 입에 가득 문 채 활짝 웃어 보였고 도검은 반사적으로 뻗어 나가는 주먹을 자제시키며 명상하는 마음으로 눈을 감아 버렸다.

🔫

많은 사람과 담배 연기가 뒤섞인 치킨 호프집에서 주 팀장과 명희가 생맥주 잔을 부딪쳤다.

"수고했다. 이렇게 술 마시는 거 정말 오랜만이구면."

"네, 수고하셨습니다."

"비록 특진을 하진 못했지만 다음 인사에 적극 반영해 준다니까 그걸로 만족하자. 오케이? 과장이 한 말은 너무 신경 쓰지 마라. 성격이 칼 같긴 해도 뒤끝은 없다고. 워낙 타협을 모르는 사람이라서 그래. 익명의 제보를 받았다고 하면 누가 믿겠냐? 더구나, 놈이 잡힌 현장도 격투가 있었던 흔적이 분명한데."

"그렇긴 하죠."

주 팀장은 치킨 날개를 입에 물며 말을 이었다.

"네가 보호하려는 친구는 어떤 친구야?"

"한마디로 제 생명의 은인이죠. 완전 죽었다 싶었는데 혜성처럼 나타나서는 싹 정리를 해 버렸다니까요. 얼마나 고마운시 말로 다 설명을 못 합니다."

"너무 고마워할 필요는 없는 것 같은데? 필요해서 널 이용한 걸 수도 있고. 안 그래?"

"그럴 수도 있죠. 하지만 다 같이 잘된 일이니 신경 안 쓰려고요. 그래서 팀장님께 부탁드리고 싶은 말은, 그 장도검이란 인물에 대해서는 저하고 팀장님만 알고 있자는 거예요."

주 팀장은 곤란한 표정으로 맥주를 마시고는 대답했다.

"내 말 듣고 화 안 낸다면 한번 생각해 보지. 너, 설사 말이다. 사실은 내가 약 탄 거다. 하는 짓이 얄미워서 말이야. 괜찮지? 안 괜찮으면 장도검에 대해서 과장한테 보고해 버리고."

명희도 맥주를 비우고는 머리를 긁적이며 대답했다.

"그렇게 말씀하시면 오히려 제가 죄송하죠. 며칠 전부터 변 보시기 힘들지 않아요?"

"그래 며칠 전부터 배가 묵직한 게 영…… 그걸 네가 어떻게 아나?"

"설사 시작한 날, 바로 눈치챘거든요. 그래서 제가……."

주 팀장이 명희의 멱살을 움켜쥐었다.

"그래서 감히 상관에게 약을 먹였다 그거냐? 이 썩을 놈아?"

명희는 멱살을 붙잡힌 사이로 약봉지를 들어 보였다.

"비아그라, 비아그라도 함께 넣었어요. 여기!"

주 팀장은 약봉지를 받아 들고는 자세히 살펴보았다.

"어? 진짜네?"

"어렵게 구했다고요. 자, 이제 약속 지켜 주시는 거죠?"

"명희야, 사랑한다! 어디서 또 구할 수 있냐?"

"과용하면 안 좋아요. 부작용이 급성 심부전인 거 모르세요? 그리고 나쁜 용도로 쓸 생각 마시고요."

"비아그라 용도야 딱 하나지 좋고 나쁜 게 어디 있어? 다른 복용 규칙은 없냐?"

"이거 구해 준 친구가 팀장님 아직 젊으시니까 반쪽씩만 드시라고 하던데 제 생각에는 두 알은 드셔야 작동되지 않을까 싶은데요."

주 팀장은 명희의 두통수를 향해 반사적으로 뻗어 나가는 손을 걷어 자신의 머리를 매만졌다.

"어이쿠, 은인에게 큰 실수를 할 뻔했네? 자, 오늘은 일찍 들어가자고!"

"잘 마셨습니다, 팀장님."

"어? 그래, 그래! 술 생각나면 언제든지 말하라고. 아하하! 내일은 좀 늦게 출근할 테니까 그리 알고! 아하하!"

들뜬 상태로 계산을 하고 나가는 주 팀장을 뒤에서 바라보며 명희는 측은한 듯 중얼거렸다.

"저 모습이 왜 슬퍼 보이지? 시들어 가는 남자의 애환과 비참함이 느껴지는……."

명희는 목이 메여 남은 맥주를 한 모금 마시고는 자리에서 일어났다.

Chapter 3 :: 이벤트

텅 빈 놀이터엔 두 아이만 있었다. 놀이터 바닥에 깔린 우레탄 매트에 주저앉아 소꿉놀이를 했지만 즐거운 표정은 아니었다. 장난감을 만지작거리던 현도가 말했다.

"아빠가 매일 집에 있어."

"좋겠다. 우리 아빠는 돈 벌러 외국에 가셨어."

"안 좋아. 놀아 주지도 않고 매일 화만 내거든. 엄마랑 언니들도 매일 화만 내."

혜인이 장난감으로 현도의 팔을 쿡 찌르며 말했다.

"넌 남자니까, 누나라고 하는 거야."

"작은언니도 큰언니한테 언니라고 하는데?"

"작은언니는 여자니까."

"그렇구나. 작은언니도 안 놀아 주고."

혜인은 장난감을 손에서 놓고 곰곰이 생각하다 물었다.

"내가 우리 오빠한테 무슨 일인지 물어볼까?"

"오빠?"

"같이 사는 오빠가 있는데 사람들 부탁을 들어준대. 그런데 대신 네가 아끼는 걸 줘야 해. 오빤 공짜로는 안 해 주거든."

한동안 생각에 잠긴 현도가 결심한 듯 고개를 끄덕이며 입을 열었다.

"그럼 부탁해 봐. 엄마 아빠가 왜 매일 싸우는지."

"네가 물어봐. 난 무서워서 못 해."

"무서워?"

"얼마나 무섭게 생겼는지 알아? 지금은 많이 보니까 괜찮은데, 처음에 봤을 땐 막 울었어. 너무 무서워서."

"난 귀신 안 무서워. 남자니까."

"누가 귀신이라고 그랬어? 우리 큰오빠가 무섭게 생겼다니까. 하지만 키도 아주 크고, 힘도 아주 세니까 뭐든지 도와줄 수 있을 거야."

"지금 오빠들 있어?"

"넌 형이라고 해야지, 바보야. 작은오빠는 가게에서 일하고 있고 큰오빠는 집에 있을 거야. 지금 갈래?"

"지금? 그 무서운 형 만나러?"

혜인은 고개를 가로저으며 말했다.

"작은오빠한테 가자. 작은오빠한테 말하면 큰오빠한테 말해 줄 거야."

"형한테 뭘 주지?"

"토마스 제일 좋아하지? 그거 줘."

"토마스는 안 돼. 자전거를 줄까?"

"안 돼, 제일 아끼는 걸 줘야 해."

현도는 한참을 갈등하는 얼굴로 앉아 있다 결심한 듯 벌떡 일어섰다.

"좋아. 옛날처럼 엄마 아빠랑, 언니들이 웃었으면 좋겠어."

"누나라니까. 지금 갈까?"

혜인과 현도는 장난감을 챙겨 들고 일어섰다.

'레드아이 피자' 매장엔 손님들이 많아서 혜인과 현도가 매장에 들어갔는데도 아무도 그들을 못 보았다. 그들을 발견한 건 서빙을 하던 수연이었다. 수연은 쟁반을 든 채 혜인에게 인사했다. 혜인은 본래 피자 가게 옆집에 살던 아이였는데, 불행한 사고로 부모를 잃고 지금은 피자 가게에서 같이 살고 있는 처지였다. 귀엽고 예쁜 아이라 피자 가게의 마스코트로 통했다.

"아유, 우리 혜인이 언제 왔어? 친구도 같이 왔네?"

"안녕하세요. 제 이름은 김현도입니다!"

인사는 자연스럽게 했지만 이름을 얘기할 때는 책을 읽듯이 말하는 게 귀여워 볼을 살짝 꼬집었다.

"현도 안녕. 혜인이랑 여기 잠깐 앉아 있을래? 혜인아, 언니가 금방 피자 갖다 줄게."

"네, 언니."

혜인은 현도를 끌고 입구 쪽에 있는 작은 테이블에 자연스럽게 앉았다. 현도는 주위를 둘러보며 말했다.

"이거 너희 가게야? 매일 피자 먹을 수 있어서 좋겠다."

"이젠 그냥 그래. 너무 많이 먹었거든. 그래도 맛은 있지만."

현도는 쑥스러운 듯 머리를 긁적이며 물었다.

"혜인아, 자주 놀러 와도 돼?"

"에구, 이 돼지!"

"히히, 자주 놀러 와야지!"

수연이 주방에서 우유와 피자가 담긴 쟁반을 들고 나와 테이블 위에 올려놓았다. 혜인과 현도는 감사히 먹겠다는 인사를 대충 하고 정신없이 먹기 시작했다.

손님들이 하나둘 빠져나가 조금 한가해지고 나서야 장서가 혜인 옆에 털썩 앉았다.

"아니, 우리 집 대표 미녀 혜인이 아니야! 언제 왔어?"

"아까, 아까요."

"그래? 바빠서 못 봤나 보네. 그런데 이 친구는 누구야? 친구야?"

피자를 삼키고 목소리를 가다듬은 현도가 차려 자세로 인사했다.

"안녕하세요. 제 이름은 김현도입니다!"

"이야, 목소리도 크고 똘똘한 게 맘에 드는구먼! 모자라면 말해. 많이 있으니까. 알겠지?"

"네! 잘 먹겠습니다!"

장서는 갑자기 생각난 듯 말했다.

"현도, 혹시 해물 좋아해? 이번에 새로 개발 중인 피자인데 말이야, 굴을 이용해서……."

혜인이 장서의 소매를 잡아당기며 고개를 가로저어 보였다. 장서는 살짝 당황했지만 아닌 척 웃으며 말했다.

"역시 애들은 굴 별로 안 좋아하지? 피자의 문제는 분명 아닐 거야. 암 그렇고말고."

혜인은 고개를 크게 끄덕이고는 장서에게 물었다.

"작은오빠 어디 갔어요?"

"배달 나갔는데 금방 들어올 거야."

장서의 말이 끝나자마자 매장 문이 거칠게 열리며 형준이 들어섰다. 형준은 뻘뻘 흐르는 땀을 소매로 대충 닦으며 큰 소리로 화냈다.

"아, 뭐 그런 싸가지 없는 것들이 다 있지?"

형준의 거친 말에 홀 안의 남아 있던 손님들의 시선이 집중됐다. 형준은 그제야 알아채고 어설픈 미소와 함께 주방으로 급히 들어갔다. 그 모습을 고스란히 지켜보던 현도가 먹던 피자를 가방에 챙겨 넣으며 조용히 의자에서 내려섰다. 의아한 얼굴로 혜인이 현도에게 물었다.

"어디 가?"

"집에."

"부탁 안 해?"

"너희 오빠 무서워."

그 말에 수연이 나서 현도를 붙잡았다.

"아니야 현도야. 저 형아 하나도 안 무서워. 그렇지 혜인아?"

"맞아, 작은오빠 하나도 안 무서워. 큰오빠가 무섭지."

수연은 확고하게 밖으로 나가려는 현도를 다급하게 붙잡았다.

"아, 아니야, 현도야. 큰형아도 안 무서워. 그런데 형한테 무슨 할 말 있니? 누나가 같이 가 줄까?"

수연은 쭈뼛거리며 갈등하고 있는 현도를 앞세워 주방으로 갔다. 주방을 둘러봤지만 형준이 보이지 않자 수연은 뒷문을 열고 나갔다. 인상을 잔뜩 찌푸린 형준이 테이블에 팔짱을 끼고 앉아 있었다. 형준은 수연이 보이자 기다렸다는 듯이 불만을 쏟아 냈다.

"뭐 그런 재수탱이가 다 있나 몰라. 배달을 하러 갔는데 그 사람들이 짬뽕을 먹고 있더라고. 배고픈데 피자가 더럽게 늦게 와서 그냥 짬뽕을 먼저 시켰다는 거야. 그러니까 피자 필요 없다고 가라는 거야."

"어머, 그래서?"

"그래서 우린 정상적으로 접수해서 배달한 것이기 때문에 취소는 곤란하다고 그랬지. 옥신각신하다가 그놈이 짬뽕 하나를 2분 만에 국물까지 먹으면 돈을 주겠다고 하더라고."

"그래서 했어?"

형준은 고개를 크게 끄덕이며 말했다.

"오기가 생기잖아. 당연히 했지. 그래서 짬뽕을 받아 들었는데 이 자식들이 안됐다는 표정이잖아. 승부욕이 확 생기더라고."

수연은 물론 함께 들어온 현도와 혜인도 형준의 이야기에 집중했다. 형준은 손으로 제스처를 취해 가며 말을 이었다.

"처음 몇 젓가락 뜰 때는 다른 짬뽕이랑 다를 게 없었거든? 그런데 한 네 젓가락 정도부터 서서히 느낌이 오더라고. 짬뽕에 무슨 짓을 한 건지 매워서 혀가 잘리는 것 같아. 식도랑 위가 같이 불타면서 눈물이 그냥 막 나와, 그냥. 그래서 이건 좀 아니다 싶어서 안 되겠다고 하니까 그놈이 버럭 화를 내면서 뭐라고 그러는 줄 알아?"

수연이 고개를 가로저으니 형준은 바로 이어서 말했다.

"근성이 없대, 근성이! 아, 씨발 무슨 짬뽕 좀 먹으면서 근성까지 필요한 건데? 나 참 어이가 없어서! 근데 왜 짬뽕을 그따위로 만들어 가지고 근성 없는 놈으로 만드는 거냐고!"

화가 난 형준이 열변을 토하다 무심코 아래를 보니 현도와 혜인이 멍한 얼굴로 서 있었다. 형준의 욕설에 수연이 혜인의 귀는 막았지만 현도는 고스란히 다 들어야 했다. 평소 아이들 앞에선 선한 모습만 보였기에 형준도 당황하지 않을 수 없었다. 멍한 표정으로 형준을 바라보던 현도가 중얼거리며 뒤돌아섰다.

"집에 갈래."

수연이 재빨리 현도를 안아 형준의 맞은편 의자에 앉혔다.

"겨우 이런 사람을 무서워하면 나중에 큰일 못 해요."

182

"이, 이런 사람? 누나, 그거 혹시 나를 뜻하는?"

형준의 말은 무시하고 수연이 말했다.

"여기 혜인이 남자친구가 할 말이 있다니까 친절하게 잘 들어 줘. 알겠지?"

형준은 눈썹을 치켜뜨며 말했다.

"혜인이 달라는 거라면 거절이니까 말도 꺼내지 마."

현도는 멈칫하더니 다시 의자에서 내려서려 했다. 형준이 다급하게 웃어 보이며 말렸다.

"에헤, 농담이야, 농담! 이렇게까지 쿨할 필요는 없잖아? 자, 말씀해 보시게!"

"우리 엄마 아빠가요, 웃게 해 주세요."

무슨 말인지 제대로 못 알아들은 형준은 수연의 눈치를 보았다. 수연도 모르겠다는 듯 어깨를 으쓱해 보였다.

"왜 안 웃으셔?"

현도의 표정이 금세 시무룩해졌다.

"아빠는 화만 내고요, 엄마랑 싸워요. 언니들도 안 놀아 주고."

형준은 고개를 끄덕이며 물었다.

"아, 그래? 그걸 내가 어떻게 해 줘야 할까?"

"큰형아가 부탁 들어주는 일을 한다고 해서요."

형준은 약간 당황한 듯 다시 한 번 수연을 돌아보았다. 당황한 건 수연도 마찬가지였다.

"도검이 형 얘기하는 거야? 키 엄청 큰 형?"

"잘 몰라요. 그냥 부탁 들어주는 형이라고……."

현도가 말없이 혜인을 바라보았다. 혜인은 긍정도 부정도 아닌 애매한 표정으로 형준을 돌아보았다. 형준은 상황 파악을 하고는 현도의 머리를 쓰다듬었다.

"현도네 집에 무슨 일이 있는 걸까?"

"그건, 그건 몰라요. 옛날엔 언니들이 자주 놀아 줬는데 요즘엔 놀아 주지도 않아요. 아빠도 매일 집에 계세요. 작은언니는 몸이 많이 아픈지 베개 밑에 약이 이만큼 있었어요."

미소 짓던 형준과 수연은 현도의 마지막 말에 표정이 굳어졌다. 형준은 현도와 눈높이를 맞추며 물었다.

"약? 알약이 있었던 거야?"

"네, 이만큼."

현도는 두 손을 모아 동그랗게 만들어 보였다. 약이 저 정도로 많이 베개 아래 쌓여 있다면 심각한 일이었다. 아무도 영양제를 베개 밑에 두지는 않을 테니.

"그래, 형이 얘기 잘 전할게. 집에 있으면 곧 큰형이 해결해줄 거야."

수연이 입 모양만으로 어떻게 하려는 거냐고 물었지만 형준은 그냥 어깨만 으쓱해 보였다. 현도는 가방에서 기차 장난감을 꺼내 테이블 위에 올려놓았다.

"제가 제일 아끼는 거예요. 큰형한테 부탁하려면 제일 아끼는 걸 줘야 한다고 해서……."

형준이 혜인이를 또 한 번 돌아보았다. 혜인은 애써 딴전을 피웠다.

"도검이 형에 대한 소문이 좀 많이 왜곡된 것 같은데? 이거 안 줘도 되니까 걱정 말고 가자. 늦었으니까 형이 바래다줄게. 자, 누나, 나가자."

수연이 생각지도 않은 말에 흠칫하며 형준을 돌아보았다.

"응? 나 일해야 하는데?"

"그러지 말고 가자. 아저씨 계시잖아."

"나한테 엄연히 아저씨는 사장님이야."

"가족끼리 사장은 무슨……."

언제 왔는지 형준의 뒤에서 갑자기 장서의 목소리가 끼어들었다.

"내가 사장이 아니면 대리냐? 이 자식 이거 안 되겠네? 네놈 속을 모를 줄 알아? 그 꼬마 데려다주고 수연이 납치해서 다른 데로 새려고 그러지?"

수연이 돌아보니 형준은 어색한 표정으로 말했다.

"아이, 아저씨는 저를 뭐로 보고……."

"색마로 본다, 자식아!"

수연이 흠칫 놀라며 말했다.

"아저씨! 애들 앞에서!"

"애들도 알 건 알아야지!"

가만히 듣고 있던 혜인이 형준을 빤히 바라보며 물었다.

"오빠, 색마가 뭐야?"

"새, 색마란, 무지개같이 고운 색을 지닌 말이야. 즉, 착하고 마음씨 고운 사람을 색마라고 부르는 거야."

장서와 수연은 더욱 놀란 표정으로 형준을 바라보았다.

"나쁜 놈, 일순간의 난국을 빠져나가기 위해 어린것들의 가치관에 혼란을 줘?"

수연은 친절한 표정으로 혜인에게 눈높이를 맞추며 말했다.

"혜인아, 색마란 말이야……."

"누, 누나!"

형준은 재빨리 수연의 입을 막고는 주방 쪽으로 끌고 가며 아이들에게 다급히 외쳤다.

"애들아! 어서 이쪽으로! 빨리!"

아이들은 재밌는 놀이라도 하는 것처럼 즐거운 표정으로 형준을 향해 달려갔다.

매장의 테이블 정리가 거의 다 끝나갈 무렵 형준이 차 키를 손가락에 걸고 빙빙 돌리며 안으로 들어섰다. 테이블을 닦던 장서와 수연이 동시에 노려보았다. 위험한 기운을 감지한 형준은 반사적으로 비굴한 미소를 지어 보였다. 장서가 인상을 구기며 물었다.

"네가 차 끌고 나간 거였냐?"

"그럼 저 말고 누가 또……."

수연도 행주를 테이블 위에 내려놓으며 말했다.

"너 때문에 아저씨가 고생하셨잖아. 배달 주문이 들어왔는데 차가 있어야 배달을 하지!"

"자전거 타면 되잖아요?"

"난 자전거 못 타잖아!"

장서가 소리를 질렀지만 형준은 실눈을 뜨며 말했다.

"아, 자전거를 못 타신다고요? 차 박사님도 알고 계세요?"

"내가 미쳤냐, 그걸 돌팔이한테 말하게? 롤러스케이트 못 타는 거 가지고 3년을 놀려 먹은 놈인데 자전거 못 탄다는 걸 알면……."

장서는 말을 하다 말고 급히 입을 다물었지만 형준은 이미 사악한 미소를 짓고 있었다. 장서는 눈을 지그시 감으며 말했다.

"형준아, 내가 요새 돌팔이와의 말싸움에서 승률이 좀 떨어지고 있거든? 그러니까 이 자전거 얘기는 우리만 알고 있는 게 어떨까 하는데, 네 생각은 어떠냐?"

형준은 의자를 빼내 거만한 자세로 앉으며 말했다.

"그건 아저씨가 제게 어떻게 하느냐에 따라 달려 있지 않을까 싶네요. 아시다시피 세상은 정보가 곧 권력인 거잖아요."

수연이 말했다.

"형준이 너 정말 치사한 애구나?"

장서는 수연의 말에 고개를 크게 끄덕이며 동의했다.

"누나가 그렇게 말한다면야 할 수 없지……라고 할 줄 알았지? 그러기엔 너무나 매력적인 정보라고. 아저씨 죄송합니다! 저는 이만 차 박사님께!"

장서는 분노를 간신히 가라앉히며 말했다.

"좋아, 치킨 한 마리!"

일어서려던 형준이 다시 자리에 앉았다.

"차 박사님께 말씀드려도 크게 놀리실 것 같지는 않지만 그건 차 박사님 생각에 달려 있는 거고……."

"두 마리."

형준은 테이블을 탁 치며 일어섰다.

"생각해 보니까 말씀드려 봤자 별로 반응도 없을 것 같으니 관두죠. 자, 합의하시죠."

장서는 주섬주섬 지갑을 꺼내며 중얼거렸다.

"닭의 저주를 받아라, 나쁜 놈아. 먹는 족족 모두 뱃살로 가라."

"뭐라고요 아저씨?"

"치킨 두 마리다! 약속은 지키겠지?"

형준은 가슴을 탁 치며 말했다.

"저는 신용이 생명인 놈이지요."

"그럼 합의된 거니까 남은 테이블이나 닦아, 이 썩을 놈아."

장서가 행주를 형준의 얼굴에 던졌다. 형준은 테이블을 닦으며 말했다.

"아저씨, 이 행주에 감정이 남아 있는 거 같은데 잘못 느낀 건가요? 기분 나쁘시면 합의는 없었던 걸로 하셔도 됩니다만."

발끈한 장서가 홱 돌아보았지만 행동과는 달리 목소리는 부드럽게 나왔다.

"형준아, 그럴 리가 있니? 우리는 언제나 뒤끝 없는 가족이 잖니. 안 그러니?"

형준은 손가락으로 오케이 사인을 보내고는 테이블을 닦기 시작했다.

"누나, 아까 그 꼬마가 말한 거 말이야. 베개 밑에 모아 둔 약이라는 거, 그게 계속 마음에 걸리는데 누나 생각은 어때?"

수연의 표정이 어두워졌다가 이어 희미하게 미소를 지었다.

"수면제일 거야. 나도 조금씩 그렇게 모았거든. 이젠 다 옛 날얘기야."

"그랬구나. 그거 많이 위험한 상태인 거지?"

수연은 고개를 끄덕이며 대답했다.

"현도네 집에 심각한 일이 있긴 있는 모양이야. 한창 산만할 나이에 집안 분위기를 다 느끼고."

"현도네 누나를 좀 만나 봐야겠어."

"이젠 얼굴 보기도 전에 그러는 거니?"

"뭐, 뭐야 진짜! 도대체 나에 대해서 뭘 어떻게 들었는데 이 러는 거야?"

"너, 도검이 오빠 만나게 된 것도 어떤 여자 때문이라며?"

"누, 누가 그래!"

"누구긴. 오빠가 그러던데."

"입 싼 곰탱이 같으니라고. 그거 말고는 다른 말 안 했어? 이 를테면 내 몸의 비밀이라든지."

"물론 얘기했지. 씻기도 싫어한다며."

"휴, 난 또 뭐라고."

"왜? 너 혹시 치질 걸렸니?"

"뭐야, 느닷없이. 치질이 무슨 비밀거리야?"

"그래, 잘 생각했어. 질병은 숨기지 말고 자꾸 알려야 빨리 낫는데."

"잘 생각했다는 게 뭔 뜻이야. 나 아니라니까?"

수연은 친절하게 웃으며 말했다.

"알아, 그러니까 감추지 말고 주변의 도움을 받으라고."

"내가 왜 걸리지도 않은 병을 변명해야 하는 거냐고. 응?"

수연은 상냥한 표정으로 여전히 웃어 보이고는 테이블 줄을 맞추며 말했다.

"비밀로 해 줄 테니까, 쓰레기나 버리고 와."

형준은 뭔가 말을 하려다 말고 머리를 양손으로 박박 긁으며 밖으로 뛰쳐나가 버렸다. 주방에서 나오던 장서가 그런 형준을 보며 물었다.

"쟤 왜 저래? 더럽게 비듬이나 날리고."

"테이블 닦기 싫은 모양이에요."

"저 뺀질이 자식을 사고사로 죽일 방법이 없을까?"

"아저씨!"

고등학교 정문은 바리케이드처럼 양옆으로 열리는 철제문

이었지만 학교 상징 색과 같이 빨간색으로 칠해 놓아 나름 산뜻하게 보였다. 고등학교를 졸업한 지 몇 년 되지 않은 형준이었지만 그에겐 아주 오래전 일인 것처럼 아득하게 느껴졌다.

형준의 손을 잡고 함께 기다리던 현도가 누군가를 향해 큰 소리로 외쳤다.

"큰언니!"

현도는 형준의 손을 놓고 누군가에게 안겼다. 놀랐던 여인은 곧 밝게 웃으며 현도를 감싸 안았다. 형준은 그녀를 향해 다가갔다. 언뜻 보면 평범한 스타일이었지만 가까워질수록 하얀 피부와 또렷한 이목구비가 선명하게 보였다.

"형, 우리 큰언니야."

현도는 자랑스러운 듯 큰 소리로 말했다. 현도의 누나는 미소를 짓고 있었지만 경계하는 눈빛으로 형준을 바라보았다.

"안녕하세요, 현도 여자친구의 오빠 되는 사람입니다."

"현도 여자친구라면 혹시 서연이의……."

현도는 굳은 표정으로 누나의 손을 잡아끌어 뭔가를 속삭였다. 그녀가 웃으며 고개를 끄덕였다.

"아, 혜인이 오빠 되시죠?"

"맞습니다. 제 이름은 오형준, 나이는 22세, 애인은 없습니다."

그녀는 순간 당황한 표정을 지었다가 큰 소리를 내며 웃었다. 그녀는 형준의 말투를 그대로 따라 했다.

"김소영이고요, 나이는 21세, 애인은 노코멘트예요."

형준도 함께 웃었다.

"누구 기다리시나요?"

"네, 소현이, 제 동생 기다려요. 그런데 여기에 현도하고는 어떤 일로……."

"현도하고 같이 몇 가지 확인할 사항이 있어서요. 일종의 형사 놀이 같은 거죠."

"형사 놀이요?"

형준은 현도에게 말했다.

"현도, 저기 가서 작은누나 나오는지 잘 지켜볼 수 있지? 놓치지 않게 할 수 있지!"

"네!"

"그리고 나중에 그 서연이란 친구에 대해서 나하고 따로 이야기 좀 하자. 양다리의 말로에 대해서 차분하게 알려 주지."

임무를 받고 신 났던 현도가 형준의 다음 말을 듣고 어깨를 늘어뜨린 채 학교 안으로 들어갔다.

"벌써부터 양다리라니 능력 있는 친구인데요?"

소영은 재미있다는 듯 형준을 바라보며 대답했다.

"제가 실수했네요. 그냥 엑스 걸프렌드일 거예요."

형준은 현도가 학교 경비실 앞에 자리 잡는 것을 확인하고는 진지한 표정으로 입을 열었다.

"지금부터 드리는 말이 좀 주제 넘는 말씀일 수도 있고 오지랖일 수도 있는데 그냥 지나치기엔 좀 걸리는 게 있어서요."

소영도 형준의 바뀐 분위기를 보고 진지한 표정으로 바라보았다.

"현도가 며칠 전에 저희 집에 와서 고민을 얘기했어요. 녀석이 좀 답답했는지 혜인이하고 얘기하다가 그렇게 됐네요."

"고민이요?"

"아빠하고 엄마는 매번 싸우시고 누나들은 놀아 주지도 않는다면서 다시 옛날처럼 웃고 싶다고 그러더라고요."

소영의 표정이 어둡게 변했다. 형준은 분위기가 더 이상 어두워지는 것을 막기 위해 톤을 좀 더 높였다.

"가족이 원래 그런 거죠 뭐. 그런데 작은누나 베개 밑에서 약 모아 둔 것을 봤다고 그러더군요. 그게 좀 마음에 걸려서 확인을 좀 해야 할 것 같아서요."

소영은 충격을 받은 듯 깜짝 놀라며 형준을 빤히 바라보았다.

"주제 넘는 말씀인 줄은 알지만 그게 수면제일 수도 있다는 생각에 그냥 지나칠 수가 없었습니다."

소영은 잠시 할 말을 잃은 듯 멍한 표정으로 서 있었다.

"괜찮으세요? 안색이 좀……."

소영은 형준의 팔을 잡고 잠시 기대 있었다. 형준은 그녀가 중심을 잡을 수 있도록 살짝 부축해 주었다.

"잠깐 저쪽에 앉을까요?"

형준은 소영을 편의점 앞 테이블에 앉히고 음료수를 사 와 그녀 앞에 내려놓았다. 형준은 소영이 안정을 찾을 수 있도록 조용히 있었다. 가끔 손을 흔드는 현도에게 같이 손을 흔들어 주며 음료수를 마셨다.

"요새 집이 좀 어수선해요."

소영이 입을 떼자 형준은 그녀의 말에 귀를 기울였다.

"아빠가 갑자기 실직을 하셨거든요. 그래서 그런지 집이 좀……. 초면에 별 얘기를 다 하네요."

"저는 5개월 전에 가족을 모두 잃었어요. 너무 갑자기 생긴 일이라서 멍하게 며칠 지내다가 어느 날 갑자기 가족이 없다는 사실을 깨닫고는 또 며칠을 미친 듯이 울었어요. 꼭 죽을 것 같았는데……. 이렇게 멀쩡하게 살고 있네요."

소영은 흠칫하며 뭐라 말을 하려 했지만 그냥 입을 다물었다. 형준은 잠시 슬픈 얼굴로 과거를 떠올리다 표정을 밝게 하며 말했다.

"저도 초면에 별 얘기를 다 하죠? 이걸로 퉁 치는 거예요. 오케이?"

소영은 힘없이 웃어 보이며 말했다.

"혜인이 오빠 분은 꼭 오래전부터 알고 있던 사람처럼 편하네요. 묘하게 다 말하게 만드는데요?"

"그게 페로몬의 효과죠. 페로몬 향수를 여기저기 뿌렸더니 효과가 있네요."

형준은 겨드랑이에 향수를 뿌리는 흉내를 냈다. 소영은 웃다가 학교 쪽을 바라보며 말했다.

"집 분위기가 좋지 않은 건 사실이지만 소현이가 수면제를 모을 정도까지는 아니거든요. 또 소현이 성격에 그런 짓 할 아이도 아닌데."

"동생 분한테 이상한 점 같은 건 없었어요?"

"학교 끝날 때 마중 좀 나와 달라고 해서 며칠 전부터 마중 나오고 있거든요. 생전 안 하던 부탁을 해서 학교에 무슨 일이 있나 싶었는데 얘기를 안 해 주니까요."

"단순하게 생각하기에 학원 폭력 문제가 아닐까 싶은데요?"

"소현이가요? 그럴 리가 없어요. 성격이 얼마나 괄괄한데……."

"따돌림하고 매에는 장사가 없죠."

소영이 걱정스러운 얼굴로 형준을 바라볼 때 현도의 튀는 목소리가 들렸다.

"작은언니!"

하교하는 여러 학생들에게 섞여 한 여고생이 주위를 두리번거리다 현도를 발견하고는 반갑게 맞았다. 현도가 형준과 소영이 앉아 있는 곳을 가리키자 그에 따라 소현의 시선도 따라왔다. 현도가 소현의 손을 잡아끌어 두 사람이 있는 곳으로 다가왔다. 소영이 먼저 말했다.

"이제 오니? 여기는 혜인이 오빠야. 현도 친구 혜인이 알지?"

"아, 네. 안녕하세요."

소현은 인사를 하고는 소영에게 눈짓을 하고는 곧바로 집으로 향했다. 소현은 소영의 팔짱을 끼고 앞서 걸었고 형준은 그 뒤를 현도와 함께 따랐다.

"형은 꿈이 뭐예요?"

잠자코 따라가던 현도가 불쑥 물었다.

"세상에서 제일 강력한 괴물."

현도가 놀란 듯 눈을 크게 뜨며 되물었다.

"괴물이요? 왜요?"

"때로는 인생이 정해진 사람도 있는 법이거든."

형준은 장난스러운 표정으로 물었다.

"현도는 꿈이 뭔데?"

"과학자요."

"뭔가 좀 더 디테일한 꿈은 없는 거야?"

"네?"

"됐고, 그 서연이란 친구하고는 어떤 관계야? 우리 혜인이하고 양다리 걸친 거야?"

"네?"

"됐고, 양다리 걸쳤다가는 아주 그냥……."

"현도야, 들어가자!"

어느새 집에 도착했는지 소영이 현도를 불렀다. 소현은 가벼운 목례와 함께 말없이 먼저 집으로 올라갔고 형준도 어정쩡하게 서서 인사를 했다. 소영이 다가와 인사했다.

"여러 가지로 고마웠어요. 동생 걱정까지 해 주셔서 정말 고마워요."

"동생 분하고 얘기 좀 나눠 보시고 혹시나 도와 드릴 일이 있으면 여기로 연락 주세요."

형준이 배포용으로 제작한 매장 명함을 내밀었다.

"'레드아이'라면 이다음 블록에 있는 피자 가게 아니에요?"

"위치 아세요?"

"몇 번 갔었어요. 그러고 보니 거기서 뵌 것도 같은데요?"

"조만간 한번 놀러 오세요. 무료로 대접 한번 해 드릴게요."

"거기 혹시 그분도 잘 계세요?"

"그분이라뇨?"

"키 엄청 크고 항상 선글라스 끼고 다니시는 분. 위압감 때문에 은근 매력 있었는데 요새는 잘 안 보이시는 것 같아서요."

"도검이 형 말씀하시는 거군요? 에이, 곰처럼 덩치만 컸지 매력은 무슨……."

"그분 이름이 '도검'이구나. 나중에 소개 좀 시켜 줄 수 있어요?"

형준은 화들짝 놀라며 물었다.

"그 형 나이가 서른이 넘었어요! 완전 아저씨라고요, 아저씨!"

소영은 손가락으로 뭔가 계산하더니 입을 열었다.

"저는 어른스러운 사람이 좋거든요. 그럼 다음에 놀러 갈 때 부탁드려요!"

형준은 집으로 들어가는 소영을 바라보며 힘없이 뒤돌아서서 중얼거렸다.

"쳇, 열 살 차이면 어른스러운 게 아니라 어른이라고요."

형준은 이어폰을 귀에 꽂고 최대한 처량한 음악을 찾아 들으며 집으로 향했다.

편안한 트레이닝복 차림의 도검은 차를 아무렇게나 세워 두고 피자 가게 안으로 들어섰다. 형준은 피자 박스를 접고 있었고 수연과 장서는 냅킨과 집기를 정리하고 있었다.

"오늘은 일찍 닫는 분위기네?"

"이젠 네놈이 사장 해라, 사장 해."

수연이 픽 웃으며 말했다.

"오늘은 손님이 없어서 매장은 좀 일찍 닫기로 했어."

"배달만 한 개 남았다. 아 참, 형준아. 배달 좀 나가라."

"우씨! 왜 저만 배달 나가야 되는 건데요!"

도검이 선글라스를 벗어 붉은빛이 나는 기계 눈을 드러내 보이며 말했다.

"그럼 내가 갈까?"

장서가 화들짝 놀라며 말했다.

"안 돼! 도검이가 배달 나갔다가 그 집 꼬마가 경기 일으키는 바람에 병원비 물어줬다고. 당연히 단골이었는데 그것도 끊겼고."

수연이 장서를 거들었다.

"잘생긴 사람이 가야 잘되지."

시무룩했던 형준의 얼굴에 금세 미소가 떠올랐다.

"역시 그렇지?"

형준이 주방으로 가자 도검이 형준의 일을 대신 맡아 앉았다. 장서가 형준을 돌아보며 말했다.

"저 녀석은 철이 든 것 같기도 하고 아닌 것 같기도 하고 감이 안 잡혀."

도검은 박스를 접으며 말했다.

"오십 나이에 정신연령은 스무 살인 사람도 있는데요, 뭘."

장서의 눈빛이 매서워졌다.

"어감 묘하네? 그거 누구 들으라고 하는 말이야?"

"오십 나이에 정신연령은 스무 살인 사람이 들으라고 하는 말이죠."

장서는 발끈하여 말을 하려다 말고 콧바람을 내뿜어 가라앉혔다.

"네놈은 칠십 나이에 서른 살의 정신연령으로 살게 될 거다!"

장서의 말에 세 사람 모두 잠깐 생각하는 표정이 되더니 수연이 먼저 말했다.

"그건 젊게 사는 거 아녜요?"

"젠장."

도검이 접은 박스를 주방으로 들고 갈 때 형준이 배달 채비를 끝내고 밖으로 나왔다.

"배달 다녀오겠습니다!"

도검은 주방에서 나와 카운터 위에 놓여 있는 종이쪽지를 집어 들었다.

"감자도 떨어져 가는 것 같던데 그것도 사 올까요?"

"그래, 사 올 때 상태 꼼꼼하게 잘 살펴봐!"

"네, 수연아, 장 보러 가자."

도검의 말이 끝나자마자 수연은 접던 냅킨을 테이블에 내려놓으며 벌떡 일어났다.

"응, 그래!"

갑작스러운 움직임에 놀란 장서가 수연을 바라보며 말했다.

"아주 그냥 반사적으로 움직이는구먼? 수연이 넌 심부름 가면서 뭐가 그리 좋아?"

"제, 제가 언제 좋아했다고 그러세요."

"왠지 당황하는 거 같은데? 이상하네. 혹시……."

도검이 장 리스트를 보다 말고 말했다.

"또 무슨 말씀 하시려고 절 째려보세요? 이런 식이면 차 박사님께 다 말할 겁니다."

"뭐, 뭘!"

"자전거."

장서는 눈을 크게 떴다.

"형준이 놈이 말했냐!"

"그럼 누가 있겠어요?"

"내 이놈을!"

"저는 한 마리면 눈감아 드리죠. 이 정도면 싸게 쳐 드리는 거예요."

장서는 테이블에 고개를 처박으며 중얼거렸다.

"이 자식들 때문에 살 수가 없다, 살 수가 없어……."

수연은 도검을 따라나서며 말했다.

"아저씨, 힘내세요!"

"그딴 응원은 전혀 도움이 되질 않잖아."

장서는 여전히 테이블에 고개를 숙인 채 중얼거렸지만 듣는 사람은 아무도 없었다.

　형준은 현관으로 들어서며 거실에 앉아 있던 장서에게 인사를 했다. 장서도 이제 들어왔는지 양치질을 하며 TV를 보고 있었다.

　"들어왔습니다."

　장서는 양치질을 하다 말고 형준을 노려보며 말했다.

　"지금이 몇 시여? 오후에 배달 나간 놈이 이 시간에 들어와?"

　"아, 진짜 치약 물고 말씀 좀 하지 마시라니까요. 다 튀잖아요. 아우 저 배 위에 치약 떨어진 것 봐."

　"중요한 건 내 배 위의 치약이 아니라 네놈의 뺀질대는 근무 태도지."

　"배달 나갔다가 급한 일이 있어서 그런 겁니다. 내 이미지가 왜 이렇게 된 거지?"

　"그러니까 평소에 잘해 인마, 카악!"

　장서의 가래 모으는 소리에 형준은 기겁을 했다.

　"아, 좀! 화장실 가서서 하세요, 좀!"

　"내 맘이다 자식아, 카악, 카―악!"

　"내가 말을 말아야지. 도검이 형, 지요?"

　"이젠 그 자식 동향까지 내가 보고해야 되냐?"

　"아저씨는 삐딱선 대마왕이에요. 대마왕."

　형준이 도검의 방문에 노크를 하고 열었다. 도검은 의자에 멍하니 앉아 음악을 듣고 있었다. 형준은 도검이 쓰고 있는 헤드폰에 귀를 기울였다. 놀랍게도 클래식이었다.

"오, 지쟈스!"

도검은 근엄한 표정으로 쓱 돌아보았다.

"형이 클래식을! 말도 안 돼……."

"놀랄 것 없다. 음악 취향이란 것은 바뀌기 마련이니까. 용건 없으면 나가 줄래? 난 영혼 테라피 중이거든. 우싸."

형준은 침대에 걸터앉으며 말했다.

"영혼 테라피는 나중에 하고 내 얘기 좀 들어봐."

도검은 태극권을 하듯 손을 천천히 허공에 휘두르며 건성으로 대답했다.

"말해. 듣고 있어."

"어쩌면 사람의 목숨이 달린 문제일 수도 있다고. 내가 의뢰를 하나 받았거든?"

도검은 형준을 힐끗 쳐다보고는 무심하게 대답했다.

"무보수지? 상대는 여자일 테고? 아마 너보다 조금 더 어린 여자."

모든 것을 다 맞춘 도검을 보며 형준은 놀란 입을 다물지 못했다.

"소영 씨가 형한테도 의뢰한 거야?"

"소영 씨가 누군지는 모르겠지만 하여튼 잘해 봐. 이젠 나가 봐라. 네놈 때문에 영혼이 못 쉬고 있잖아."

"내 얘기 듣지도 않고 이럴 거야?"

"네가 의뢰받은 거니까, 처음부터 끝까지 네 힘으로 해결해야 하지 않겠어?"

"그건 그렇지만 목숨이 걸린 일이라."

도검은 쓱 돌아보며 말했다.

"목숨 걸고 움직이는 게 인생 아니겠냐. 그래서 우리 생을 '삶'이라고 부르잖아. 이번 의뢰에 대해서는 너에게 조언은 하겠지만 내 도움은 없을 거다. 스스로 한번 잘해 봐."

멍하니 도검을 바라보던 형준이 말했다.

"형 좀 멋있을 뻔했어."

"너도 열심히 살면 나처럼 될 수 있을 거야."

형준은 어이없는 표정 그대로 밖으로 나왔다. 장서는 여전히 TV를 보고 웃으며 치약을 흘리고 있었다. 장서는 TV를 가리키며 형준에게 말했다.

"유재석 저 친구 웃기지 않냐?"

"유재석 씨는 치약 흘리며 양치하는 어른을 싫어합니다."

"아, 그래? 그럼 좀 헹구고 나올까?"

장서가 화장실에 가자 형준은 옆 소파에 앉아 장서가 나올 때까지 기다렸다. TV에서는 형준도 즐겨보는 〈무한도전〉을 하고 있었지만 소영의 의뢰 때문에 제대로 눈에 들어오지 않았다. 장서가 말끔한 얼굴로 나와 소파에 앉기를 기다려 형준이 조심스럽게 입을 열었다.

"현도 기억하세요? 혜인이 친구."

"내가 벌써 노망들어 보이냐? 당연히 기억하지. 그 애는 왜?"

"그 애가 막내고 그 애 위로 누나 둘이 있는 데 둘째 소현이라는 애가 학교에서 부회장을 할 정도로 똑똑한 친구라고 하더라고요."

"핵심만 말할 순 없냐?"

"그 애한테 문제가 좀 생겨서 의뢰를 받았어요."

"오호, 의뢰라?"

"소현이가 못된 계집애들한테 걸려서 매일 괴롭힘을 당하는 모양이에요."

"경찰에 신고하면 되잖아?"

형준은 고개를 가로저으며 말했다.

"그게 별 도움이 안 된다는 거 아시잖아요. 10대의 특권이죠."

"나나 돌팔이도 그랬고 애들은 다 그러면서 크지. 난 주로 괴롭히는 쪽이었지만."

"그런 수준은 좀 넘은 것 같아요. 선생에게 말을 해도 다들 못 들은 척하고 그 계집애를 혼낸 선생님은 며칠 후에 잘렸다네요. 며칠 1인 시위하더니 그나마도 이젠 안 보이고요."

장서는 그제야 TV를 끄고 관심을 가졌다.

"그래서?"

형준은 고개를 끄덕이며 말했다.

"한번은 소현이를 다리 밑으로 끌고 가서 패거리들하고 같이 두들겨 팼다고 그러더라고요. 이빨이 다 부러질 정도였다니까, 학교에 가기 싫어하는 것도 당연하죠."

"그런 것도 경찰에서 안 받아 줬다는 거야?"

"아뇨, 경찰에 신고했는데 그 못된 계집애는 지도만 받고 간단히 끝났고 그 덕에 괴롭힘만 더 심해졌죠. 소현이가 한 번 더 신고했더니 오히려 경찰이 소현이를 혼내더래요. 그까짓 일 가지고 신고까지 한다고."

"이런 개 같은 경우가 다 있나. 그 경찰 놈도 자식이 있을 거 아니야?"

"더 이상한 건 경찰에 신고한 지 얼마 안 돼서 소현이 아빠가 해고를 당한 거죠."

장서는 천천히 고개를 끄덕였다.

"거기 혹시 사립학교냐?"

"어떻게 아셨어요?"

장서는 뻔하다는 듯 어깨를 으쓱해 보였다.

"그림이 딱 나오네. 학교 이사장, 못된 계집애 집안, 소현이 아빠 직장. 아마도 모두 연결되어 있을 거다."

"그래서, 아저씨께 부탁드리는 거예요. 그 못된 계집애의 배경 좀 조사해 달라고요."

"그 애 이름이 뭔데?"

"하윤영."

"이름은 예쁘구먼. 그래서 얼마 줄래?"

형준은 황당한 표정으로 바라보았다.

"수고비 말이야, 수고비. 설마 공짜로 해 달라는 건 아니겠지?"

"아, 그, 그럼요! 드려야죠. 의뢰비도 넉넉히 받기로 했으니까."

"우리 통장을 보면 알겠지만 돈 넉넉한 거 아니다. 시설 유지비하고 생활비, 고아원에 갖다 줄 돈 빼면 수연이 월급 주기도 빠듯하니까. 네가 의뢰를 받았다니까 해 주는 말인데, 의뢰의 첫 번째 규칙! 공짜 의뢰 절대 불가! 알겠어?"

"아, 네. 물론이죠."

"좋아, 내일 저녁까지 해 주마. 이젠 나 TV 봐야 하니까 방해하지 말고 가서 잠이나 자라고."

형준은 잘됐다는 듯 손뼉을 치고는 방으로 향했다. 내일부터 본격적으로 의뢰인 업무를 시작해야 하니까.

형준은 학교 정문 앞에서 두리번거리고 서 있는 소현을 발견했다. 형준은 손을 흔들며 뛰어갔다.

"소현 양, 하이!"

소현은 쭈뼛거리며 인사했다.

"안녕하세요. 언니는 안 왔어요?"

"소영 씨는 리포트 때문에 오늘 늦는다고 해서요. 오늘부터는 제가 바래다 드리기로 했습니다. 잘 부탁해요."

소현은 약간 당황한 것처럼 보였지만 이내 엷게 웃어 보였다.

"말씀 놓으세요."

"하하 그럴까?"

몇 발자국 앞서 걷던 소현이 뒤를 돌아보며 말했다.

"오빠, 저기…… 팔짱 껴도 될까요? 안 그러면 불안해서……"

소현이 소영의 팔짱을 끼고 걸었던 것을 떠올린 형준은 흔쾌히 고개를 끄덕였다.

"나야 영광이지. 이 팔뚝 이거 아직 아무 데도 팔린 적이 없는 순정품이야."

"정말이에요?"

"정말이겠어? 내 얼굴을 보라고. 여자들이 그냥 놔둘 리가 없는 얼굴이잖아."

"오빠가 챔피언 하세요. 1년 동안 소개팅을 2백 번 했다는 애가 일등이었거든요."

"에헤, 거짓말이 아니라니까? 세어 보진 않았지만 한 2만 명 정도는 팔짱을 꼈던 것 같은데?"

"그 정도면 팔뚝이 닳아 없어져야 정상이잖아요. 안 그래요?"

형준은 팔뚝에 힘을 주며 말했다.

"근육질 팔뚝은 그렇지가 않아요."

형준의 팔을 만져 본 소현이 픽 웃었다.

"에게! 이게 뭐야. 내 종아리보다 얇은 거 같은데?"

"뭐? 비교할 걸 해야지! 사람 팔뚝이 어떻게 그거보다 굵을 수가 있어?"

"뭐예요? 제 다리가 얼마나 날씬한데요! 웬만한 남자들 팔뚝은 제 다리보다 다 굵던데!"

"그래, 네가 이겼다. 챔피언이다."

"뭐라고요?"

소현은 형준과의 대화에서 조금씩 웃음을 찾았다. 그런 형준이 든든하게 생각되었는지 시간이 지날수록 불안해하는 모습도 점차 사라졌다.

그날 이후로 형준은 매일 학교로 찾아가 소현과 함께 하교를 했고 시간이 지날수록 그녀의 표정도 점점 밝아졌다.

그러던 어느 날 형준과 소현이 가는 길의 양옆 골목에서 교복 차림의 여고생 네다섯 명이 나다녔다. 하얗게 질린 소현의 얼굴로 그 애들이 누구인지 어렵지 않게 짐작할 수 있었다. 여자애 중 한 명이 앞으로 나서며 말했다.

"요새 일찍 들어가는 이유가 있었네. 네 남친이냐?"

형준이 앞으로 나서며 말했다.

"네가 소현이 괴롭힌다는 그 하윤영이냐?"

여학생이 기가 막힌다는 듯 눈동자를 휘둘러보며 말했다.

"아, 열라 짜증 나. 언제 봤다고 초면에 반말질이야? 남의 이름까지 함부로 부르고."

소현은 형준의 팔을 꼭 껴안듯 더욱 세게 잡았고 형준은 윤영의 당돌함에 기가 막혔지만 최대한 차분한 말투로 말했다.

"더 이상 소현이 괴롭히지 않겠다고 약속하면 서로 좋게 끝날 수 있으니까, 이쯤에서 그만둬라."

윤영은 형준 발 앞에 침을 뱉고는 실실 웃으며 말했다.

"그렇게는 못 하겠는데요, 오빠?"

"건방지게 구는 거 적당히……."

형준은 더 이상 말을 이을 수가 없었다. 병풍처럼 뒤쪽에 서 있던 또 다른 여학생이 두꺼운 커터 칼을 꺼내 들며 앞으로 나왔기 때문이다. 형준은 아드레날린이 쏟아져 나오며 심장박동이 빨라지는 것을 느꼈다. 윤영은 팔짱을 끼며 차가운 목소리로 말했다.

"오빠, 까는 소리 그만하시고 그년 놓고 꺼져 주세요. 난 그년한테 볼일 있으니까."

윤영의 시선이 소현에게로 향했다.

"쌍년아, 누구한테든 우리 얘기 하면 주둥이 찢어 놓겠다고 말했지? 내 말이 개소리로 들려? 응?"

"입에 걸레를 물고 사는구나."

"뭐? 걸레? 이 새끼가 죽고 싶⋯⋯."

형준이 갈긴 뺨에 윤영은 말도 마치지 못하고 휘청거리며 뒤로 물러섰다. 순식간에 일어난 일이었기에 칼을 들고 있던 여학생도 놀란 눈으로 바라보고만 있었다.

"이 새끼가 날 쳐⋯⋯."

윤영의 반대쪽 뺨에서도 불이 났다. 윤영은 더 이상 버티지 못하고 쓰러졌고 주위의 패거리들은 주춤거리며 서 있었다. 놀라기는 소현도 마찬가지였다.

"처음 맞아 보는 모양이네? 가정교육이 어땠는지 대충 알 만하군."

"이 개새끼!"

윤영이 품에서 커터 칼을 꺼내 직접 형준에게 덤벼들었지만, 도검에게 격투기 훈련을 받는 형준의 상대가 될 순 없었다. 어느새 칼은 형준의 손에 들어가 있었고 윤영은 또다시 쓰러져 있었다. 그러자 다른 애들은 감히 형준에게 대들 생각도 하지 못했다.

"추하니까 그만하자. 소현이 그만 괴롭혀. 알겠니?"

윤영은 뺨을 만지며 표독스럽게 말했다.

"너, 이제 개망한 줄 알아. 넌 완전 새 됐다고, 이 개새끼야! 알아들어?"

"욕하는 소리 정말 듣기 싫네. 이제 그만하고 가라, 화내기 전에."

"넌 뭐졌다고!"

형준이 때릴 듯이 다가서자 윤영이 주춤거리며 물러서다 패거리와 함께 흩어졌다. 형준은 빼앗은 칼을 쓰레기통에다 집어넣으며 아직도 긴장하고 있는 소현에게 말했다.

"때로는 정면 돌파가 필요할 때도 있는 거야. 막상 부딪혀 보면 사실 별거 아닌 일도 있거든."

"저 괜찮을까요?"

"학교 안에서도 지켜 줄 방법은 있으니까 너무 걱정은 하지 마. 그리고 저런 애들은 약하게 보이면 더 잔인해지거든."

"그래도 윤영이 아빠가 워낙……."

"어떤 사람인지 알고 있어. 진통은 조금 있겠지만 결국은 해결이 될 테니까 걱정 마. 하지만 소현이도 마음 단단히 먹어야 하는 거 알지? 잘 견뎌 보자."

이번엔 형준이 소현의 팔짱을 끼며 집으로 향했다. 말없이 걷던 형준이 집 앞에 도착하자 소현의 안색을 살피며 물었다.

"좀 괜찮아?"

소현은 짧게 미소를 지어 보이며 대답했다.

"네, 괜찮아요. 오늘 고마웠어요, 오빠."

"웰컴. 들어가서 쉬어. 너무 걱정 말고."

"저기, 오빠."

"응?"

"고맙다고요. 요즘에 오빠 때문에 많이 즐거워졌어요."

형준은 흐뭇하게 웃으며 소현의 머리를 쓰다듬었다.

"안녕히 가세요."

집으로 들어가는 소현을 확인하고 나서야 발길을 돌렸다. 형준은 집으로 향하면서 처음으로 도검의 기분을 생각해 보았다. 의뢰를 받고 해결한다는 것이, 누군가를 보호한다는 것이 이렇게 보람도 느껴지는 것이라면 해 볼 만하다는 생각이 들었다. 이런 기분은 돈으로 살 수 없을 테니까.

형준이 유동 인구가 적은 골목길로 접어들자 요란한 오토바이 소리가 뒤에서부터 들렸다. 형준이 한쪽으로 피해 주었으나 오토바이는 형준 옆을 아슬아슬하게 스치며 지났다.

형준은 놀라 멈췄다. 지나간 오토바이는 앞쪽에서 속도를 줄이더니 뒷바퀴를 공회전시키며 제자리에서 회전을 하고는 다시 형준 쪽으로 향했다. 타이어가 아스팔트와의 마찰로 피어 난 연기가 골목 전체를 가득 메웠다. 위협적으로 엔진을 크게 공회전시키며 형준을 바라보고 있었다.

노랗게 머리를 물들인 남자와 뒤에 타고 있던 여자가 고개를 옆으로 내밀며 형준에게 말했다.

"네가 윤영이 건드린 놈이냐?"

형준은 내심 당황했지만 내색하지 않았다.

"그런데?"

여자가 속삭이자 남자가 형준의 뒤쪽을 향해 수신호를 보냈다. 뒤쪽에서 커다란 말벌이 집단으로 몰려드는 듯한 위압감과 함께 여러 대의 오토바이가 나타났다. 쇠파이프를 들고 있던 놈들이 형준 옆을 지나며 휘둘렀다. 반사적으로 피하긴 했지만 역부족이었다. 어깨에 강한 충격이 느껴졌다. 그 힘에 눌려 바닥에 쓰러지자 기다렸다는 듯이 또 한 대의 오토바이가 형준의 팔 위로 지나갔다. 이를 악물었지만 비명 소리가 이빨 사이로 새어 나갔다.

형준의 귀에 자신의 심장 소리가 들리기 시작했다. 밀폐된 공간에 갇힌 듯 심장 소리만 들렸고 시야가 점점 빨갛게 물들기 시작했다. 좋지 않은 징조였다.

형준은 차 박사에게 배운 마인드 컨트롤로 마음을 가라앉히려고 노력했다. 시내 한복판에서 폭주를 했다가는 어떤 사태가 벌어질지 예측할 수도 없었기 때문이다. 형준이 분노하지 않으려고 필사적으로 노력하는 동안 형준을 습격한 무리는 그들만의 절차대로 일을 진행했다. 그들은 형준의 주위를 포위하듯 돌며 형준이 힘이 빠질 때까지 발로 걷어찼다. 형준은 거칠어진 호흡을 간신히 가라앉히며 기어서 벽에 의지해 앉았다. 언제 맞았는지 입술이 터져서 피가 흘러나왔다.

반대편 골목에서 주인공이 나타나듯 윤영이 오토바이를 타고 와 형준 앞에 내려섰다. 형준은 픽 웃으며 말했다.

"준비 많이 했네."

윤영은 형준 앞에 눈높이를 맞춰 앉으며 담배를 꺼내 물었다. 형준의 얼굴을 향해 연기를 길게 뿜어내며 말했다.

"아직 살 만한가 보네? 얼마나 더 맞아야 그 재수 없는 쌍판이 진지해질까?"

"적당히 해라. 이러다가 나 정말 화낼지도 몰라."

윤영이 형준의 뺨을 세게 때리자 입술이 또 터졌다. 형준은 피를 뱉어 내며 말했다.

"복싱할 생각 없어? 내가 좋은 체육관 소개시켜 줄 수 있는데. 어차피 공부로는 가망 없잖아?"

"이 새끼가!"

윤영이 주먹으로 얼굴을 때리니 이번엔 코에서 피가 터져나왔다. 계속되는 윤영의 발길질을 막아 내던 형준이 힘을 잃고 옆으로 쓰러지자 이번엔 밟았다. 한동안 그 모습을 지켜보던 노랑머리 남자가 윤영에게 큰 소리로 말했다.

"야, 적당히 하고 우리 계산부터 끝내."

"내일 드릴게요, 명헌 선배."

명헌이라 불린 노랑머리 남자가 자신의 뒤에 앉아 있는 여자를 힐끗 돌아보았다. 여자는 고개를 끄덕여 보이며 말했다.

"믿을 만한 애니까 괜찮아."

명헌은 고개를 끄덕이며 윤영에게 말했다.

"내일, 학교 앞으로 가마. 이런 일이라면 가끔 불러도 좋아."

"오늘 고마웠어요."

오토바이는 열을 맞춰 한꺼번에 골목을 빠져나갔다. 시위대가 지나간 자리처럼 정신없었던 골목이 순식간에 조용해졌다.

"앞으로 한 번만 더 눈에 띄면, 그땐 이걸로 끝나지 않아. 알겠어? 소현이 년 구워 먹든 삶아 먹든 내 맘대로 하게 내버려 두라고!"

윤영은 형준의 얼굴에 발을 올려놓고는 침을 뱉었다. 그것으로는 성이 차지 않았는지 형준의 배를 있는 힘껏 한 번 더 차고는 골목을 떠났다. 형준은 통증으로 인해 차가운 아스팔트조차 느껴지지 않았지만 애들에게 맞았다는 사실을 홀로 무덤까지 가져가겠다는 다짐만큼은 의식을 잃을 때까지 놓지 않았다.

병원. 차 박사의 방에서 복도가 울릴 정도로 도검의 웃음소리가 터져 나왔다.

"푸하하! 푸하하하!"

차 박사는 형준을 침대에 앉혀 놓고 상처를 치료하고 있었고 차 박사의 집무용 의자엔 장서가 앉아 바나나를 먹고 있었다. 도검은 형준에게 손가락질까지 하며 여전히 큰 소리로 웃고 있었다. 형준이 분한 표정으로 말했다.

"그만 웃어."

"우하하하! 꼬마들한테 밟히고 침까지 맞고!"

"그만 웃으라고!"

소리를 버럭 지르던 형준이 갈비뼈에 통증을 느끼고는 말을 멈췄다. 차 박사는 붕대를 감아 주며 말했다.

"정말 애들한테 맞은 거 맞니? 거의 이종격투기 선수가 잘못 맞은 수준인데?"

도검은 손사래를 치며 말했다.

"개 스무 마리가 집단으로 밟고 지나가면 저렇게 돼요. 제가 봐서 알죠."

또다시 발끈한 형준이 갈비뼈 부위를 붙잡고 말했다.

"쇠파이프 휘두르고, 주먹질하고, 발 날아다니고, 장난 아니었다니까!"

도검은 그제야 웃음을 멈췄다.

"그래 봐야 꼬마 주먹이지."

"세상에 어떤 꼬마가 청부 폭력을 하냐고. 날 밟으면서 '계산' 얘기를 하더라고. '계산'이란 말이 애들이 할 소리야?"

도검은 형준 옆에 앉아 어깨동무를 하며 말했다.

"몇 대 좀 맞았다고 이 형님에게 고자질하는 거냐?"

"아니거든? 물어봐서 대답한 것뿐이거든?"

"그래서 결론이 뭐야. 포기하는 거야?"

형준은 눈을 부릅뜨며 크게 소리치려 말고 통증 때문에

언성을 급히 낮추며 말했다.

"그런 거 아니라고. 애들이 너무 거칠어서 소현이가 걱정돼서 그런 거지. 내가 끝까지 책임질 테니까, 걱정 마."

"그럼 다행이고."

바나나를 까먹던 장서가 나섰다.

"돌팔이가 팔뼈하고 갈비뼈가 부러졌다고 하잖아. 그 몸으로 뭘 하겠다는 거야? 돌팔아, 그거 붙는 데 얼마나 걸리냐?"

"오늘부터 잘 쉬면 4주, 움직이면 그만큼 늘어날 거고."

"돌팔이 말 들었지? 푹 쉬다가 가게 일이나 도와."

형준은 셔츠를 걸치며 침대에서 내려왔다.

"제가 그 못된 계집애 꾈어 놔서 소현이한테 해코지할 게 분명한데 이렇고 있을 순 없죠."

보다 못한 차 박사가 말했다.

"도검아, 좀 도와주지 그러니?"

도검은 어깨를 으쓱해 보이고는 자리를 털고 일어났다.

"자기가 알아서 한다잖아요. 전 먼저 자러 갑니다."

도검이 방을 나가자 장서는 다시 형준을 타일렀다.

"내일 꼭 나가야겠냐? 그만큼 했으면 됐어. 그만둬."

"소현이만 더 힘들어졌는데 그만두라는 말씀이세요? 어떻게 될지 뻔히 보이는데?"

얼굴을 붉힌 형준의 말에 장서와 차 박사는 달리 해 줄 말이 없었다.

형준이 학교 정문 앞에서 기다린 지 얼마 지나지 않아 고개를 숙인 채 걸어오는 소현을 발견하고는 큰 소리로 불렀다.

"소현아!"

소현은 형준이 부르는 소리를 못 들었는지 그냥 지나쳤다. 형준이 몇 번을 더 불렀지만 소현은 돌아보지 않았다. 뭔가 잘못됐다는 것을 깨달은 형준이 소현의 팔을 붙잡았다. 소현은 돌아보지도 않고 거칠게 팔을 뿌리쳤다.

"이거 놔!"

매서운 눈으로 노려보는 소현의 얼굴을 보고 형준은 할 말을 잃었다. 입술은 터져 있었고 볼은 빨갛게 달아올라 있었다. 소현에게 무슨 일이 있었는지 짐작하고도 남았다.

"이게 다 오빠 때문이야! 오빠 때문에 나만 더 괴롭게 됐단 말이야! 난 이제 어떻게 해! 어떻게 하냐고!"

소현이 형준을 세게 밀쳤다. 갈비뼈가 눌린 형준은 전신을 울리는 통증으로 신음 소리를 내며 잠시 동작을 멈췄다. 형준이 괴로워하는 모습을 본 소현은 눈물을 닦으며 놀란 눈으로 바라보았다.

"오빠, 왜, 왜 그래?"

형준은 별거 아니라는 듯 손을 휘저어 보였다.

"어제 계단에서 굴렀어."

소현은 붕대를 감은 형준의 모습을 말없이 바라보았다. 한참을 바라보던 소현의 눈에서 눈물이 흘러내렸다.

"미안해, 오빠. 난……."

소현의 운동화 위로 눈물이 떨어졌다. 형준은 말없이 어깨를 토닥여 주었다. 소현은 형준에게 와락 안기며 울음을 터뜨렸다. 형준은 살짝 당황했지만 이내 그녀의 머리를 쓰다듬으며 말했다.

"미안해, 정말 미안해."

한참 울고 나서야 소현은 주변의 시선이 부담스럽게 느껴졌는지 형준을 안았던 팔을 조심스럽게 풀며 앞장서서 걸었다. 그런 소현이 귀엽게 느껴진 형준은 웃으며 따라나섰다.

"어이, 소현 학생. 학교 앞에서 무슨 짓이야?"

"쉿, 아는 척하지 말고 걸어."

"포옹까지 한 사이에 이러기야?"

"아는 척하지 말라니까."

형준이 소현의 팔짱을 끼자 화들짝 놀란 소현이 팔을 빼내며 빨리 걸었다. 형준이 다시 팔짱을 끼려 하자 소현은 이대로 집까지 갈 기세로 거의 도망치다시피 뛰기 시작했다.

명헌은 여자친구인 지인을 뒤에 태운 채 주유소로 진입했다. 그를 따라 세 대의 오토바이가 함께 진입해 주유기를 하나씩 차지하고 섰다. 주유를 하는 동안 명헌이 물었다.

"그 윤영이라는 애, 정말 화끈하던데? 50만 원을 무슨 5천 원 주듯이 주냐?"

"명신그룹 알지?"

"내가 간첩이냐, 거길 모르게?"

"그 애네 아빠가 거기 이사야."

명헌이 놀란 듯 다시 한 번 지인을 돌아보며 말했다.

"우리 학교에 그렇게 잘나가는 애가 있었나? 젠장, 누구네 아버지는 밤낮 술 처먹고 다니는데……. 씨발, 이럴 땐 살맛이 안 난다니까. 간만에 교외 드라이브나 할까?"

"이 밤에?"

"우리가 언제 밤낮이 따로 있었냐?"

"좋아, 오랜만에 한번 달려 보자! 오빠 달려!"

명헌의 무리가 주유소를 벗어나 도로에 진입했다.

빨간 신호에 걸리자 멈춰 선 명헌 무리는 평소대로 곁에 함께 서 있는 검은색 세단 범퍼에 발을 올렸다. 대부분의 차주는 명헌 무리의 기세에 눌려 아무 말도 못 했지만 이번엔 달랐다. 창문이 내려가며 인상이 험악해 보이는 사내가 창밖으로 팔을 내밀며 평온한 목소리로 말했다.

"어이 양아치, 발 안 치워?"

어두운 밤이었지만 그의 팔에 휘감겨 있는 뱀과 붉은 꽃 문신은 확실하게 보였다. 명헌은 가슴 한쪽이 철렁했다. 혼자였다면 사과하고 내뺐겠지만 여자친구와 동료들 앞에서 그럴 수는 없는 일이었다. 명헌은 기어 들어가는 목소리에 간신히 힘을 줘서 말했다.

"어, 언제 봤다고 반말이야?"

사내는 '참 나'라고 입 모양으로만 말하고 픽 웃었지만 눈빛엔 힘이 실리기 시작했다.

"이 새끼 봐라?"

상황이 더 험악해지기 전에 명헌은 신호가 바뀌면 곧바로 튀어 나갈 생각이었지만 사내는 그걸 알기라도 하는 듯 차를 명헌 앞으로 가로막아 세우고는 차에서 내렸다. 도망치려면 지금밖에 없다고 생각했지만 알량한 자존심 때문에 갈등하는 동안 사내가 코앞까지 다가왔다. 그는 여전히 웃는 얼굴로 다짜고짜 명헌의 뺨을 후려쳤다. 뒤에 있던 일행이 으르렁거리며 사내의 주변을 에워쌌다.

"이 새끼 뭐야?"

명헌은 그러지 않기를 바랐지만 일행이 모두들 한마디씩 거들었다. 명헌은 어떻게 하면 자존심도 구기지 않고 이 상황을 끝낼 수 있을지 머리를 굴렸지만 묘책이 없었다. 설상가상으로 세단의 나머지 문이 열리며 비슷한 체구의 사내들 네 명이 한꺼번에 내렸다. 저 덩치의 사람들이 승용차 한 대에 함께 탈 수 있다는 것이 놀라울 정도였다.

교통신호가 바뀌었지만 거기 있는 누구도 출발할 생각은 없어 보였다. 그들 때문에 방해를 받고 있던 뒤차들도 이곳 상황을 눈치챘는지 소리 하나 내지 않고 조용히 옆으로 피해 나갔다.

명헌의 뺨을 때린 사내가 허리에 손을 얹고 말했다.

"양아치 새끼면 동네에서 애들 삥이나 뜯지 어디 큰길에 나와서까지 양아치 짓이고?"

그는 말을 마치자마자 명헌의 반대쪽 뺨을 후려쳤다. 명헌은 버티지 못하고 휘청거리며 옆으로 쓰러졌다. 그 바람에 뒤에 타고 있던 지인도 오토바이와 함께 쓰러졌다. 명헌의 일행이 쇠파이프 같은 무기를 저마다 하나씩 꺼내 들었다. 그때까지 뒤쪽에 물러서 있던 사내들도 그들이 있는 쪽으로 다가섰다.

그때 뒤쪽에서 분위기 파악 못 한 자동차 한 대가 경적을 울리며 헤드라이트를 깜빡였다. 곧 그만둘 줄 알았던 그 차는 그들이 주목할 때까지 계속했다.

"어떤 쌍노무 새끼가!"

뒤쪽에 있던 사내가 차에 다가갔다. 자동차가 헤드라이트를 끄자 차종이 잘 보였다. 하얀색 지프였다. 사내가 운전석 옆으로 가자 손이 불쑥 튀어나오더니 사내의 멱살을 잡고 확 잡아당겼다. 차체에 얼굴을 부딪친 사내가 뒤로 쓰러져 일어날 줄을 몰랐다. 누군가 차에서 내렸다. 엄청난 덩치의 남자였다. 그는 한밤중에도 선글라스를 쓴 채 입을 열었다.

"차량 통행에 지장이 있잖아. 애들이면 애들답게 조용한 공터 같은 곳에서 싸워야지 대로에서 이게 무슨 짓이야."

명헌을 때렸던 사내가 뭐라 말을 하려고 하자 그 남자는 손가락으로 그들 모두를 싸잡아 가리키며 말했다.

"할 말 있으면 따라와."

남자가 차에 올라타 그들 옆을 지나가 버리자 도망치는 것으로 판단한 사내들은 허겁지겁 승용차에 올라타 그를 추격하기 시작했다. 명헌이 말릴 틈도 없이 그의 일행도 승용차 뒤를 따라나섰다. 명헌은 오토바이를 세우며 지인의 상태를 살폈다.

"괜찮아?"

"괜찮으니까, 빨리 쫓아가."

"뭐?"

"뭐라니? 저 새끼들 그냥 둘 거야?"

명헌은 내키지 않았지만 어쩔 수 없이 그들 뒤를 따라나섰다.

하얀 지프와 세단은 그리 멀지 않은 곳에서 멈췄다. 이 근방은 소규모 사무실이 많은 곳으로 낡고 낮은 건물이 대부분이었다. 이곳은 야근을 하지 않는지 불이 켜져 있는 곳이 드물었다. 3층짜리 건물 앞에서 멈춘 지프에서 남자가 내려섰다. 세단은 익숙한 듯 그곳 주차장에 자연스럽게 차를 대고는 모두가 차에서 내렸다. 길가로 명헌 일행이 오토바이를 차례로 세우고 서서 그쪽의 상황을 주시했다.

뱀 문신 사내의 목소리가 선명하게 들렸다.

"내 사무실인 거 알고 온 거지? 여기는 어떻게 알았어?"

사내의 말은 무시하고 남자는 자기 할 말만 했다.

"세상 참 좁군. 쑥스러울 정도도 기가 막히게 타이밍 좋아. 네가 이장성이냐?"

사내는 품속으로 손을 넣었다.

"너 뭐야?"

남자는 여전히 대답하지 않고 길가에 있던 명헌을 돌아보며 말했다.

"어이, 노랑머리. 네가 이명헌이지?"

그의 말에 놀란 것은 명헌만이 아니었다. 명헌의 일행은 물론 뱀 문신 무리도 흠칫하며 품속에서 칼을 뽑아 들었다.

"이 새끼들 계획적이었구먼. 누가 보낸 거야?"

칼날 같은 공기가 느껴질 정도로 긴박한 대치 상태였지만 남자만 관람객처럼 여유가 있어 보였다. 그는 앞서서 건물 안으로 들어서며 말했다.

"전부 들어와. 할 얘기가 있으니까."

"이 새끼가 누구 맘대로!"

뱀 문신의 무리 중 하나가 달려들었지만 남자는 슬쩍 피하며 건물 계단 위로 사라졌다. 뱀 문신은 다시 달려들려는 부하를 제지하며 그를 따라 올라갔다.

망설임 끝에 명헌도 일행과 함께 건물 안으로 들어섰다.

좁은 계단을 따라 위로 올라가니 나무로 된 낡은 문이 문고리가 뜯겨진 채 열려 있었고 남자와 뱀 문신이 대치하고 있었다. 명헌이 들어서자 남자가 문 쪽으로 다가왔다. 그를 경계하는 뱀 문신은 자연스럽게 안쪽으로 들어가게 되었고 명헌 일행 또한 슬금슬금 안쪽으로 몰리게 되었다.

남자는 문을 닫고는 힘들이지 않고 냉장고를 끌어와 문을 막았다. 그는 빙글 돌아서며 명헌에게 말했다.

"저쪽 먼저 얘기 끝날 때까지 기다려."

실내에서 들으니 남자의 스피커 음향 목소리가 도드라졌다. 그는 명헌의 어깨를 격려하듯 툭 치고는 사무실 한가운데 있는 소파에 맘대로 앉으며 말했다.

"어른이 돼서 애들하고 싸우면 안 되잖아. 안 그래?"

뱀 문신은 남자 맞은편에 자리를 잡고 앉아 신문에 감싸 둔 긴 회칼을 꺼내 테이블 위에 내려놓으며 물었다.

"저런 양아치 새끼들이 나이 어린 거 핑계로 범죄 저지르고 인권 외치는 거 별로 맘에 안 들어. 씨발 양아치면 양아치인 거지 나이가 뭔 관계야? 범죄에도 나이 제한이 있나? 이딴 개소리 집어치우고 용건만 말해. 무슨 볼일이야?"

"보문동에 있는 이상구 사장 알고 있나?"

뱀 문신은 그제야 용건을 알겠다는 듯 픽 웃으며 고개를 끄덕였다.

"잘 알지. 그 집 딸 덕분에 여기 이놈들이 전부 동서지간이 된 거잖아."

그의 말에 부하들이 키득거리며 웃었다. 하지만 남자의 표정은 정반대로 싸늘하게 변해 있었다.

"이상구 사장이 며칠 전에 죽었다."

"늙은이 발악을 하더니만 결국은 그렇게 됐구먼. 참 안된 일이긴 한데……. 장례도 이미 끝났을 거고 나한테는 무슨 볼일인데?"

"그 집 딸 어디로 넘겼나?"

"알아서 뭐하게? 이미 끝난 거래를 왜 물어봐? 왜, 중고 거래라도 하게?"

그의 말에 부하들이 또 키득거리며 웃었다. 남자는 테이블 위에 놓여 있던 칼을 집어 뱀 문신의 허벅지에 꽂았다. 너무 빠른 동작이었기에 뱀 문신이 고통을 느끼기까지 약간의 시간이 걸렸다.

"아악!"

뒤에 있던 부하가 달려들었지만 접근하기도 전에 남자가 내지른 주먹에 나동그라졌다. 이빨은 물론 턱까지 함몰이 됐는지 그는 잠시 벌떡 일어났다가 다시 쓰러졌다. 나머지 한 명도 마찬가지였다. 그는 남자의 목을 향해 칼을 휘둘렀지만 남자는 슬쩍 피하며 그의 어깨에 팔을 걸어 힘을 줬다. 뼈가 어긋나는 소리와 함께 팔이 기괴한 모양으로 꺾였다. 그는 고통으로 비명을 질렀지만 그마저도 남자의 주먹으로 인해 잠잠해졌다.

뱀 문신이 내지른 주먹에 남자의 선글라스가 빗맞아 벗겨졌다. 그때 뱀 문신은 남자의 오른쪽 눈이 붉은빛을 내며 짧은 파장으로 반짝이는 것을 보았다. 남자는 뱀 문신의 머리를 잡아 테이블에 처박았다. 유리로 된 테이블이 깨지며 뱀 문신의 얼굴에 유리 조각이 박혔다. 남자가 뱀 문신의 머리카락을 움켜쥐고 들어 올리자 벌어진 상처 사이로 뼈를 하얗게 드러낸 뱀 문신이 피가 섞인 침을 흘리고 있었다. 하지만 의식을 잃은 건 아닌지 노인처럼 떨리는 손으로 주머니에서 뭔가를 꺼내 남자에게 내밀었다. 명함이었다.

"살려줘……."

남자가 명함을 받으며 뱀 문신을 놓자 그는 또다시 테이블 위에 쏟아져 내리며 엎어졌다.

남자는 명함을 주머니에 넣으며 명헌 일행에게로 시선을 돌렸다. 한 명은 배를 붙잡고 구토를 하고 있었고 나머지는 문을 가로막고 있는 냉장고를 치우려고 발버둥 치고 있었다. 남자의 시선을 느낀 그들은 뱀을 만난 개구리처럼 죽은 듯이 얼어붙었다.

남자는 앞에 쓰러져 신음하고 있는 뱀 문신을 발로 걷어 내 공간을 만들고는 명헌 일행을 돌아보며 나름 상냥한 톤으로 말했다.

"이리 와 앉아."

그들은 최면에 걸린 듯 조심스럽게 움직여 소파에 자리를 잡았다. 남자는 바닥에 떨어진 선글라스를 주워 쓰며 한동안 그들을 응시했다. 명헌에게는 이 시간이 지옥과 같았다. 남자가 상체를 앞으로 세웠을 뿐이지만 명헌 일행은 소스라치게 놀라며 움츠렸다. 남자는 씩 웃으며 말했다.

"이런 말 하기 좀 껄끄럽지만 어제 동생이 여기저기 부러져서 들어왔더라고. 애들이야 싸우면서 클 수도 있지만 청부 폭력은 좀 다른 얘기거든."

명헌은 어떻게 된 상황인지 파악이 되었고, 그가 파악한 게 정확하다면 자신은 곧 반병신이 될지도 모르는 심각한 상황이라는 것을 깨달았다. 온몸이 떨리기 시작했다. 멈추려고 할수록 더욱 심하게 떨려 제대로 앉아 있을 수도 없는 지경이었다.

"사람 좀 때릴 줄 아나?"

남자의 말에 명헌은 거의 반사적으로 대답했다.

"아, 아닙니다!"

좀 전에 이 사무실에서 있었던 일을 되새겨 본다면 자신이 알고 있는 주먹질은 '폭력'이라고 부를 수도 없는 수준이었다.

"그런데 청부 폭력을 해?"

서늘해진 남자의 목소리만큼 명헌 일행의 간담도 서늘해졌다. 명헌은 본능적으로 살려 달라는 말이 목구멍까지 올라왔지만 간신히 삼켰다. 남자는 세웠던 상체를 다시 기대며 한층 누그러진 투로 말했다.

"몇 살이야?"

남자가 가리키는 대로 한명씩 나이를 말했다.

"열아홉? 좋아, 기회를 한 번 더 주지. 10대의 인권은 특별하니까. 오늘 부로 양아치 인생은 끝이다."

모두가 기계적으로 고개를 끄덕였다. 남자는 대뜸 쓰러져 있는 사내들을 가리키며 물었다.

"저 친구들이 왜 저 꼴이 된 줄 아나? 어른이기 때문이다. 너희도 일이 년 후면 10대 시절이 끝날 거고 자동으로 10대 우대권도 사라지지. 그때가 되어서 불미스러운 일로 나를 다시 만나게 된다면 이렇게 서로 마주 보고 대화하기는 어려울 거다."

그들은 고개를 열심히 끄덕이는 것 말고는 달리 할 수 있는 게 없었다. 남자는 한결 부드러운 표정으로 말을 이었다.

"좋아, 이명헌. 네 말을 믿고 임무를 하나 주지. 너희 학교에

김소현이라는 학생이 있다. 책임지고 신변 보호할 수 있도록. 그 애에게 조금이라도 좋지 않은 일이 생긴다면…….”

남자는 한쪽 입술만 비틀어 웃으며 말을 이었다.

“굳이 말하지 않아도 알 거다.”

명헌의 얼굴에서 핏기가 사라졌다. 남자는 벌떡 일어서며 말했다.

“자, 해산.”

남자는 문을 가로막고 있던 냉장고를 종이 박스 옮기듯 너무나 손쉽게 한쪽으로 밀치고는 밖으로 나갔다. 명헌 일행은 남자의 기척이 완전히 사라질 때까지 숨을 죽이고 앉아 있었다. 밖에서 차가 떠나는 소리가 들리고 나서야 서둘러 건물을 빠져나왔다. 그들은 누가 먼저랄 것도 없이 주차장에 무너지듯 앉았다.

“아, 씨발! 죽는 줄 알았네.”

“겁나 무섭네, 후달려서 혼났다.”

저마다 안도의 한숨과 함께 욕지거리를 했다. 목욕이라도 한 것처럼 온몸이 땀에 젖어 있었다. 한숨 돌린 명헌이 입을 열었다.

“그 김소현이라는 애 찾아서 철저히 신변 보호해라. 알겠어?”

다른 친구가 난감한 표정으로 말했다.

“난 학교 잘렸잖아.”

“나랑 얘는 무기정학.”

명헌은 한심하다는 듯 그들을 바라보다 지인에게 물었다.

"김소현이라는 애 알아?"

"응, 윤영이 장난감."

명헌의 얼굴에 곤란함이 스쳐 지났지만 이내 단호하게 바뀌었다.

"할 수 없지. 우리 목숨이 더 중요하니까. 그런데 누가 오줌 쌌냐? 어디서 지린내가……."

모두의 시선이 사무실에서 토했던 친구에게 집중되었지만 그는 애써 딴청을 부리며 자리를 털고 일어섰다.

"털지 마, 털지 마! 냄새 더 나잖아!"

그들은 저희들끼리 웃다가 불현듯 건물 위를 올려다보았다. 어쩌면 죽었을지도 모르는 사람들이 있는 참혹했던 사무실 광경을 떠올리고는 약속이나 한 듯 서둘러 자리를 떠났다.

수업과 수업 사이의 쉬는 시간. 평소의 소현이었다면 이 시간만 손꼽아 기다렸겠지만 상황이 바뀌어 버린 지금은, 수업 종료 시간이 다가오면 식은땀이 흐르고 심장이 두근거렸다. 특히 오늘은 윤영이 소현에게 해코지를 하지 않아 더욱 불안했다. 윤영이 소현 옆을 지나치며 팔꿈치로 머리를 쳤다.

"야, 화장실 가자."

"왜……."

"하여튼 순순히 따른 적이 없어. 한 번을 안 져. 그냥 가자면 따라와!"

소현은 죄인마냥 잔뜩 어깨를 움츠리고 그녀들을 따라나섰다.

윤영 패거리가 화장실에 들어가자 먼저 들어가 있던 아이들이 눈치를 보며 빠져나왔다. 윤영 패거리가 들어간 지 얼마 되지 않아 화장실이 담배 연기로 가득 찼다. 윤영은 소현의 얼굴에 담배 연기를 길게 내뿜으며 말했다.

"우리 사이에 앙금이 남아 있는 건 알지만, 작은 부탁 하나 들어주면 관계가 좀 좋아질 것 같은데 말이야. 별건 아니야. 그냥 내 숙제 좀 해 오면 돼. 올해까지만."

소현이 대답을 하지 않자 윤영이 짜증스러운 표정으로 말했다.

"네가 아직 정신을 못 차렸구나. 왕자님은 반병신을 만들어 줬으니 이번엔 누가 구해 줄지 궁금한데?"

윤영이 손을 번쩍 들어 올렸을 때 화장실 문이 벌컥 열리며 난데없이 명헌이 들어왔다. 명헌은 성큼성큼 걸어 들어와 인상을 찌푸리며 말했다.

"담배 꺼."

윤영의 패거리는 재빨리 담배를 껐지만 윤영은 황당한 표정으로 그를 바라보고 서 있었다.

"서, 선배."

명헌은 윤영의 손가락에 끼워져 있는 담배를 손수 빼앗아 내던지며 소현에게 물었다.

"그 애가 소현이냐?"

소현이 놀란 얼굴로 고개를 끄덕이자 명헌은 패거리들 사이에서 소현을 빼내며 말했다.

"이제 이 애 괴롭히지 마라."

"뭐, 뭐라고요?"

"말 그대로야. 소현이 건드리지 말라고."

"왜죠?"

소현을 데리고 나가려던 명헌이 돌아보며 짜증을 냈다.

"하지 말라면 하지 마! 씨발, 뭔 말이 이렇게 많아?"

갑작스러운 명헌의 화에 모두가 움찔하며 숨을 죽였다.

"소현이 건드릴 땐 죽을 각오하고 건드리는 게 좋을 거다."

그때 명헌의 뒤로 지인이 모습을 드러냈다. 화장실을 들여다본 지인은 대충 분위기를 파악했는지 한쪽으로 물러났다.

명헌이 소현과 함께 나가자 윤영이 지인을 불렀다.

"언니, 명헌 선배 무슨 일 있어요? 갑자기 나타나서 소현이 괴롭히지 말라고 하잖아. 무슨 농담도 아니고⋯⋯."

"명헌이 말 그대로야. 소현이 건드리지 마."

"네?"

윤영은 지인의 말에 당황했다. 밖으로 나가는 지인의 뒷모습을 노려보다 갑자기 소리를 지르며 화장실 문을 발로 찼다.

"날 씹었다 이거지? 두고 보자, 이 개 같은⋯⋯."

윤영은 휴대폰을 꺼내 들고 어딘가로 전화를 걸었다.

윤영을 뒤로하고 나온 지인은 찜찜한 기분을 어쩔 수가 없었다. 명헌이 소현을 데리고 간 옥상으로 따라 올라갔다.

옥상에 몰려 있던 남학생들이 명헌의 눈치를 보며 내려가는 게 보였다. 소현은 주눅 든 목소리로 명헌에게 말했다.

"감사합니다."

이 학교에서 명헌의 말을 거스를 수 있는 학생은 아무도 없었다. 학교에서 명헌은 그런 존재였다. 그가 자신을 도와주다니 소현으로서는 도저히 믿을 수가 없는 일이 벌어진 것이다. 명헌은 인상을 잔뜩 찌푸린 채 담배를 꺼내 물며 대답했다.

"감사할 필요 없어. 좋아서 이러는 거 아니니까."

명헌은 담배를 피우다가 요란하게 소리를 내며 바닥에 침을 뱉어 냈다. 한동안 소현의 얼굴을 바라보던 명헌이 소현의 얼굴로 손을 뻗었다. 당황한 소현은 그대로 몸이 굳었다. 명헌은 얼굴을 받쳐 들고 얼굴에 나 있는 상처를 자세히 보았다.

"이거 그 애가 이런 거냐? 장난 아니네? 앞으로는 무슨 일이 생기거나 하면 나한테 말해."

"그렇게까지 하지 않으셔도……."

"닥치고 그냥 시키는 대로 해. 널 위해서가 아니라 날 위해서 이러는 거니까. 누군 이런 보모 노릇 하고 싶어서 이러는 줄 알아?"

잠시 숨을 고르며 화를 가라앉힌 명헌이 말했다.

"내려가 봐. 그리고 그 계집애가 조금이라도 성가시게 굴면 바로 말하고. 알겠어?"

소현은 고개를 끄덕이며 돌아섰다.

언제부터 있었는지 뒤에 서 있던 지인이 명헌에게 다가섰다.

"무슨 얘기 했어? 아까 저 애 얼굴을 만지던데……."

명헌은 짜증 난 듯 미간을 찌푸리며 말했다.

"또 시작이군. 그게 뭐 어쨌는데? 그냥 너도 아는 얘기 했을 뿐이야. 알겠어?"

"왠지 다정해 보여서."

"그놈에 의심증 좀 그만둘 수 없어? 이제 좀 질린다."

명헌은 그 말을 남기고는 옥상을 벗어났다.

학교 정문에서 기다리고 있던 형준은 왠지 생글거리는 소현을 발견하고 기분이 좋아졌다.

"오빠!"

"오늘은 기분이 좋아 보인다?"

"응, 좋은 일 있었어."

"그 못된 계집애가 교통사고라도 났냐?"

"큰일 날 소리 하지 마."

"착한 척하는 거야?"

"아니, 그 애가 다치면 내가 의심받을 거 아냐."

"오호."

유머랄 것도 없었지만, 소현을 만난 이후로 처음 보는 여유 있는 모습이었다.

"무슨 일이었는데 이렇게 기분이 좋아?"

"학교에서의 근본적인 문제가 해결됐다고 해야 하나? 오늘 말이야……."

그때 형준과 소현 앞에 노랑머리의 학생이 길을 막아섰다. 명헌이었다. 형준은 깜짝 놀라며 반사적으로 소현을 자신의 뒤로 뺐다.

"너, 이 노랑머리 자식!"

명헌이 앞으로 걸어 나와 형준에게 고개를 숙여 보였다.

"그날은 정말 죄송했어요. 죄송합니다."

형준은 어리둥절한 표정으로 바라보았다.

"오늘부터는 제가 소현이를 보호하기로 했어요."

형준은 의심스러운 표정으로 말했다.

"무슨 수작이야?"

"그런 게 아니라 정말 죄송하게 생각해요."

"믿기진 않지만 잘못을 깨달았다니 다행이긴 한데, 소현이를 집단으로 쇠파이프나 휘두르는 놈에게 맡길 수는 없다고."

"저야말로 약해 빠진 사람한테 이 일을 맡길 수가 없다고요."

"야, 약해 빠져? 아 나 이런 황당한……."

뒤에 있던 소현이 나서며 말했다.

"오빠, 오늘 저 도와준 사람이 저 선배예요."

형준은 소현을 돌아보고는 믿을 수 없다는 듯 명헌을 다시 바라보았다.

"오빠는 학교 안으로 못 들어오니까, 학교에서는 선배가, 밖에서는 오빠가 맡는 건 어때?"

형준은 머리를 긁적이며 대답했다.

"그것도 괜찮긴 한데…… 좋아. 어이, 노랑머리. 이리 와 봐. 학교 안에선 네가, 밖에선 내가 한다."

"형을 못 믿어서가 아니라 소현이가 조금이라도 다치면 우리가 다쳐요."

"우리?"

"어쨌든 확실하게 할 테니까 믿어 주세요. 네?"

"소현아, 친척 중에 조직폭력배 있니? 얘가 갑자기 왜 이렇게 바뀐 거야?"

"밖에서는 그냥 따라만 다닐게요. 그건 괜찮죠? 자, 가죠."

소현은 자연스럽게 형준의 팔짱을 끼며 앞장서서 걸었다. 그 뒤를 명헌이 거리를 두고 따랐다. 자꾸 거슬리는지 형준은 가끔씩 뒤를 돌아보았지만 명헌은 주변을 둘러보며 따르기만 했다.

형준이 매장에 들어섰다. 장서와 수연이 테이블에 앉아 차 한잔을 하고 있었다.

"평화롭긴 한데 너무 한가한 거 아녜요?"

"다 네놈이 열심히 일하지 않으니까 이런 거 아녀? 그나저나 요새 일찍 들어온다? 소현이 일은 제대로 하고 있는 거냐?"

"소현이한테 아주 훌륭한 보디가드가 하나 생겨서요. 제가 한결 어깨가 가벼워졌어요.”

“그래? 누구라도 너보다야 낫겠지.”

“아, 정말…….”

수연이 형준에게 차를 따라 주며 물었다.

“그 보디가드가 누군데?”

“명헌이라고 소현이 1년 선배 있어요. 그 친구가 요즘에 아주 헌신적이던데요?”

“잘됐네. 학교 안에서는 소현이 보호할 수 있겠는걸?”

“어쨌든 좀 편하게 되긴 했는데, 그 명헌이라는 놈이 아무래도 수상해. 처음 며칠은 그런 눈치가 안 보였는데 요새는 좀 수상해. 그 명헌이라는 놈이 아무래도 소현이를 마음에 두고 있는 것 같아요. 그래서 걱정이에요.”

수연이 픽 웃으며 물었다.

“벌써 이상형이 소영 양에서 소현이 학생으로 바뀐 거야?”

“생각을 해 봐. 처제가 양아치하고 만나면 기분 좋겠어?”

장서는 인상을 찌푸렸다.

“처제? 이젠 그렇게 사는구나. 아주 그냥 상상대로 살고 계셔.”

수연은 흥미를 보이며 물었다.

“그 명헌이라는 애가 어떤데? 좀 질이 안 좋아?”

“툭하면 주먹질에 오토바이나 몰고 다니고…….”

“안녕하세요!”

매장 문이 벌컥 열리며 소영과 소현 자매가 들어섰다. 소현이 큰 소리로 인사하며 형준 옆에 자연스럽게 앉았다.

"어, 소영 씨 오랜만이네요?"

소영도 소현 옆에 앉으며 말했다.

"네, 오랜만이에요. 소현이가 외출하자고 하는데 갈 데가 있어야죠."

"잘 오셨어요. 아저씨 이 친구가 소현이에요. 인사드려. 이분이 사장님이시고 이분은 수연이 누나라고 우리 식구야."

"안녕하세요."

"반가워요. 외출 나온 김에 놀다 가요. 차 좀 내올게요."

소영이 매장 안을 둘러보며 물었다.

"저, 형준 오빠. 그분 안 계세요? 도검이라는 분."

차를 내오던 수연이 잠시 멈칫했지만 이내 자연스럽게 차를 테이블 위에 내려놓았다.

"차 좋아해요? 루이보스예요."

"네, 감사합니다, 언니."

형준은 수연에게 물었다.

"누나, 도검이 형 오늘 안 나온대?"

수연은 미소를 지어 보이며 대답했다.

"글쎄, 그런 말 못 들었는데?"

"그렇군. 소영 씨, 형은 오늘 안 나올 모양인데요?"

소영은 감추려 했지만 실망한 표정이 얼굴에 드러났다.

"할 수 없죠. 오늘만 날은 아니니까."

창가 쪽을 바라보던 형준이 말했다.

"소현아, 명헌이 말이야. 하굣길만 봐주기로 한 거 아니야?"

"응, 그러기로 했지. 왜?"

"그런데 왜 아직까지 널 따라다니는 거니?"

형준이 가리키는 곳을 보자 가게 밖에서 누군가가 계속 기웃거리는 것이 보였다. 명헌이었다. 형준이 명헌에게 손짓을 하자 머뭇거리면서 매장 안으로 들어섰다.

"너 여기 웬일이냐?"

"예, 소현이 때문에……."

"하굣길만 돌봐 주기로 했잖아."

대답을 못 하고 쭈뼛거리고 서 있는 명헌에게 형준이 손짓을 하며 불렀다.

"이리 와 앉아. 아저씨께 인사드려. 아버지 같은 분이야."

"안녕하세요."

장서는 명헌을 천천히 뜯어보며 물었다.

"이 친구가 그 날라리 같다는 친구야?"

명헌이 돌아보자 형준은 양팔을 벌려 보였다. 장서는 자리에서 일어섰다.

"형준이 너보다 만 배는 멀쩡해 보인다. 놀다 가거라. 수연아, 먼저 들어간다. 정리 부탁해."

"네, 아저씨."

형준은 고민이 있는 것처럼 미간을 찌푸리고 명헌을 한참 바라보다 큰 소리로 외쳤다.

"이제 알았다! 머리카락 검은색으로 염색했구나!"

명헌은 별거 아니라는 듯 담담하게 말했다.

"소현이가 노랑머리 싫다고 해서요."

이번엔 소현이 나서서 거들었다.

"명헌 선배, 담배도 끊었어요."

"그것도 소현이가 싫다고 해서 끊은 거야?"

형준이 놀랍다는 표정으로 바라보다 고개를 가로저었다.

"드디어 우려하던 일이 일어났군."

"무슨 얘기예요?"

소현이 물었다. 형준이 소현을 향해 자세를 바꾸며 말했다.

"무슨 말이냐면, 명헌이 이 자식이 널……."

명헌은 앞에 있던 찻잔을 아무거나 집어 들며 외쳤다.

"이것도 인연인데 거국적으로 건배 한번 하시죠! 자, 자!"

모두 황당한 표정으로 명헌을 바라보았지만 그는 굴하지 않고 손수 다른 사람 찻잔에 자신의 잔을 부딪쳤다.

"반갑습니다. 반갑습니다."

형준은 그런 명헌을 바라보며 말했다.

"소현이랑 며칠 같이 붙어 다닐 때 알아봤다."

"오빠, 그게 무슨 말이냐니까?"

명헌은 형준에게만 보이게 두 손을 모아 보였다. 형준은 픽 웃으며 말을 돌렸다.

"어이, 명헌. 요즘 학교는 어때? 아직도 그 못된 계집애는 여전해?"

"아니요, 조용해요. 소현이 반에도 제 후배가 있으니까 다

제 안테나에 걸리게 되어 있습니다."

"그래? 그렇다면 완전히 해결이 된 거군! 좋아, 이젠 난 완전히 손 떼도 될 것 같으니까 명헌이 네가 잘해라."

"저만 믿으세요."

형준이 만족한 듯 찻잔을 들어 올렸다.

그때 매장 문이 열리며 도검이 들어섰다.

"반상회라도 하는 건가?"

모두들 시선이 집중됐다. 명헌은 전에 들었던 스피커 음향이 들리자 반사적으로 몸이 굳어 버렸다. 형준은 명헌의 등을 툭 치며 말했다.

"어쩌다 보니 다 모였어. 형도 차나 한잔하지그래?"

도검이 웃으면서 명헌의 어깨에 손을 얹고 지그시 누르며 말했다.

"돕고 있다는 친구가 이 친군가?"

"아주 헌신적이야. 그 의도는 심히 의심스럽지만 말이야."

"너보다는 이 친구가 더 애를 쓴 거 같다만, 어쨌든 잘했어. 모두들 편히 놀다 가. 수연이는 나 좀 잠깐 보자."

도검과 수연이 자리를 뜨자 형준을 제외한 모든 이들이 작은 숨을 내쉬었다. 소현이 제일 먼저 입을 열었다.

"와, 숨도 크게 못 쉬겠네. 왜 항상 저렇게 선글라스를 쓰고 다니죠?"

명헌은 그 이유를 알고 있었지만 입을 다물었다. 소영은 도검이 들어간 주방을 바라보며 말했다.

"형준 오빠, 저분 소개시켜 줄 거죠? 저는 저런 스타일을 좋아하거든요."

"소현이도 있는데 그렇게 솔직하게 말할 것까지는……."

"상관없어 오빠. 우린 원래 비밀 없었거든."

"소현이 너마저……."

소영은 수연과 한참 얘기 중인 도검을 바라보았다. 어렵게만 느껴졌는데 저렇게 편안하게 웃는 모습을 보니 왠지 소탈하게 보였다.

"오빠, 도검 오빠하고 저 언니는 언제부터 알게 됐어요?"

"꽤 오래됐어요. 왜요?"

"아니에요, 그냥……."

형준은 시계를 보고는 자리에서 일어났다.

"늦었는데 이제 슬슬 일어날까요? 명헌이가 소현이랑 소영 씨 잘 바래다 드리고. 알겠지?"

"네, 맡겨 주세요."

형준은 매장 앞까지 그들을 배웅했다. 멀어져 가는 그들 모습이 왠지 편안하게 보이진 않았다.

소현과 소영의 뒤를 따라가던 명헌은 그녀들 앞에 여자 한 명이 막아서는 것을 보고는 앞으로 나섰다. 윤영이었다.

"어디 산책 다녀오나 봐?"

윤영의 말에 누군가 말하기도 전에 소영이 나섰다.

"네가 우리 소현이 괴롭힌다는 애구나?"

윤영은 콧방귀를 뀌며 대답했다.

"고딩끼리 할 얘기가 있으니까 대딩은 빠져. 알겠어?"

뭔가 대꾸하려는 소영 앞으로 명헌이 나섰다.

"윤영아, 적당히 하자."

"명헌 선배, 오랜만이에요. 머리 색깔 바꿨다더니 진짜네? 담배도 끊었다면서?"

"늦은 시간이니까 용건 없으면 비켜 줄래?"

"오우, 사랑의 힘인가? 지인 언니가 요즘 좀 불쾌해하는 것 같던데."

명헌은 더 이상 상대해 봐야 소용없다고 생각했다. 그는 소현에게 손짓을 했다.

"소현아, 언니 모시고 먼저 들어가. 난 아무래도 시간 좀 걸리겠다."

소현이 고개를 끄덕이며 소영과 함께 지나가려 하자, 길옆에 주차되어 있던 차에서 정장을 입은 사내 네 명이 내려섰다. 그들은 마치 명령을 기다리는 사냥개처럼 윤영 근처에 우뚝 서 있었다. 이게 무슨 상황인지 명헌은 직감적으로 알 수 있었다.

"이게 무슨 짓이야?"

"나 하윤영이야. 날 무시할 땐 이런 것쯤은 예상하고 했어야지. 안 그래?"

윤영의 눈짓에 사내들이 소영 자매를 붙잡았다. 명헌이 그들에게 달려들었지만 사내들의 완력을 견뎌 낼 순 없었다. 명헌이 축 늘어질 때까지 때리던 사내들은 그들을 차에 싣고 차를 출발시켰다. 윤영은 주변을 한번 둘러보고는 다른 차에 올라타 앞서 출발한 차를 따라나섰다.

그들이 도착한 곳은 '명신'이란 간판을 달고 있는 항구 근처의 창고였다. 두 대의 차가 창고 앞에 나란히 서고 사내들이 내린 후 명헌과 소영 자매를 차에서 끌어내려 창고 안으로 들어갔다. 창고는 그 분위기만으로도 위축되었다. 높은 천장과 거기에 닿을 듯 쌓여 있는 컨테이너 박스와 선반들 어딘가에 시체가 걸려 있을 것 같았다. 끼익 소리를 내며 닫히는 창고 문은 담력이 있는 명헌마저 주눅 들게 만들었다. 창고 한가운데에 윤영이 멈췄다.

"어쩌려는 거야?"

강하게 저항하는 명헌을 향해 윤영이 차갑게 말했다.

"선배는 입 다물고 있어."

윤영은 사내에게 붙잡혀 있는 소현에게 다가섰다. 소현은 얼굴이 사색이 되어 온몸을 떨기 시작했다.

"네가 처음부터 싫었어. 원래 공부 좀 하고 학생회 일 좀 한다는 애들은 하나같이 재수가 없거든. 선생 믿고 나대는 게 꼴 보기 싫었는데 주제넘게 나서니까 이런 꼴을 당하는 거라고. 돌아봐. 네가 도와준 연주 년이 널 도와줄 것 같아? 아님 선생들?"

"이런 짓 그만해, 제발!"

윤영은 소현의 머리카락을 움켜쥐며 말했다.

"사과해."

소현은 울지 않으려고 애쓰며 깨문 입술 사이로 말했다.

"못 해! 난 잘못한 거 없어!"

윤영은 소현의 뺨을 세게 때렸다. 그걸 본 소영이 비명을 질렀지만 잡고 있던 사내의 손에 가로막혔다.

"미친년, 아직 상황 파악이 안 돼? 이런 돌대가리로 부회장할 수 있으면 난 회장에 나갈걸 그랬나?"

명헌이 붙잡힌 팔을 빼려고 했지만 건장한 체구의 사내 두 명의 손아귀를 벗어날 순 없었다.

"윤영이, 너 당장 그만둬."

"아저씨들. 그 자식 너무 시끄러운 거 아녜요?"

사내의 주먹이 명헌의 배에 꽂혔다. 주먹 한 대에 이 사내들은 사람 때리는 데에 도가 튼 인물들이라는 것을 알 수 있었다. 다리에 힘이 풀리고 몸이 앞으로 둥글게 말렸다. 죽을 것처럼 숨이 쉬어지지 않아 당황했지만 잠시 숨을 몰아쉬니 통증이 더디게 나아졌다.

"사과하라고, 이년아!"

윤영이 소리 지르는 만큼 소현은 더욱 이를 악물고 외쳤다.

"못 해!"

윤영은 다시 한 번 소현의 뺨을 때렸다.

"개망나니 이명헌도 날 막을 수는 없다고! 이제 내가 누군지 알겠어? 그러니까 더 힘들어지기 싫으면 무릎 꿇어, 이 개 같은 년아!"

"네 맘대로 해! 죽으면 죽었지 그렇게는 못 해!"

"이 미친년이! 이래도 안 꿇어? 이래도!"

윤영은 소현을 발로 걷어차고 때리며 거침없이 욕을 퍼부었다. 소현이 버티지 못하고 바닥에 주저앉았지만 때리는 걸 멈추지 않았다.

"원하는 대로 오늘 죽여 줄게! 죽어, 죽어!"

창고 문이 천천히 열리고 있었지만 폭력이 벌어진 광경에 열중하고 있어서인지 거기 있는 누구도 눈치채지 못했다.

"하윤영!"

창고 전체를 울리는 걸걸한 목소리에 윤영을 비롯한 모든 이가 동작을 멈추고 돌아보았다. 창고 문 앞엔 머리가 반쯤 벗겨진 중년 남자가 서 있었다. 작은 체구였지만 그의 눈은 예리하게 빛나며 알 수 없는 카리스마를 발산하고 있었다.

"아, 아빠……."

목덜미를 잡힌 고양이처럼 윤영의 몸은 딱딱하게 굳었다. 윤영의 아빠 뒤쪽 어두운 곳에서 붉은빛이 보이더니 도검이 모습을 드러냈다. 도검은 그의 옆에 나란히 서며 입을 열었다.

"잘 봤나? 저 맹수가 당신 딸이야, 하국삼 씨."

국삼은 놀라움과 분노가 섞인 일그러진 표정으로 윤영에게 다가가며 그곳에 있는 사람들을 스캔하듯 둘러보았다. 윤영은 상냥한 표정으로 국삼에게 다가서며 말했다.

"아빠, 이게 어떻게 된 일이냐면……."

국삼은 그녀의 말이 끝나기도 전에 뺨따귀를 때렸다. 윤영은 믿어지지 않는다는 표정으로 한동안 국삼을 바라보았다. 국삼은 반대편 뺨을 또 한 대 때리고는 호통을 쳤다.

"이게 무슨 짓이야!"

볼을 감싸 쥔 윤영의 눈에 눈물이 맺히더니 후드득 떨어졌다. 소영과 명헌이 팔을 뿌리치고 쓰러져 있는 소현에게 달려갔지만 사내들은 분위기를 보며 그냥 놔뒀다. 국삼의 매서운 눈초리는 주변에 어정쩡하게 서 있는 사내들에게로 향했다.

"자네들은 뭐하는 사람들인가? 어른이 돼서 애하고 같이 놀자면 어찌하자는 거야!"

도검이 픽 웃으며 국삼에게 말했다.

"당신 눈엔 이게 노는 걸로 보여?"

도검의 말에 국삼은 흠칫하며 입을 다물었다. 도검은 사내들을 가리켜 보이며 말을 이었다.

"잘못 키운 건 당신이지 저 친구들이 아니잖아. 저 친구들은 돈 받고 일하는 프로일 뿐이라고. 누구한테 화를 내는 거야?"

국삼의 얼굴은 폭발할 것처럼 빨갛게 상기되었지만 아무 말도 하지 못했다. 도검이 눈짓을 하자 명헌과 소영이 소현을 부축해 창고 밖으로 향했다. 도검은 그들이 창고 밖으로 나가길 기다려 입을 열었다.

"납치에 집단 폭행이면 돈으로 막기 힘들 거야."

그때 창고 문을 열고 30대 후반의 사내가 들어섰다. 깔끔한 정장 차림이었지만 행동거지는 그렇지 못했다.

"어이, 꼬마!"

모두의 시선을 받으며 그가 다가왔다. 그를 본 사내들은 허리를 숙여 인사를 했고 윤영도 구면인지 시선을 한쪽으로 피해 불편함을 표시했다. 그는 윤영을 똑바로 보며 말했다.

"아까 그 애들은 뭐야? 그냥 풀어 주기로 한 거야?"

윤영은 아무 말도 하지 않았다. 사내는 주변에 있는 도검과 국삼을 번갈아 보며 말했다.

"분위기 왜 이래? 뭐 잘못됐어?"

역시 아무도 대답을 하지 않자 그는 상관없다는 듯 손뼉을 치고는 말을 이었다.

"뭐 관계없지. 정산만 깔끔하게 해 주면."

사내는 윤영에게 손을 내밀었다. 윤영은 난처한 듯 사내와 국삼을 번갈아 보았다. 국삼의 표정이 심하게 일그러졌지만 아무 말도 하지 않았다. 경직된 분위기 속에서 도검이 픽 웃으며 말했다.

"뭐해? 용역비는 달라잖아."

국삼은 금방이라도 터져 나올 것 같은 고함 소리를 간신히 참으며 지갑을 꺼냈다.

"얼마인가?"

"어휴, 사장님. 현금으로 주시게요? 부가세 별도로 2백50만 원입니다. 원하시면 세금계산서도 드립니다만, 그때는 10퍼센트 가산금이 붙습니다. 어떻게 해 드릴까요?"

"필요 없어."

국삼이 수표 몇 장을 꺼내자 사내가 친절한 표정으로 손을 내밀었다. 국삼은 수표가 그의 손에 닿기도 전에 던지듯 놓아 버렸다. 수표는 사내의 손에서 미끄러져 바닥에 떨어졌다. 사내는 순간적으로 멈칫했지만 그대로 수표를 줍고 고개를 들었다. 약간은 상기된 얼굴이었지만 여전히 웃는 얼굴이었다.

"아휴, 따님이 누굴 닮았나 했더니 아빠 닮았네요. 사장님이 참 터프하시네. 자, 또 도와 드릴 일이 있으면 연락 주십시오."

사내는 최대한 친절한 표정으로 명함을 내밀었다. 국삼은 사내를 노려보다 그의 손을 쳐 냈다.

"필요 없다고!"

명함이 바닥에 떨어지자 친절했던 사내의 눈에 살기가 돌았다.

"비싼 차 좀 타시는 분들은 매너가 왜 이렇게 개떡 같은지 모르겠어."

사내의 말투에서 더 이상 친절함은 찾아볼 수 없었다.

"어린 년 비위 맞추면서까지 일하고 싶은 줄 알아? 불경기만 아니었으면 이런 사이코 같은 부녀 일 따위는 맡지도 않았을 거라고. 이것도 비즈니스인데 서로 최소한의 예의는 지켜야 하는 거 아냐? 거기 덩치 큰 형씨, 안 그래?"

도검은 양팔을 들어 보이는 걸로 대답을 대신했다. 사내는 명함을 국삼의 얼굴에 던지며 말했다.

"싫어도 받아 두는 게 좋을걸? 당신 같은 부류를 잘 알지. 나 같은 놈들이 없으면 똥 닦는 것도 혼자 못하는 인간들이거든."

사내는 뒤돌아서 나가다가 다시 국삼을 돌아보며 큰 소리로 화를 냈다.

"딸년 가정교육이나 똑바로 시켜, 이 양반아! 어른한테 꼬박 꼬박 반말이나 하고, 저 싸가지 없는 년. 쯧!"

사내 무리가 한바탕 퍼붓고 나가자 창고가 기묘할 정도로 조용해졌다. 국삼은 헛기침을 하며 윤영에게 나가 있으라는 듯 손짓을 했다. 윤영이 눈치를 보며 종종걸음으로 걷기 시작했다. 도검은 윤영이 창고 밖으로 나가는 것을 보며 말했다.

"이제 어떻게 할 생각이지?"

국삼은 침통한 표정으로 작게 말했다.

"내가 어떻게 하면 되겠소?"

"그건 당신이 더 잘 알고 있지 않나? 조금만 생각해 보면 모두 좋게 끝날 수 있을 거야."

국삼은 아무 말도 하지 않았지만 조용히 고개를 끄덕였다.

"그럼 합의 본 걸로 알겠어."

도검은 창고에 국삼을 홀로 남기고 천천히 걸어 나갔다. 문앞에 선 도검이 생각난 듯 말했다.

"이봐, 당신 망나니라고 알고 있나?"

도검의 말에 국삼은 귀가 번쩍하고 열렸다. 부유층 인사라면 10년 전의 망나니를 모르는 사람은 거의 없었다. 법을 피해 범죄나 비리를 저지른 상류층의 인사들 여럿이 그의 손에 죽어 나갔기에 그들 부류에게는 잊을 수가 없는 사건이었다. 죽을죄를 지었다고 생각하지는 않았지만 국삼 또한 망나니 때문에 몇 달간을 불안 속에서 살았던 기억이 있었다.

"망나니가 몇 개월 전부터 다시 활동을 시작했어. 무슨 뜻인지 알지?"

도검이 창고 문을 열고 나가자 국삼은 소리가 나도록 마른 침을 삼켰다. 다리에 힘이 빠져 그 자리에 주저앉아 한동안 일어설 줄을 몰랐다.

아침 이른 시간. 형준이 매장 앞에서 배달용 스쿠터를 닦고 있을 때 교복 차림의 소현이 뛰어왔다.

"오빠!"

"오, 소현이 아냐? 여긴 웬일이야?"

소현은 서운하다는 듯 입을 내밀며 대답했다.

"왜긴, 보고 싶어서 왔지."

형준은 귀여운 듯 소현의 머리를 쓰다듬으며 말했다.

"그러세요? 학교생활은 어때, 할 만해?"

"소식 못 들었구나? 나 엄청 잘 지내."

"그 못된 계집애하고 잘 풀린 거야?"

"윤영이 유학 갔어."

"웬 유학? 뭔 바람이 불어서?"

"걔네 아빠가 강제로 보냈대. 그리고 어떻게 된 건지 그만두셨던 선생님도 다시 오셨어."

"잘됐네!"

"기쁜 소식 또 하나. 우리 아빠가 다시 회사에 나가시게 됐어."

"정말이야? 정말 축하한다. 겹경사라더니 경사가 한꺼번에 터지는데? 그런데 언니는 안 와?"

소현이 형준을 장난스럽게 흘겨보며 말했다.

"우리 언니 좋아하는구나?"

형준은 아닌 척했지만 눈에 띄게 당황했다.

"무, 무슨 소리 하는 거야? 며칠 못 봐서 궁금했던 것뿐이야. 안부 한번 물어봤다고 좋아하는 거면 한 2백만 명은 좋아했겠네. 말이 돼?"

"그래? 그렇다면 기다려 줄 수 있지?"

"뭘?"

"나 졸업할 때까지 말이야."

"너 졸업하는데 내가 왜 기다려야 하는데?"

"정말 눈치 없게! 사실은 말이야, 나……."

형준은 저만큼 오고 있는 현도를 보며 반기며 안아 올렸다.

"어이쿠, 현도! 아침에 웬일이야?"

"형아! 작은언니도 있네?"

현도의 등장에 소현은 입맛을 다시며 말을 멈췄다.

"형, 우리 아빠, 내일부터 회사 가신대."

"조금 전에 작은누나한테 들었어. 축하해요."

"그 무서운 형아 있어?"

"왜?"

"그 형아한테 고맙다고 말하려고."

"아, 그래? 저기 안쪽으로 가 봐. 거기에 아마 형아 있을 거야. 그 형아 보고 울기 없기! 약속!"

현도가 매장 안으로 들어가자 소현이 형준에게 손을 들어보였다.

"이만 갈게."

"아까 하려던 얘기가 뭐야?"

"김새서 말 안 할래. 오빠, 나중에 봐!"

형준은 소현을 향해 손을 흔들어 보이고는 다시 스쿠터를 닦기 시작했다.

현도는 주방으로 들어가 오븐 앞에 있는 도검의 다리를 건드려 자신의 존재를 알렸다. 도검이 바라보자 현도는 마른침을 한 번 삼키고는 입을 열었다.

"저, 저……."

"응, 괜찮아. 말해 봐."

"저기, 이거……."

현도가 개나리 가방에서 기차 모양의 장난감을 꺼내 내밀자 도검은 엉겁결에 그것을 받았다.

"이, 이게 뭐니?"

현도는 거의 연출된 듯한 자세로 깍듯이 인사하며 말했다.

"고맙습니다. 우리 엄마 아빠하고, 언니, 아니, 누나들이 다시 웃게 됐어요."

"응?"

"그럼, 안녕히 계세요."

현도가 조용히 밖으로 나가는 모습을 보며 도검은 어리둥절한 얼굴로 그의 뒷모습을 바라보았다. 형준이 들어오다 도검의 손에 들려 있는 장난감 기차를 빼앗았다.

"이거 저 꼬마가 준 거지?"

"그래. 그런데 저 꼬마가 무슨 얘길 하는 거야?"

"이번 일 해결한 게 도검이 형인 줄 알고 있잖아. 훗! 순진한 녀석."

"아, 소현이네 집 아이였군. 귀여운데?"

"형도 슬슬 결혼할 준비나 하지그래?"

형준의 말은 건성으로 듣고 도검이 다시 형준의 손에서 장난감을 빼앗았다. 갑작스럽게 빼앗긴 형준이 소리쳤다.

"왜 그래!"

"이건 내 거야. 꼬마가 나에게 준 거라고."

"뭐! 나이 서른 넘어서 장난감을 가지고 놀겠다 그거야?"

"네가 뭐라고 하든, 이건 내 거야."

"어째서 형 거야! 해결한 건 난데 왜 형이 사례를 받느냐고!"

"누가 뭐래도 이건 내 거야. 대화 끝!"

형준은 도검의 손에서 장난감을 재빨리 뺏어 들고는 큰 소리로 웃으면서 밖으로 도망쳤다. 도검이 형준을 쫓아 나갔지만 형준은 이미 큰길로 접어들고 있었다.

"잡히면 죽는다!"

도검의 우렁찬 목소리에 지나던 사람들이 모두 깜짝 놀라 걸음을 멈췄지만 아랑곳하지 않고 다시 매장으로 뛰어 들어갔다.

장을 보고 돌아오던 수연이 장바구니를 들고 매장으로 들어서다 출입구에서 튀어나오는 도검을 보고는 깜짝 놀라며 뒤로 물러섰다. 다급하게 선글라스를 쓰고 나온 도검의 왼팔이, 멀리서 봐도 눈에 띄는 투박하고 육중한 모양의 팔로 바뀌어 있었다.

"오, 오빠!"

"형준이 죽인 다음에 얘기하자!"

도검도 형준의 뒤를 쫓아 엄청난 속도로 뛰어가기 시작했다. 그 기세에 눌린 행인들이 깜짝 놀라 멈췄고 어떤 이는 비명을 질렀다. 수연이 들어가려 할 때 이번엔 장서가 다급한 듯 매장 밖으로 나왔다.

"도검이 어느 쪽으로 갔어?"

"저, 저쪽……."

"이 미친놈이, 전투용 팔은 왜 갑자기 꺼내고 지랄이냐고! 야, 도검아! 사람들이 다 보기 전에 돌아와! 얼른!"

얼마 뛰지 못하고 퍼져서 쓰러지는 장서를 봤지만 수연은 고개를 가로저으며 매장으로 들어와 영업 준비를 시작했다. 누군가 한 명은 일을 제대로 해야 했기 때문에.

Chapter 4 :: 피

새벽.

인후는 갈증과 어지러움 때문에 잠시 벽에 몸을 기댔다. 또
다시 적혈구가 부족해진 탓이다. 그는 사람들의 시선을 피해
지하철역 근처 적십자 사무소로 향했다. 자물쇠를 맨손으로 비
틀어 열고는 안으로 들어가 모든 곳을 뒤졌지만 그가 원하는
것은 어디에도 없었다.

그는 또다시 현기증을 느끼고 의자에 앉아 잠시 숨을 골랐
다. 낭패였다. 혈액 수송 차량이 모든 피를 수거해 간다는 사실
을 이제야 깨달았다.

그는 정수기의 물을 한참을 들이켠 후에 밖으로 나왔다. 주
위를 두리번거리는 그의 눈에 당장 살인이라도 할 것 같은 살
기가 돌았다.

명희는 운전을 하며 불현듯 입을 열었다.

"팀장님, 많이 피곤해 보이시네요. 어제 또 하셨어요?"

"마누라가 자꾸 꼬리 치잖아."

"아무리 그래도 건강을 생각하셔야죠."

"약의 효능을 나보다 마누라가 더 잘 느끼고 있다고."

"적당히 사용하시라고 했잖아요. 그거 급성 심부전 일으킬 수도 있다고 말씀드리지 그랬어요."

"말했지. 심장마비 오면 그때 말하래."

"세상에, 얼굴에 그거 설마, 기미예요?"

"뭐? 기미? 이런 니미!"

"벌써 한 달째라고요. 그러다 팀장님 죽어요."

"이 한 몸 바쳐 마누라가 기쁠 수만 있다면, 니미릴!"

"'주인환 팀장님이 어떻게 돌아가셨죠?' '네, 약물 남용이었습니다.' '예? 마약류였나요?' '아닙니다. 직접적인 사인은 양기 탕진입니다.' '저런, 주제도 모르고 무리하셨군요. 참 좋은 분이셨는데.'"

"너 지금 뭐하냐?"

"팀장님 장례식장에서 제가 나눌 대화들이죠."

"다시 한 번 말하지만, 나 죽기 전에 너는 꼭 죽일 거야."

명희는 차를 세웠다. 비가 와서 그런지 하천 물이 많이 불어 있었다. 경찰과 과학수사팀이 모여 있는 곳은 다리 밑이었다.

명희와 주 팀장은 우산을 들고 현장으로 다가갔다.

"형님, 저 왔어요."

시체를 자세히 살피던 법의관이 안경 너머로 주 팀장을 바라보며 인사를 건넸다.

"왔나? 자네, 얼굴이 왜 그 모양인가? 이거 기미 아냐?"

"노인네 눈에 보일 정도면 이거 보통 일이 아닌데? 그놈의 약이 뭔지……."

"뭐? 또 했나? 이 사람 이거, 이거! 부러진 나무에 영양제 준다고 꽃피는 거 봤나?"

"뭔 비유가 그래요? 은근히 기분 더럽네……. 저거예요?"

시체는 여자였다. 목뼈가 부러져 있었으나 왼쪽 목 부위에 뚫린 상처를 제외하고는 말끔한 상태였다.

"상태 좋네. 죽은 지 얼마나 된 거유?"

"하루도 안 됐어. 사인은 과다 출혈일 확률이 높고."

주 팀장은 상처를 자세히 살피며 말했다.

"과다 출혈이요? 출혈 흔적이 전혀 없는데? 강물에 씻겼나?"

"체내 혈액이 상당 부분 없어졌어. 인위적으로 뽑힌 것 같아."

"그럼 여기 이 상처가 사출구란 얘기예요?"

"그래, 송곳같이 날카로운 흉기에 찍혔어. 상처가 동맥까지 닿아 있으니 가능하지."

잠자코 지켜보고 있던 명희가 진지하게 물었다.

"드라큘라 짓이 아닐까요?"

주 팀장은 명희의 뒤통수를 때리고는 담배를 피워 물었다.

"너 몇 살이냐?"

"서른하나요."

"서른하나씩이나 처먹은 어른이, 그것도 형사가 할 소리냐?"

"왜요. 모든 가능성은 검토해 보는 게 원칙이잖아요."

"그러면 목의 상처는 왜 하나야. 흡혈귀 송곳니는 두 개 아니야?"

명희는 어이없다는 듯 웃어 보이며 대답했다.

"드라큘라가 지금 나이가 몇인데 송곳니가 둘 다 멀쩡할 거라 생각하시는 거예요? 원작 출판 연도로만 따져도 백 살이 넘었을 텐데……. 그나저나 용하네요. 이빨 하나로도 피가 잘 빨리나 봐요. 힘들었겠는데?"

"이게 끝까지 하네."

"어쨌든, 제 생각엔 이번 사건이 이거 하나로 끝나지 않을 것 같다는 예감이 드네요."

"비 오는 날 시체가 발견되면 꼭 몇 건 더 터지더라고……."

주 팀장은 시체를 빤히 바라보다 진지한 목소리로 명희에게 말했다.

"명희야, 내일부터 차에 마늘 좀 싣고 다녀라."

"마늘이요?"

주 팀장은 진지하게 고개를 끄덕이며 하천 쪽으로 발걸음을 옮겼다.

창빈은 도로 건너편에 있는 인후를 발견했다. 인후도 기척을 느꼈는지 서둘러 사람들과 함께 백화점 안으로 들어갔다.

"제법 하는군."

창빈은 차가 다니는 도로를 거리낌 없이 건넜다. 날카로운 브레이크 소리와 욕지거리가 건물 사이에 울렸으나 전혀 개의치 않고 인후가 들어간 입구만 바라보며 걸었다. 백화점 매장 사이에서 주위를 둘러보았으나 혼잡한 사람들 속에서 인후를 찾는 건 쉽지 않았다.

불현듯 위쪽의 난간을 올려다보니 그를 주시하고 있는 시선이 느껴졌다. 인후였다. 창빈은 빠른 걸음으로 전망 엘리베이터에 올라탔다. 엘리베이터를 타고 올라가던 중 옆 엘리베이터의 유리를 통해 인후가 다시 1층으로 내려가고 있는 것이 보였다. 창빈은 엘리베이터 정지 버튼을 몇 번 누르다 전망 유리를 걷어차 부수고 밑으로 뛰어내렸다. 사람들의 비명 소리와 보안 요원의 무전 소리가 더해져 백화점 메인 홀은 아수라장이 되었다.

인후 역시 유리를 부수고 그대로 밖으로 뛰쳐나와 달리기 시작했다. 백화점 보안 요원들이 막아섰지만 역부족이었다. 한두 번의 주먹질과 발길질에 길이 열렸고, 그들은 쫓고 쫓기는 달리기를 시작했다. 그들은 평범한 사람들은 흉내 낼 수 없는 스피드로 행인들 사이를 뛰었다. 골목에서 나오던 승용차도 인후의 도주를 방해할 수 없었다. 그는 달리는 속도 그대로 허들을 넘듯 승용차를 뛰어넘었다. 창빈 또한 승용차를 가뿐히 뛰어넘고 뒤를 쫓았다.

속도로는 창빈을 따돌릴 수 없다고 판단한 인후는 갑자기 방향을 틀어 골목 안으로 뛰어들었다. 거미줄처럼 엮인 골목을 이리저리 방향을 바꿔 뛰다가 들어선 곳은 대문만 덩그렇게 잠겨 있는 막다른 골목이었다. 돌아 나오려 했지만 이미 뒤쪽엔 창빈이 가로막고 있었다. 창빈은 웃어 보이며 불안해하는 인후에게 다가왔다.

"네 성능 인정해 줄 테니까 이제 그만 뛰자. 소용없는 거 알잖아."

"그만두면 안 되겠니? 우린 동료였잖아."

"동료? 글쎄. 그랬던 적도 없고 그럴 일도 없을 거 같은데. 실험쥐가 탈출한다고 들쥐가 되는 건 아니잖아. 그냥 탈출한 실험쥐인 거지."

"아, 그래. 난 탈출한 실험쥐다. 넌 들쥐고. 복종훈련도 잘돼 있고 최고급 우리에 갇혀 있는 들쥐. 만족스럽냐?"

창빈의 입꼬리가 살짝 경련을 일으켰지만 여전히 여유 있는 표정으로 말했다.

"차이가 없을지도 모르지. 실험쥐는 결함투성이라는 것만 빼면 말이야. 부작용 덩어리가 왜 이렇게 집착하는지 이해가 안 간다. 그냥 죽으면 안 되나?"

"네 말대로 난 결함투성이다. 언제 죽어도 이상할 게 없어.

그런 나를 왜 이렇게 못 죽여서 안달인 거지?"

"명령이니까. 새삼스럽긴. 게다가 두 번째 이유를 말하자면……."

창빈은 품속에서 소음기가 달린 권총을 꺼내 들며 말을 이었다.

"정품이 나왔으니 베타판은 폐기되는 게 당연하잖아."

바람 소리를 내며 인후의 복부를 총알이 뚫었다. 인후가 놀라 주춤거리며 물러섰다. 얼마 지나지 않아 인후의 상처가 아물며 흔적만 남았다. 창빈은 재미있다는 듯 다시 한 번 쏘았다. 인후는 고통스러운 목소리로 소리 질렀다.

"그만해!"

"내 눈으로 확인하고 싶었을 뿐이야. 놀라워. 정말 빠른 재생력이야. 실험용이 저 정도면 내 재생력은 더 빠르겠지?"

"실험용이란 말도 이제 그만해."

"그러지. 이번엔 머리통에 쏴 줄 테니까. 준비는 됐나, 실험용?"

창빈의 말이 끝나기도 전에 인후가 달려들어 그의 허리를 잡아 집어 던졌다. 그러나 창빈은 몸을 돌려 가볍게 착지한 후에 인후의 얼굴에 주먹을 날렸다. 충격을 받은 인후는 벽에 부딪혀 쓰러졌다가 다시 일어섰다. 창빈은 피를 흘리고 있는 인후를 보며 입을 열었다.

"어이쿠 미안하네. 안 그래도 피가 많이 모자랄 텐데 말이야. 내 피 좀 주랴?"

"미쳤냐. 더러운 기관의 개새끼 피를 사람이 받을 수는 없잖아."

인후는 창빈에게 주먹을 날렸고 창빈은 인후의 팔을 잡아 방향을 틀어 반대편 벽으로 집어 던졌다. 벽에 처박힐 것 같았던 인후는 공중에서 빙글 돌며 벽을 차고 창빈의 뒤로 뛰어내렸다. 막다른 곳에서 벗어난 인후는 뒤도 돌아보지 않고 다시 도망쳤다. 창빈의 인상이 험악하게 구겨졌다.

"이 쥐새끼 같은 놈!"

창빈은 또다시 도망친 인후를 쫓아 달리기 시작했다.

거실에 나란히 앉은 도검과 형준은 무료한 표정으로 TV를 바라보고 있었지만 TV는 켜져 있지도 않았다. 도검은 시선을 그대로 둔 채 중얼거렸다.

"간만의 휴일을 집에서 보내야 하다니 뭔가 아까워. 넌 휴일에 어디 갈 데도 없냐?"

"형이랑 같은 부류로 취급하지 말라고. 저녁에 데이트 약속 있는 남자야."

"혜인이가 떡볶이 사 달라고 그러냐?"

"다 큰 여성과의 데이트라고."

"소현이군."

"……."

"소현이가 어때서 그래? 네 주제에."

"애잖아. 한참 어린 10대 여고생."

"그 여고생하고 네가 겨우 네 살 차이라는 거 알고는 있냐?"

"고등학생이라고 하니까 한참 어린 것처럼 느껴져서."

"이젠 깨달았겠군. 내 눈엔 네가 혜인이랑 동급으로 보인다는 사실 말이야."

"반 토막 사이즈 인간하고 날 동급으로 대하는 건 좀 자존심 상하는군."

"사이즈 이야기가 아니잖아."

테이블 위에 전화벨이 울렸지만 두 사람 중 누구도 선뜻 받을 생각을 하지 않았다. 도검이 형준의 뒷덜미를 잡아 들고 테이블 위로 팔을 뻗고 나서야 매달린 형국의 형준이 수화기를 들었다.

"여보세요. 아, 누나야?"

형준이 전화를 받고 매우 기뻐하는 표정을 지었다가 도검을 한번 힐끗 보고는 시무룩한 표정으로 수화기를 내밀었다.

"전화 받아. 수연이 누나."

도검이 형준을 내려놓고 전화를 받자 형준은 도검의 눈치를 보며 장서 방으로 조용히 들어갔다.

"어이, 수연이. 무슨 일이야?"

"응, 오빠. 저녁에 같이 갔으면 하는 데가 있는데 시간 있어?"

"시간이야 있긴 하지만…… 형준이도 같이 가야 하는 일이야?"

"응? 형준이?"

"지금 형준이가 아저씨 방에서 우리 대화를 엿듣고 있거든."

딸깍 소리와 함께 형준의 목소리가 갑자기 튀어나왔다.

"아하하, 엿듣기는 무슨! 우연히 지나다가 들은 걸 가지고……."

"엄청난 성능의 고막이군."

"중요한 건 두 사람이 날 따돌리고 놀러 갈 계획을 하고 있다는 거지. 수연이 누나 그렇게 안 봤는데 이제 완전 알아봤어! 나한테는 놀러 가자고 한 번도 한 적 없으면서!"

"이번엔 좀 그래. 다음에 같이 가자. 괜찮지?"

"쳇!"

도검이 말했다.

"어이, 전화를 끊든 목숨을 끊든 둘 중에 하나 택해."

"쳇. 쳇!"

형준은 전화를 끊고 거실로 나가서 도검을 노려보다가 쿵쾅거리며 밖으로 나갔다. 그제야 도검은 약간은 진지한 목소리로 물었다.

"자, 무슨 일인지 말해 봐."

해가 지고 가로등이 켜질 때쯤 도검과 수연은 약속 장소에 도착했다. 행인들의 시선이 거북한 듯 주변을 두리번거리는 도검에게 수연이 말했다.

"어색해?"

"사람 많은 곳은 별로라서."

"카페도 싫어?"

"어색해서. 보시다시피 시선을 끄는 몸이라."

"대인 기피증 있는 건 아냐?"

"다른 사람들이 날 기피하는 거겠지."

'바빌리온'이라는 카페는 사람들로 북적거렸다. 들어가기 전에 도검은 선글라스를 고쳐 쓰고는 수연을 앞세웠다.

"여기 괜찮지? 전에 내가 왔던 곳이야."

수연은 이곳에서 처음 만났던 대식을 떠올렸다. 대식의 죽음과, 도검과 함께 그의 재를 뿌리던 기억이 떠오르자 눈시울이 뜨거워졌다. 창가 테이블에서 친구인 경연이 손을 흔드는 것이 보였다. 수연은 애써 밝은 표정을 지어 보이며 손을 흔들어 보였다.

"수연아, 어서 와."

"안녕."

경연이 웃는 얼굴로 맞이하다 뒤따라오던 도검을 보고는 주춤했다. 수연과 도검이 나란히 앉을 때까지도 경직된 분위기는 계속되었다. 먼저 입을 연 것은 형식이었다.

"수연 씨, 오랜만이에요."

형식은 대식의 절친한 친구로 수연과 대식을 만나게 해 준 장본인이었다. 형식은 곱지 않은 시선으로 수연과 도검을 번갈아 보며 말을 이었다.

"좋아 보이네요. 잘 지냈어요?"

"네, 그럭저럭……."

"대식이 죽여 놓고 살 만한 모양이네요?"

분위기상 미소를 짓고 있던 경연이 화들짝 놀랐다.

"오빠! 미쳤나 봐, 정말! 왜 이래?"

"내가 뭘? 수연 씨 때문에 대식이가 죽은 건 사실 아니야?"

"그건 사고였잖아. 속상하다고 아무나 탓할 일은 아니잖아. 왜 이래 정말!"

"대식이가 그냥 혼자 죽은 거야? 수연 씨 안 만났으면 이런 일이 생길 일 있었겠어? 수연 씨, 내 말이 틀려요?"

"오빠 진짜 이럴 거야? 그렇게 따지면 소개해 준 우린 뭔데? 우린 죄 없어?"

수연의 눈에선 소리 없이 눈물이 흐르고 있었다. 수연은 싸우고 있는 두 사람을 잠자코 바라보다 조용히 일어나 밖으로 나갔다. 하지만 도검은 수연을 붙잡지 않고 그냥 내버려 두었다. 형식은 비꼬듯 도검에게 말했다.

"아저씨 애인 뛰쳐나갔는데 따라가 봐야 하는 거 아녜요? 나 참 기가 막혀서. 대식이 죽은 지 얼마나 됐다고 벌써 다른 남자를……."

"오빠, 그만 좀 해! 오늘 정말 실망이다, 실망이야."

경연이 형식의 등을 때리고는 수연을 쫓아 자리를 비웠다. 두 사람만 남은 테이블은 조금 전보다 훨씬 어색했다. 형식은 선글라스를 쓴 채 자기만 바라보고 있는 도검의 시선이 거북해서 죽을 지경이었다.

"적당히 했으면 이렇게 어색하진 않았을 거다."

도검이 말하자, 형식은 주위를 한번 돌아보았다. 어디선가 스피커 음향이 들렸기 때문이었다. 도검의 다음 말을 듣고 나서야 그의 목소리라는 것을 알 수 있었다.

"우선, 수연이와 난 당신이 생각하는 그런 관계가 아니라는 걸 밝혀 두지. 수연이 성격상 대식 군의 죽음에 대해 자세히 얘기를 안 한 것 같은데, 맞나?"

형식이 당혹스러운 표정으로 물었다.

"대식이를…… 아세요?"

"죽기 전에 날 찾아왔지. 지금부터 내가 말하는 건 가감 없이 모두 사실이니까 잘 들어."

명희는 주 팀장에게 종이컵을 건네며 말했다.

"팀장님, 여기 커, 피! 가져왔습니다."

"왜 그렇게 '피' 자를 강조해? 가뜩이나 피 때문에 짜증 나 죽겠는데."

"팀장님 우리 게임할래요?"

"뜬금없이 무슨 게임을……."

"피, 피, 피 자로 끝나는 말은? 냉커피, 쌍코피, 만두피, 양장피, 내 표피 닭 표피! 자, 팀장님 차렙니다."

"너, 개 피 보고 싶냐?"

"정말 멋진 분이셔. 표현도 참 아름답고……. 어쨌든, 흡혈귀한테 당한 사람이 벌써 여섯 명째네요. 혹시 그 사건과 연관이 있을까요?"

"혈액 도난 사건?"

"예, 둘 다 피라는 공통점이 있잖아요."

"동일인일 수도 있지. 차이점이 있다면, 하나는 시원하다는 거고, 다른 하나는 따뜻하다는 거지."

"겨울인데 따뜻한 게 더 좋지 않을까요?"

"겨울에도 음료수는 냉장 보관하잖아."

"……."

"……."

주 팀장은 갑자기 책상에 놓여 있는 서류철로 명희의 머리를 때렸다.

"아무리 생각해도 내가 유치해지는 이유는 너야, 너. 점점 물들고 있잖아!"

"무슨 물이 든다고 그러세요?"

"너 만나기 전에는 내가 이러지 않았다고, 자식아! 얼마나 스마트했는지 알아?"

"짐작도 안 가네요."

"전화기 맞고 버틸 자신 있으면 한마디만 더 해 봐."

주 팀장은 전화기에 손을 얹고 한참 동안 명희의 입만 바라보고 있었다. 명희가 입을 삐죽거릴 때마다 금방이라도 집어던질 듯이 전화기를 움켜쥔 주 팀장의 손이 움찔거렸지만 명희는 한마디도 하지 않고 버텼다.

"후, 참자, 참아. 그래, 알아보라는 건 알아봤어?"

명희는 주 팀장의 손을 전화기에서 살며시 떼어 내며 대답했다.

"예, 피해자들의 혈액형은 A형, B형, AB형, O형입니다."

"뭐야 그게. 앞뒤 안 가리고 피를 뽑아 간 거네?"

"그렇죠. 드라큘라처럼."

"…… 차에다 마늘은 실었냐?"

"걱정 마세요. 양파하고, 각종 양념도 실어 놨어요."

"야, 양념?"

"낚시해서 매운탕 끓여 먹을 계획 아니었어요?"

작은 건물 화장실. 인후의 팔뚝엔 주삿바늘이 꽂혀 있었고, 주삿바늘이 연결된 카테터의 끝은 육면체 모양의 작은 기계에 연결되어 있었다. 수집해 온 피를 기계의 투입구에 따라 넣자 진동과 함께 세척된 피가 인후의 몸속으로 흘러 들어갔다. 창백했던 얼굴에 점차 핏기가 돌았다. 인후는 이마에 흐르는 식은땀을 닦으며 안도의 한숨을 쉬었다. 지친 듯 화장실 벽에 머리를 기댄 채 눈을 감았다. 빨리 그 남자를 찾아야 했다. 그를 찾아야만 이런 고통에서 벗어날 수 있는 것이다.

"이 과장, 개새끼! 그놈 꼭 망하게 만들 테다."

"김 대리님, 참으세요. 어디 한두 번인가요?"

사내들의 목소리가 들리며 조용하던 화장실이 순식간에 떠들썩해졌다.

"내가 진급만 하면 말이야, 그 새끼도 나한테 함부로 못 할 거라고. 나만 믿어, 박 주임. 너는 내가 팍팍 키워 줄 테니까."

"아, 물론이죠."

김 대리는 볼일을 다 봤는지, 거울을 보며 머리를 손질했다.

"박 주임, 제수씨 밤늦게 다니지 말라고 그래. 요즘 피만 뽑아 가는 미친놈들이 설치고 다니니까."

"저도 신문 봤어요. 도대체 누가 그런 짓을 하는 걸까요?"

"그런 짓 할 놈이 흡혈귀밖에 더 있어?"

"에이, 설마."

"아냐, 이 친구야. 요새 과학으로 설명할 수 없는 일이 얼마나 많이 발생하고 있는데. 그런데…… 어디서 웅웅거리는 소리 안 나? 내 귀에 도청 장치가 돼 있는 거 아냐? 아하하!"

박 주임은 소리에 귀를 기울이며 화장실 문을 하나하나 열어 보았다. 맨 마지막 칸에 가까워 오자 웅웅거리는 소리가 멈추었다. 박 주임은 침을 한번 삼키고 문을 벌컥 열었지만 아무도 없었다. 그는 변기 위에 올라가 뒤에 나 있는 창문을 통해 밖을 살피고는 쓸데없는 짓을 했다는 생각에 멋쩍어하며 내려왔다.

"왜 그래?"

"그 웅웅거리는 소리 말예요. 제가 마지막 칸으로 가니까 소리가 갑자기 끊어졌어요."

"사람이 있었어? 그 자식이 입으로 '웅웅' 한 거 아냐? 하하!"

박 주임은 술에 취해 실없이 웃고 있는 김 대리에게 형식적으로 웃어 보이며 물었다.

"여기 몇 층이죠?"

"5층."

박 주임은 놀란 얼굴로 김 대리를 바라보다 픽 웃었다.

"설마."

"뭐가?"

"아무것도 아니에요."

"자, 그럼 3차 가자고! 이 과장 골탕 먹일 궁리나 해 보자고!"

주차장으로 가는 길에 수연은 고개를 숙인 채 말했다.

"미안해."

"카페에 혼자 갈 자신이 없었던 거지?"

"……."

"그 얘기를 친구들한테도 안 할 생각이었어?"

"두려웠어. 대식이 오빠한테 미안하기도 하고. 그런데 이젠 속이 다 후련하네. 경연이하고 형식이 오빠한테는 항상 죄지은 것 같았는데."

"말은 아낄수록 좋지. 하지만 그걸로 병이 생겼다면 그건 다른 얘기지. 앞으로 어떤 고민이든지 나에게만큼은 털어놓기로 하자."

"좋아, 오빠가 약속만 해 준다면."

"약속?"

"만난 지 반년이 되어 가는데 오빠에 대해선 아는 게 아무것도 없어. 오빠도 내게 숨김없이 말해 줄 것."

"곤란한데."

수연에게 티를 내지는 않았지만 도검은 앞쪽 건물 5층 창문에서 사람이 뛰어내리는 것을 보았다. 뛰어내린 사내는 몸을 굴려 일어섰지만 충격이 있는지 잠시 움직임을 멈췄다. 다리를 약간 저는 것 말고는 멀쩡해 보였다.

"수연아, 택시 타고 먼저 들어가라."

"왜?"

"갑자기 볼일이 생겼네."

도검은 의아해하는 수연을 두고 사내가 뛰어내린 곳으로 달려갔다. 사내는 뛰어내린 충격에 잠시 건물 벽을 짚고 서 있었다.

"어이."

사내는 놀란 듯이 도검을 보았지만 이내 원래의 표정으로 돌아왔다.

"당신 어떻게 된 거야? 방금 투신한 거야?"

사내는 귀찮다는 듯 반대편 길로 걷기 시작했고 도검은 그런 그의 뒤를 따랐다.

"당신 정체가 뭐야?"

"당신 누군데 이렇게 귀찮게 하는 거요?"

"5층에서 뛰어내린 걸 넘어진 것쯤으로 생각하는 사람이 흔한 건 아니잖아. 그 몸, 어떻게 된 거야?"

"당신 목소리도 정상은 아닌 것 같은데, 피차 귀찮게 하지 맙시다."

사내는 검은 천으로 감겨 있는 도검의 왼팔을 힐끗 보고는 가던 길을 재촉했다.

"당신 정체가 뭔지 난 꼭 알아야겠는데."

"다치고 싶지 않으면 당신 갈 길 가는 게 좋을 거야."

"비정상적인 사람들을 배출하는 곳이라면 내가 아는 곳은 한 군데뿐이거든."

사내는 갑자기 뒤로 돌아 도검을 집어 들어서 벽에다 던졌다. 도검은 당황했지만 곧 평정을 찾고 옷을 털며 일어섰다. 사내는 화난 얼굴로 도검에게 말했다.

"내가 어디가 비정상이라는 거야!"

"120킬로그램이 넘는 날 집어 던져 놓고 정상이라고?"

"너야말로 뭐하는 놈이야."

도검은 선글라스를 벗어 붉은빛이 짧은 파장으로 반짝거리는 눈을 드러내고 왼팔에 감겨 있는 천을 벗겨 냈다.

"나도 정상은 아니지."

"너, 너!"

사내는 도검의 기계로 된 팔을 보자마자 뒤로 돌아 달리기 시작했다.

"어이, 어이! 기다려!"

도검은 사내를 쫓았으나 따라잡을 수는 없었다. 사내는 인간의 것이라고는 도저히 믿어지지 않는 속도로 멀어져 갔다. 사내를 쫓을 생각도 못 하고 도검은 주차장으로 돌아갔다. 그곳엔 벌써 돌아갔어야 할 수연이 기다리고 있었다.

"뭐야, 아직 안 갔어?"

"정말 매너 없다."

"어쩌지? 급히 갈 데가 있는데."

"데이트 두 탕 뛰는 건 아니겠지?"

"시간 없거든."

"같이 가자."

"위험해."

"무슨 일인데 그래?"

도검은 차에 올라타 시동을 걸었다. 수연은 창문 옆에 붙어서서 말했다.

"그럼 집까지 바래다주든가!"

"바쁘고 위험하니까 그냥 택시 타. 나 하는 일 몰라서 그러니?"

"싫어! 같이 갈 거야."

도검의 오른쪽 눈 스크린에서 붉은색 점이 점멸하며 눈금의 제일 바깥쪽으로 향하고 있는 것이 보였다. 사내에게 내동댕이

쳐질 때 그에게 붙여 놓은 추적기였다. 사내는 지금도 달리고 있는 듯 빠른 속도로 이동했다. 눈금의 제일 바깥쪽 선이라면 벌써 6킬로미터를 달린 것이었다. 시간이 없었다.

"빨리 타."

수연이 타자마자 차를 급하게 몰기 시작했다. 내비게이션으로 봤을 때 서울 외곽으로 이동하는 것이 보였다. 붉은 점은 스크린 밖으로 사라졌다가 다시 나타났다. 도검은 속도를 높여 차를 몰았다. 붉은 점이 스크린 안으로 들어온 후 중심 쪽으로 이동해 왔다. 사내가 근처에 있다는 의미였다. 붉은 점이 스크린의 중심에 들어왔을 때 도검은 차를 세웠다.

"차 문 잠그고 기다려. 알았지?"

도검은 눈 안의 붉은 점이 가리키는 곳으로 접근해 갔다. 공사가 중단된 건물 앞에 이르자 웅웅거리는 작은 소리가 들렸다. 건물에 가까이 다가갈수록 그 소리는 점점 확대되어 들렸다. 기척을 죽이고 건물 안으로 들어가 소리가 나는 쪽으로 접근해 갔다. 달빛에 어렴풋이 사내가 앉아 있는 게 보였다. 웅웅거림은 사내의 무릎에 얹혀 있는 작은 기계에서 나는 소리였다.

"블러드 필터군."

도검의 말에 사내는 반사적으로 움직였으나, 도검의 왼팔에서 어느새 총이 튀어나와 그의 머리를 겨누고 있었다.

"이런 젠장!"

"이 총은 신경 쓰지 마. 당신이 또 흥분부터 할까 봐 그러는 거니까. 자, 총을 치울 테니 진정 좀 하겠어?"

튀어나왔던 총이 작은 모터 소리를 내며 그의 기계 팔 안으로 모습을 감추었다. 도검은 식은땀을 흘리고 있는 사내를 바라보았다. 기계는 여전히 그에게 피를 공급하고 있었다.

"빈혈 있나?"

"당신 뭐야?"

"화학병기부 소속인데 부작용이 생긴 모양이군."

사내는 의심스러운 눈빛으로 도검을 쏘아보았다.

"그 필터만 봐도 당신 소속은 금방 알 수 있는 거니까."

사내는 도검의 왼팔을 힐끗 보고는 대답했다.

"당신은 뭐 슬로터라도 되는 건가?"

"지난 일이야."

사내는 약간 놀란 얼굴로 말했다.

"기관에서 보낸 건가?"

"왜, 슬로터가 쫓을 만한 일이라도 저지른 건가?"

"난 아니라고 생각하는데 기관 생각은 모르겠군. 당신도 여전히 의심스럽고."

"내가 슬로터였다면 이렇게 한가하게 이야기나 하고 있었을까 모르겠군."

"뭐, 좋아. 믿든 안 믿든, 지금은 내가 당할 수밖에 없는 상황이니까."

도검은 필터와 그의 창백한 안색을 번갈아 보며 물었다.

"테스트 중인가?"

"그래, 화학병기 실험이었지."

"불안해 보였는데 탈영 중인가?"

"그러는 당신은 왜 여기 있는 거지?"

"나도 그만뒀으니까."

사내는 어이없다는 듯 웃으며 말했다.

"이런, 기관이 맘대로 그만둘 수 있는 곳인 줄 알았으면 사표부터 써 볼걸 그랬군."

"나도 사표 내고 조용히 나오진 못했지."

"얼마나 됐는데?"

"10년."

"와, 10년이나 놔뒀다고? 기관도 점점 호구가 되어 가는 모양이네. 나한테도 희망이 있군. 당신 같은 사람들이 얼마나 있는 거야? 내가 처음이라고 생각했는데."

"생각보다는 많지. 생각보다는."

"많다는 얘기야, 적다는 얘기야?"

도검은 말을 돌렸다.

"눈초리가 불안한 게 나온 지 얼마 안 되어 보이는데. 지낼 곳은 있어?"

"보호자라도 해 주려고? 이제 말해 봐. 날 왜 따라온 거야?"

"기관원이 시내 한가운데 돌아다니니까 거슬려서. 그 친구들은 사고를 달고 다니거든."

"당신을 잡으러 온 게 아닌 건 확실하니까 이젠 신경 끊어."

필터의 소음이 멎었다. 건물 안은 귀가 멍해질 정도로 고요해졌다. 필터를 가방에 챙겨 넣은 사내가 말을 이었다.

"이제 어쩔 셈이지? 난 여기서 계속 상담이나 하고 있을 순 없는데."

"내 용무는 끝났어. 그렇게 위험해 보이지는 않는군. 게다가 기관이 싫어서 나온 거라면 생각이 제대로 박힌 사람일 테니까."

"옳고 그른 거 그런 건 잘 몰라. 하지만 내가 인간이란 것은 사실이잖아. 사람은 사람대접을 받아야 하는 거잖아. 실험용 쥐도 물건도 아닌 사람이니까."

"당신 이름이 뭐지?"

"이인후. 당신은?"

"때가 되면 말해 주지."

"불공평한데?"

인후는 흥미롭다는 듯 도검의 맞은편으로 자리를 옮겨 앉았다. 도검은 그런 인후를 보며 물었다.

"헌터*가 누군지 알고 있어?"

"한창빈. 아주 잘 아는 놈이지. 동료였거든. 나를 모체로 부작용을 최소화한 놈이기도 하고."

"부작용?"

"적혈구가 감소하고 있어."

인후는 주머니에 들어 있는 푸른색의 작은 액상 약병을 흔

---

* 기관 탈영병을 추적하는 기관 요원 별칭.

들어 보였다.

"이것 때문에 죽어 가고 있는 셈이지. 이게 없으면 당장 살지도 못하겠지만."

"그래서 수혈을 했군. 그 피 출처는 어디지?"

도검의 의미심장한 눈빛을 읽은 인후는, 픽 웃으며 말을 받았다.

"요즘에 일어난 살인 사건을 묻는 거라면 불쾌하군. 사람은 사람대접을 받아야 한다는 내 얘기 잊었나?"

"세상엔 말뿐인 사람도 많으니까."

"좋아, 난 병원에서 구하지. 그것도 범죄이긴 하지만 적어도 생피를 먹는 흡혈귀는 아니거든."

"그럼 누가 그랬을까? 당신은 알 것 같은데."

"그놈밖에 없어. 사건 시기하고도 맞아떨어지고."

"한창빈?"

"그래."

도검은 자리를 털고 일어섰다.

"자, 그럼 이쯤에서 헤어지자고. 기다리는 사람이 있어서."

"그래, 이렇게 긴 대화는 간만이었어. 즐거웠어."

"이제 뭘 할 거야?"

"그분을 찾아야겠지."

"그분?"

"몸에서 혈청을 없애 줄 사람. 약속했었어. 언제고 기관에서 벗어나게 되면 찾아오라고."

"어디 있는데?"

"아직 몰라. 벌써 10년 전 얘기라서 찾을 수 있을지도 의문이긴 하지만."

"찾은 다음엔?"

"철저히 신분을 감추고 살아야지. 당신처럼."

"그 사람 이름은 뭔데?"

"아까부터 나만 이름을 줄줄 얘기해 주는 것 같은데? 손해 보는 기분이라고."

"얘기를 해야 도움을 줄 수 있을 테니까."

인후는 고개를 끄덕이며 대답했다.

"그래 아쉬운 건 나니까. 차기호. 그게 그 사람 이름이지. 들어 본 적 있어?"

"알아보지. 여기 당신이랑 계속 붙어 있을 순 없으니까 나중에 이곳으로 연락해."

도검이 작은 성냥갑을 내밀었다.

"요새도 성냥을 나눠 주는 곳이 있나?"

"난 올드한 걸 좋아해서……."

인후의 가슴에 구멍이 뚫리며 피가 튀었다. 이어서 두 발의 총알이 더 날아와 그의 가슴에 박혔다. 인후는 입으로 피를 토하며 앉은 채로 뒤로 쓰러졌다. 도검은 몸을 깊이 숙이며 총알이 날아온 방향으로 응사했다. 상대방은 예상하지 못했는지 우당탕거리는 소리가 났다. 인후는 숨을 가쁘게 몰아쉬다가 몸을 굴려 도검 쪽으로 붙었다.

"살 만해?"

"몇 분만 시간 벌어 주면 회복돼."

"편리한 몸이군."

다시 총알이 날아와 그들이 숨어 있는 콘크리트 벽에 박혔다.

"당신은 가 봐. 나하고 접촉하면 당신도 위험해져. 잘 알잖아?"

도검은 신발 속에서 소형 권총을 하나 꺼내 주었다. 인후는 그것을 받아 탄창을 확인했다.

"다섯 발짜리야."

"정말 올드한 걸 좋아하는군. 잘 쓰지."

도검은 어둠 속을 향해 총을 발사한 후에 공사 중인 창밖으로 빠져나갔다. 도검의 주위로 몇 발의 총알이 튀었지만 인후의 엄호사격으로 벗어날 수 있었다. 도검은 차 있는 곳으로 곧장 달렸다. 건물 안에서 들리는 총소리가 주위를 울렸다. 차로 돌아왔을 때 차 안에 있어야 할 수연이 보이지 않았다.

"이런 젠장. 어딜 간 거야."

당황스러워 제대로 생각을 할 수가 없었다. 날카로운 비명소리가 총성을 멈췄다. 도검은 반사적으로 비명이 들렸던 방향으로 달렸다. 도검이 도착했을 때 여자를 붙잡고 있는 남자와 인후가 서로 총을 겨누고 대치하고 있는 것이 보였다.

"그 여자, 놔줘!"

"그놈은 어디 있어, 어디 있냐고!"

"누구!"

"봤어. 덩치 커다란 놈. 그 녀석이 너에게 총을 줬겠지?"

"갔어. 그 여자 놔줘."

"아직도 정신 못 차렸군. 네가 인질에나 신경 쓰고 있으니까 안 된다는 거다. 이 여자 머리통에 굴뚝 만들기 전에 총 내려놔."

천둥소리가 울리고 빗방울이 점점 굵어지며 장대처럼 쏟아져 내렸다.

인후는 어찌할 바를 몰랐다. 총을 내려놓으면 그는 바로 죽는 목숨이었다. 총을 버리지 않으면 죄 없는 여자가 목숨을 잃을 것이다. 인후가 큰 소리로 말했다.

"좋아. 우리 맨손으로 한번 붙어 보자. 당연히 네가 이기겠지. 난 실험용 파일럿이니까. 하지만 만에 하나 나한테 지면 넌 실험용보다 못한 정품이 되는 거야. 그런 걸 뭐라고 하는지 아나? 불량품이라고 하지."

"네가 무슨 말 하는지는 알고 말하는 거야? 밑져 봐야 본전인 일을 하자는 말이잖아, 멍청아. 내가 하겠냐?"

"날 이길 수 있다는 확신이 없나? 실제로는 겁나서 덤비지도 못하면서 그동안 입으로만 센 척한 거야?"

창빈은 여자의 머리를 겨누었던 총을 내리며 말했다.

"설득력 있었어. 좋아, 소원대로 한판 붙어 주지."

인후는 총을 앞으로 던졌다. 창빈은 미끄러져 오는 인후의 총을 발로 밟아 멈추게 했다.

"순진한 놈."

창빈은 인후의 머리를 향해 총을 겨누었다. 그때 총성과 함께 창빈이 총을 놓쳤다. 그가 주춤할 때 인후는 약속이라도 한 듯이 달려들어 인질을 밀쳐 내고 창빈을 덮쳤다. 엄청난 도약력이었다. 도검은 인질의 손을 잡고 자동차가 있는 방향으로 달리며 소리 질렀다.

"수연이, 너!"

도검은 수연을 던지듯 태우고 빠른 동작으로 차를 몰았다. 차 앞으로 무엇인가가 튀어나오며 앞 유리가 하얗게 부서졌다. 반사적으로 운전대를 급하게 꺾어 방향을 틀었다. 차는 벽을 들이받으며 멈췄다. 그 충격으로 깨진 유리 조각이 사방으로 튀었다. 도검은 몽롱한 정신으로 간신히 눈을 떴다. 얼굴은 따끔거렸고 버스에 치인 것처럼 온몸이 욱신거렸다.

"에어백을 옵션에 넣었어야 했어……."

도검은 옆자리를 돌아보았지만 있어야 할 수연이 보이지 않았다. 수연은 앞으로 튕겨져 나가 보닛 위에 엎어져 있었다. 도검은 그제야 정신이 번쩍 들었다. 보닛 위에 있는 수연을 들어 조심스럽게 끌어내렸다. 다행히 호흡은 하고 있었지만 중상을 입은 것처럼 보였다. 도검은 오른쪽 눈으로 수연의 상태를 체크하려 했지만 사고의 충격 때문인지 제대로 작동하지 않았다.

"수연아, 수연아! 정신 차려, 수연아!"

수연은 눈을 힘없이 눈을 떴다.

"괜찮을 거야, 차분하게 호흡해."

"오빠."

"말하지 마. 숨 쉬는 것에만 집중해."

도검은 왼팔의 아랫부분에서 의료 키트를 꺼내 그녀에게 주사한 후, 옷을 찢어 수연의 팔에 난 상처를 압박했다.

"오늘은 꼭 말하려고 했는데……."

"가게에 가서 얘기하자. 알았지? 가게 가서 피자에 콜라 마시면서 얘기하자. 다 들어 줄게."

수연의 호흡이 희미해지기 시작했다. 도검은 몇 개의 주사기를 더 꺼내 수연에게 주사했다. 도검은 수연의 다른 상처도 감싸 매며 중얼거렸다.

"더 이상은 안 돼. 더 이상 내 사람들은 죽으면 안 돼. 절대 안 돼. 절대로."

도검의 눈은 핏줄이 터질 것처럼 충혈되어 있었다. 그의 노력에도 불구하고 수연의 호흡은 더욱 약해졌다. 도검은 의료 키트에서 주사기를 더 찾았지만 더 이상 남아 있지 않았다.

"수연아, 이건 아니잖아. 이런 식으로는 안 된다고!"

수연의 손이 힘없이 늘어졌다.

"수연아! 수연아!"

도검의 등에 따끔한 통증이 느껴졌다. 작은 통증은 곧이어 엄청난 고통으로 전신에 퍼졌다. 도검은 자신의 배를 보고 나서야 총알에 맞았다는 것을 알았다.

"그렇게 호들갑 떤다고 죽은 사람이 일어날 리가 없잖아."

창빈은 권총의 탄창을 갈아 끼우며 도검에게 다가왔다.

도검은 배의 상처는 아랑곳하지 않고 여전히 수연을 안은 채 앉아 있었다. 창빈은 권총에 장전을 하고 입을 열었다.

"연인을 잃고 그 곁에 앉아서 울고 있는 남자라니, 너무 로맨틱하잖아. 게다가 비까지."

"그렇게 부러우면 네가 하든가."

스피커를 통해서 울리는 듯한 음향에 창빈은 흥미롭다는 듯 미소를 지었다.

"난 로맨틱하고는 안 친해서."

도검은 수연을 조심스럽게 눕혀 놓고 일어섰다. 배에서 흘러나오는 피가 빗물과 섞여 바닥에 퍼졌다. 도검은 창빈에게 다가서며 입을 열었다.

"목표물과 접촉한 현장의 모든 것을 제거한다."

창빈은 놀란 얼굴로 도검을 보았다. 도검은 그의 반응에 개의치 않고 말을 이었다.

"서로 얘기를 했는지 안 했는지. 그가 아이인지 노인인지, 그냥 지나는 행인인지 아닌지 상관없이, 현장에서 목표물 주변에 30초 이상 머무는 자는 모두 제거한다……라고 교관이 설명했겠지."

"너, 기관원이구나."

도검 왼쪽 눈의 혈관이 터졌다. 피가 볼을 타고 흘러내렸다. 창빈은 도검을 향해 총을 겨누었다.

"기관원이든 아니든 상관없다는 설명도 있지."

그가 방아쇠를 당기기 직전에 누군가가 창빈을 덮쳐 균형을 무너뜨렸다. 인후였다. 인후는 피투성이인 몸을 날려 창빈을 쓰러뜨리고 그 위에 올라탔다.

"이 새끼, 분명히 대가리에다……."

"넌 덤벙거리는 게 탈이라고 그랬잖아!"

인후는 온 힘을 다해 창빈의 얼굴을 내려친 후 엄지손가락으로 창빈의 눈알을 누르기 시작했다. 창빈은 주먹을 휘두르며 저항했지만 인후는 바위처럼 움직이지 않았다.

"으아악!"

인후의 엄지손가락이 눈 속으로 다 들어가고 나서야 길게 늘어지던 창빈의 비명 소리가 뚝 끊어졌다. 창빈의 숨이 끊어진 것을 확인하고 나서야 그의 몸에서 내려왔다. 인후는 지친 듯 그대로 굴러 바닥에 누웠다. 얼굴을 때리는 빗방울의 느낌이 나쁘지 않았다.

"끝난 건가?"

도검의 목소리에 인후는 손만 들어 보이며 대답했다.

"그건 내가 하고 싶은 질문이야. 이걸로 끝난 걸까?"

도검은 수연을 안아 차 뒷좌석에 실으며 대답했다.

"아니."

"매정한 친구군."

"가까운 지하철역에라도 태워다 줄까?"

인후는 일어나 앉았다.

"이런 꼴로?"

도검은 고개를 끄덕여 보이고는 차에 올라탔다. 인후는 도검의 차가 시야에서 사라질 때까지 바라보다 다시 바닥에 드러

누웠다. 차가운 한기와 빗방울이 주는 살아 있는 느낌을 조금 더 느끼고 싶었기 때문이다.

눈을 뜬 도검의 눈에 가장 먼저 들어온 것은 졸고 있는 형준의 모습이었다. 취침등이 주는 은은한 불빛이 마음을 편안하게 해 주었다.

"형준아."

몇 번을 불러도 형준은 깨지 않았다. 도검은 잠시 말을 참았다가 소리를 질렀다.

"야!"

"왜, 물 한잔 줄까?"

"자연스러운 대화로 안 잔 척하지 마."

"무슨 말이야. 난 잔 적이 없는데. 잔 건 형이지 내가 아니라고."

"수연이는 어때?"

형준은 침통한 표정을 지으며 말을 아꼈다. 도검은 불안한 기색을 애써 감추며 물었다.

"왜 그래? 수연이한테 무슨 일 있는 거야?"

"그게……."

울먹이는 듯한 형준의 표정에 도검은 머릿속이 멍해졌다. 방문이 열리며 차 박사가 안으로 들어왔다.

"이제 일어났니? 몸은 좀 어때."

"……."

도검은 조용히 창밖으로 시선을 돌렸다. 차 박사는 링거의 눈금과 온도를 체크하며 말했다.

"도대체 수연이한테 키트 주사 몇 방을 쏜 거야? 큰일 날 뻔했잖아. 아무리 당황해도 그렇지 그 주사를 다 써?"

"큰일 날 뻔했다고요?"

"과다 투여로 일시적인 쇼크 상태였어. 진통제하고 안정제 성분이 있는데 정량이 넘어서면 가사 상태가 되기도 하거든."

"그럼 수연이가 죽은 게 아니라……."

차 박사는 형준을 돌아보며 물었다.

"도검이가 지금 뭐라는 거냐? 악몽 꿨나?"

형준은 팔짱을 끼며 대답했다.

"외상 증후군 같은 거 아닐까요? 그런데 곰도 그런 증후군이 생길 수 있을까요?"

"곰이 그랬다는 건 아직 학계에 보고된 적은 없지만 침팬지는 있었지."

도검은 일어나 앉았다. 약간의 현기증 때문에 잠시 눈을 감고 있었다. 그는 눈을 감은 채로 말했다.

"그러니까, 수연이는 아무 일 없다는 거예요? 아까 형준이 말로는……."

"내가 뭘? 난 말한 적 없는데?"

"아까 심각한 표정으로 시선을 내리깔면서……."

"이젠 시선도 내 맘대로 못해?"

"에라, 이 자식아!"

"왜 때려! 이게 밤새 간병한 사람에 대한 태도야?"

차 박사는 방을 나서며 말했다.

"간병은 모르겠지만 여기서 밤새 잔 건 내가 보증하지."

"쳇, 수연이 누나한테 가 봐야지!"

형준과 차 박사가 밖으로 나가고 나서야 도검의 얼굴에 미소가 번졌다. 방문이 열리며 장서가 들어섰다. 그는 피자를 침대 위에 던져 놓으며 의자에 앉았다.

"왜 그렇게 실실 쪼개? 수연이하고 사고 치니까 좋냐?"

"사고를 쳤다고요?"

"단둘이 밖에 나가서, 피투성이가 되어 들어왔는데 사고 친 게 아니란 말이야?"

"말이 이상하게 들리잖아요."

"이 자식은 아닌 척하면서 상당히 외설적이라니까. 뭐가 어떻게 이상하게 들렸는데?"

"관두죠."

"또 회피냐? 좋아, 환자니까 봐주지. 몸은 좀 어때?"

"괜찮아요. 수연이가 더 걱정이었는데."

"사실은 수연이보다 네가 더 심각했어, 인마."

"수연이 어디 있어요?"

"형준이 방에."

"의식은 돌아왔어요?"

"직접 가 봐."

도검이 형준의 방으로 들어서자, 온 얼굴에 치즈를 묻히며 정신없이 피자를 먹고 있는 수연과 형준이 눈에 들어왔다. 수연은 밝게 손을 흔들어 보이며 인사했다.

"오빠, 일어났어?"

"형도 좀 먹지? 우리 가게 새 상품인데. 일명 토마토피자."

도검은 고개를 설레설레 흔들며 말했다.

"내가 괜한 걱정을 했군."

"오빠가 나 죽일 뻔했다며?"

"뭐? 누, 누가 그래?"

수연이 형준을 바라보자 형준은 배시시 웃어 보였다. 도검은 최대한 상냥한 표정으로 말했다.

"수연아, 그게 아니고……."

"어쨌든, 나한테 죄졌어."

도검의 시선은 곧바로 형준에게 날아갔다.

"형준아, 나 좀 잠깐 따로 볼까?"

"내가 미쳤어? 이런 상황에서 따라 나가게. 안 그래 누나?"

"그럼, 안 되지. 오빠는 앞으로 내게 잘해 줘야 해. 안 그러면 용서가 안 될 것 같아."

"무슨 또 용서씩이나……."

수연은 정색을 하며 말했다.

"오빠를 여러 번 찔러서 죽이려던 원수가 눈앞에 있다고 쳐 봐. 쉽게 용서가 될 것 같아?"

"그건 과장이다! 주사 좀 놓은 거 가지고 무슨……."

"엉덩이에도 주사 났더라? 허락도 없이 성인 여성을 그렇게 막 다뤄도 되는 거야?"

형준은 못 들을 걸 들었다는 듯 귀를 막으며 말을 거들었다.

"누나가 수치심을 느꼈다면 벌금 5천만 원감이지. 암!"

"내, 내가 정신이 있었겠어? 안 그래?"

형준이 나섰다.

"그나저나 대단하군. 그 와중에 누나 엉덩이를 까고 주사를 놓았단 얘기야?"

수연과 도검이 동시에 형준에게 외쳤다.

"오형준!"

"엉덩이 감상했냐는 것도 아니고 뭐 이렇게 민감한 반응을……."

수연과 도검이 한 번 더 노려보자 형준은 알겠다는 듯 양손을 들어 올리며 입을 다물었다.

"어쨌든 오빠는 나한테 빚졌어."

"그래, 그래. 피자나 마저 다 드세요."

도검이 거실로 나오자, 차 박사와 장서가 TV를 보면서 웃고 있었다. 도검은 소파 팔걸이에 걸터앉았다.

"박사님, 장서 아저씨한테 물드는 거 같아요. 멀리하는 게 좋겠어요. TV 보고 배시시 웃는 건 좀……."

"나도 멀리하고 싶은데 이 자식이 워낙 나를 따라서 말이야."

"주접 싸고 있네! 어릴 때 어떤 놈한테 맞고 오면 나한테 쪼

르르 달려와서 때려 달라고 일러바친 주제에."

"마! 몇십 년 전의 얘기를 아직까지 우려먹냐? 딱 한 번 그랬다, 딱 한 번!"

"딱 한 번 좋아하네. 기억나는 것만 세 번이구만."

"그래서, 때려 주셨어요?"

"때려 주다 뿐이야? 아주 반 죽여 버렸지. 그날 그 애 엄마가 우리 집에 찾아와서 난리를 치고 갔거든. 그날 아버지께 무진장 얻어맞았다."

"어릴 때부터 깡패 기질이 있었거든. 봐라, 싸가지나 말투나 40년 동안 변한 게 없는 인간이야. 철도 안 들어요."

"장서 아저씨 원래 그랬던 거군."

"원래 그랬던 거라는 게 무슨 뜻이야?"

도검은 대충 고개를 끄덕이며 대답했다.

"원래 터프하신 것 같다고요."

"아, 물론! 내가 좀 터프하지. 나는 모르겠는데 남들이 그러더라고. 터프가이의 스탠다드랄까."

"그게 터프냐? 더티지. 하여간 질 것 같으면 몽둥이고 연탄집게고 안 가리고 집어 들어서 때리던 놈이야. 무지막지한 놈이지. 덕분에 난 편하게 지냈지만 말이야."

"은인에 대한 자세가 안 돼 있고만. 그때 그 정배 놈한테 머리통이라도 깨졌어 봐. 네가 박사 학위 딸 수 있었을 것 같아? 지금까지 자전거 짐칸에 앉아서 침이나 질질 흘리고 있었을걸? 싸가지 없는 놈."

도검은 일어서며 입을 열었다.

"박사님께 여쭤 볼 게 있어요."

"음란 사이트 찾아 달라는 거면 오늘은 수연이 있어서 곤란해. 어떻게든 참아 봐."

"이건 다 늙어 가지고 왜 이렇게 밝히는지 모르겠어."

"원래 정보검색사는 그런 데서부터 출발하는 거야. 뭔가 동기부여가 될 수 있는……."

"'검색사' 좋아하네. 내가 보기엔 넌 그냥 '색사'야. 인터넷 색마."

도검은 TV 앞에 자리를 잡으며 물었다.

"박사님, 이인후라고 아세요?"

장서와 함께 웃고 있던 차 박사는 순간적으로 표정이 달라졌다. 장서 또한 도검의 말에 놀란 표정을 지어 보였다.

"누구?"

"이인후요."

장서와 차 박사는 서로 마주 보았다가 도검을 바라보았다.

"수연이하고 제가 다친 것도 그 친구 때문이죠."

"그 녀석이 너희들을?"

"그건 아니에요. 어쨌든 그 친구가 지금 차 박사님을 찾고 있어요. 신원이 확실하지도 않고 박사님과 어떤 관계인지도 몰라서 일단은 모르는 척했지만 좀 절박해 보였거든요."

팔짱을 끼고 침묵에 잠겼던 차 박사가 무겁게 입을 열었다.

"그 친구라면 확실히 기억하고 있지."

"무슨 일이 있었던 겁니까?"

장서가 차 박사의 난처한 표정을 보고는 먼저 입을 열었다.

"그 친구 첫 실험 때 담당 연구원이 돌팔이였어. 돌팔이를 꼭 아비처럼 따랐었거든. 그런데 10년이 지났으니 지금은 어떤 생각으로 찾는 건지 알 수가 없군. 실험이 성공적이지는 못했으니까. 악의를 가지고 찾고 있는 것일 수도 있고."

"그런 것 같지는 않았어요. 박사님만 찾으면 모든 게 해결된다고 생각하는 것 같았어요."

차 박사가 말했다.

"실험 전에 녀석이 하도 두려워하기에 언제든지 실험하기 전의 상태로 돌려놓을 수 있으니까 안심하라고 말해 줬지."

"혈청 연구였죠?"

"맞아. 그 친구 화학병기였어. 당시엔 꽤 성공적이어서 실전에 바로 투입됐었지. 인력이 넉넉한 편이 아니어서 사소한 부작용쯤은 무시하던 시절이었거든."

"실전 투입 요원이었다고요? 지금은 실험체 신세인 것 같던데요."

차 박사의 미간에 주름이 깊게 팼다. 장서도 사뭇 진지한 표정으로 차 박사에게 물었다.

"좋지 않군. 그 친구, 폐기 처분할 때가 가까워진 거지?"

"네? 폐기 처분이요?"

차 박사가 고개를 끄덕이며 대답했다.

"전투 경험이 많은 친구지. 10년이면 그렇게 될 법한 시간이군. 혈청은 부작용이 심해서 신체에 부담이 상당히 많이 가지. 정확히 말하면 신체 손상이지. 근육은 한계 이상의 힘을 써서 손상되고 적혈구 소비도 엄청나지. 피는 급속도로 산화되고 뼈와 연골은 강한 근육의 힘을 버티지 못하고 뒤틀리지. 그래서 항상 혈청과 적혈구를 투여해 주는데 투여량은 점차 증가하는 데 반해서 신체 성능은 점차 감소하는 거지. 한마디로 병기로서 효율성이 떨어지는 거지."

도검이 물었다.

"어떻게 하실 생각이세요?"

"만나야겠지. 그 전에 두 가지만 좀 더 확실히 한 다음에 만나는 게 좋겠다. 첫째로, 그 녀석이 기관의 미끼는 아닌가 하는 점. 도검이 네가 녀석의 주변을 돌아보면 될 게다. 문제는 두 번째인데……. 이제 다시 원상태로 돌려놓을 수 없다는 사실을 그 친구가 받아들일 수 있느냐는 문제야."

"언제든지 실험 전으로 돌릴 수 있다고 하셨잖아요?"

"그땐 그랬지. 피 세척만 하면 되니까. 그런데 지금은 폐기 처분 대상이 될 정도로 신체가 망가진 상태야. 원상 복귀는 사실상 불가능한 일이지."

도검은 잠시 생각에 잠겨 창밖을 바라보다 자리에서 일어섰다.

"그 친구, 도와주실 거죠?"

두 사람은 고개를 끄덕였다.

"잠깐 바람 좀 쐬고 오겠습니다."

장서와 차 박사는 밖으로 나가는 도검을 지그시 바라보았다. 차 박사는 이마를 주무르며 말했다.

"걱정이군. 미끼일 가능성이 높아 보여서."

"도검이 놈 못 봤어? 그런 거 전혀 상관 안 할 거야."

"난 데이터베이스나 뒤져 봐야겠다. 혈청에 관한 자료가 남아 있을라나 모르겠다."

"형준아!"

장서의 부름에 형준이 얼굴에 웃음을 채 지우지 못하고 방 밖으로 고개를 내밀었다.

"왜요?"

"얼굴이 왜 그렇게 벌게져 있는 거야? 어른이 있는 집 안에서는 숨 가쁘고 얼굴 벌게지는 그런 짓 막 하고 그러면 안 되는 거다."

"무슨 말씀 하시는 거예요?"

"됐고, 돌팔이 자료 찾는 것 좀 도와줘라."

"그러죠. 아저씨, 제가 문제 하나 낼게요. 달리기 경주에서 달팽이가 토끼를 이겼거든요? 어떻게 해서 이긴 줄 아세요?"

"엄청 빠른 달팽이였나 보네."

장서의 대답을 들은 형준의 표정이 놀란 듯 굳었다.

"아……."

"아?"

"원래는 토끼가 달리는 동안 달팽이는 토끼 꼬리부터 타고 올라가기 시작해서 코끝에 도착하니까 결승선에 달팽이가 먼저 닿아서 이긴 건데……. 아저씨 답이 더 좋은 거 같은데요? 누나! 이건 어때? 그 달팽이가 말이야……."

다시 방으로 들어가는 형준을 보며 장서는 고개를 가로저었다.

밤늦은 시간. 공원의 가로등은 관리가 제대로 안 되고 있는지 몇 개가 깨져 있었고, 그로 인해 공원 전체의 분위기는 음울했다. 벤치에 앉아 있는 한 남자를 여러 명의 사내들이 에워싸고 있었다.

"우리 어머니가 편찮으신데 내가 돈이 있어야지. 약값 좀 보태 줘."

사내 중 하나가 한껏 건들거리며 남자를 협박했지만 남자는 미동도 하지 않았다.

"이 새끼 봐라. 대답이 없네? 이 친구가 약값이 없다잖아, 약값이. 이런 매정한 새끼를 봤나."

조는 듯 앉아 있던 남자가 눈을 번쩍 떴다. 사내들은 주춤하며 뒤로 물러섰다. 정상인의 눈동자가 아니기 때문이었다. 그의 눈은 야행성 맹수의 그것처럼 보기만 해도 오싹할 정도로 녹색 빛의 안광을 내뿜었다. 눈동자는 고양이처럼 세로로 갈라져 있는 것처럼 보여 묘한 기운을 풍겼다.

"아, 진정해. 약값은 안 줘도 돼. 그 돈으로 눈이나 고치라고. 우린 가 볼 테니까. 오케이?"

사내들이 몇 걸음 물러나서는 뒤로 돌아 빠른 걸음으로 뛰다시피 걸으며 말했다.

"왜 도망가는 거야?"

"저 자식 눈 못 봤어? 이상한 놈들은 안 건드리는 게 좋은 거야, 자식아!"

"이상한 렌즈 좀 꼈다고 쫄면 앞으로는 렌즈 낀 고삐리도 피해 다녀야겠구먼!"

"저게 사람의 눈으로 보이냐? 느낌이 아주 안 좋으니까 뛰기나 해. 똥물 튀기 전에."

그때 그들의 뒤쪽으로 바람 소리가 나며 검은 그림자가 무서운 속도로 덮쳐 왔다. 그림자는 엄청난 속도로 그들 옆을 지나 순식간에 앞을 막아섰다.

"으악!"

사내들 앞엔 벤치에 앉아 있던 무서운 눈의 남자가 서 있었다. 그의 눈은 후드 셔츠의 그림자 속에서 밝게 빛을 내며 그들을 똑바로 주시했다.

"아까 우리 때문에 화난 것 같은데, 미안했습니다. 실수였어요. 아는 사람인 줄 알고 장난 좀 쳤는데 우리가 지나쳤네요."

그는 말을 하며 허리춤에서 등산용 칼의 손잡이를 꼭 쥐었다.

"사람을 잘못 볼 수도 있는 거 아니겠습니까? 안 그래요?"

그는 비굴한 표정으로 말을 걸었지만 남자는 여전히 미동도 하지 않고 탐색하듯이 그들을 바라보고만 있었다.

"그냥 없었던 일로 치고 쿨하게 갈 길 갑시다. 이래서 좋을 거 없잖아요."

칼을 쥔 채로 한 발짝 다가섰다. 남자는 거리에 민감하게 반응을 보였다. 낮게 으르렁거리는 소리가 들렸지만 사내들은 잘못 들은 걸로 착각했다.

"자, 자, 이러지 말고……."

남자의 눈빛이 작아지며 으르렁거리는 소리가 선명하게 들렸다. 무리들은 자신들의 귀를 의심했지만 등골이 오싹해지는 느낌까지 의심하지는 않았다.

"우리 이러지 말고……."

남자는 한 발자국 더 다가선 사내의 얼굴을 할퀴듯 돌려 쳤다. 가죽이 찢기는 소리와 함께 사내의 몸이 옆으로 처박혔다. 쓰러진 사내의 얼굴은 어두워서 잘 보이지 않았지만 그의 머리가 등 뒤로 돌아가 있는 것은 분명하게 보였다.

"으악!"

사내들은 앞뒤 가리지 않고 사방으로 도망쳤지만 남자는 더 빠른 속도로 이동하며 그들을 한 명씩 덮쳤다. 공원이 잠시 소란스러워졌지만 몇 번의 비명 소리를 끝으로 다시 잠잠해졌다.

주 팀장은 지나다 말고 명희의 어깨너머로 물었다.

"명희야, 요즘에 뭘 그렇게 열심히 보나?"

"준비하는 게 있거든요."

"그래? 자격증 준비하냐? 관세사?"

"아니에요."

"회계사?"

"그걸 제가 어떻게 따요."

"설마, 검사?"

"에이 말도 안 돼요."

"그럼 뭔데."

"마법사."

주 팀장은 들고 있던 서류철로 명희의 뒤통수를 때리고는 자신의 자리에 앉았다.

"너, 자살할 생각 없냐?"

"아직 보험 안 들어서요."

"빨리 들어. 내가 사고사로 위장해 줄 테니까."

"아 참, 어제 동부서에서 연락 왔었습니다. 살인 사건인데 요. 혹시 연관성이 있지 않을까 해서 연락했답니다."

"어떤 건데?"

"여기 팩스 있습니다. 공원에서 신원 불명의 남자 넷이 죽었 답니다. 오늘 새벽에 조깅하러 나온 부부가 발견했고요."

"어떤 상태로 발견됐는데?"

"피부가 벗겨져 나갔대요."

"더워서 벗은 거야?"

"산짐승의 습격을 받은 것처럼 온몸의 살점이 군데군데 떨어져 나갔대요. 우리랑 별로 연관성이 없는 것 같아서 자세히 물어보지는 않았습니다만."

"희한하구만. 공원에 산짐승이 출현했다라……."

"그리고 다른 서에 모두 연락해 봤는데, 흡혈 당한 시신은 아직 나타나지 않고 있답니다."

"일단 녀석이 살인을 중지했군. 병원 측은 어때? 혈액 도난 말이야."

"혈액 도난은 아직도 발생하는 모양입니다. 큰 병원, 작은 병원 가리지 않고 있어요."

"경계 강화를 했는데도 그렇단 말이야?"

"아직 적십자 측엔 직접적인 피해가 없는 모양입니다. 방향 좀 잡아 주시죠."

"일단 혈우병이라든지, 악성 혈액 질병을 앓고 있는 사람들을 조사해 보고, 암시장 매혈 루트도 알아봐. 특히, 암시장 매혈 루트를 철저히 파헤쳐. 필요하면 위장 근무할 준비도 하고 말이야."

"알겠습니다."

인후는 약속 장소에서 기다렸지만 도검은 30분이 지나도 모습을 나타내지 않았다. 머리의 상처가 욱신거리며 어지럼증이 점점 심해졌다.

"말하지 말고, 따라와."

중년의 남자가 인후의 곁을 지나며 스치듯이 말했다. 인후는 거리를 두고 자연스럽게 그의 뒤를 따랐다. 그가 지프에 올라타고 출발하자, 인후는 택시를 잡아타고 그를 따랐다. 지프는 한 건물의 지하 주차장으로 들어갔고, 인후는 내려서 안으로 걸어 들어갔다. 남자는 인후가 따라오는 것을 확인하고 비상계단 출입구로 들어갔다. 계단 출입구 옆에서 기다리던 남자가 탐지기를 들이대며 물었다.

"자네가 이인후인가?"

"예, 그렇습니다만……."

남자는 인후의 몸을 탐지기로 수색하고 은색의 패치를 꺼내 인후의 머리 뒤쪽에 여러 개를 겹쳐 붙였다.

"다른 곳은 없군. 옷 갈아입으시게."

인후가 옷을 갈아입고 '레드 아이'라고 인쇄된 조끼를 걸쳤다. 남자는 1층 옥외 주차장으로 올라가 주차되어 있는 작은 승합차에 올라탔다. 한눈에 봐도 피자 배달용 차량이란 걸 알 수 있었다. 두 사람이 올라타자마자 어려 보이는 또 다른 사람이 차를 출발시켰다.

중년의 남자가 뒤쪽을 힐끗거리며 말했다.

"조금만 나가면 안심할 수 있어."

"차 박사님이 보낸 분들인가요?"

"그런 셈이긴 한데 내가 그놈 쫄따구나 그런 건 아니니까 오해하면 곤란해. 형준아, 뒤따라오는 차 없냐?"

형준이 사이드미러를 통해 뒤를 확인하고 대답했다.

"아직은 없는 것 같네요."

"좋아, 일단 외곽으로 빠지자. 이봐, 인후. 나 기억 못 하겠어?"

"제가 뵈었던 분이던가요?"

"기관에서 차 박사와 늘 어울렸는데 모르겠어?"

"그러고 보니 성함이 주······."

"주장서."

"아, 맞습니다. 이제야 좀 안심이 되는군요. 불안했었는데."

인후는 그제야 시트에 몸을 기대앉으며 긴장을 풀었다.

"10년 만이지?"

"예, 할 얘기가 많은데. 특히 차 박사님께는······ 박사님 건강하시죠?"

"물론이지. 그 나이 처먹고 음란 사이트 다닐 정도면 살아 있는 거지."

그들의 뒤쪽에 또 다른 차가 따라붙으며 헤드라이트를 깜빡였다.

장서는 인후에게 엄지를 들어 보였다.

"이제 안심해도 되겠어. 다 처리한 모양이야."

"미행이 붙었다고요? 저한테요?"

"그렇게 둔해서 기관엔 어떻게 다닌 거야?"

인후도 뒤를 돌아보며 말했다.

"제가 요새 상태가 좀 많이 안 좋아서요. 저 친구는 솜씨가 좋은 모양이죠?"

"저놈이 누군지 모르는 거야? 만났다고 하지 않았나?"

"누군데요?"

"장도검."

인후는 놀란 얼굴로 다시 한 번 뒤를 돌아보았다. 하얀색 SUV가 묵묵히 따라오는 게 보였다.

"와, 내가 만난 사람이 바로 그 장도검이란 말이에요?"

"그래. 난 '장도검과 아이들'에서 아이들을 맡고 있는 주장서네, 빌어먹을. 사고는 같이 쳤는데 왜 저놈만 유명 인사 대접을 받는 건지 모르겠어."

"그럼 차 박사님하고 같이 움직이시는 건가요?"

"아쉽게도 그렇지. 그런데 무슨 땀을 그렇게 흘리나? 수혈할 때 된 거 아냐?"

"사실은 좀 지났습니다."

"지금 하도록 해."

"조금 더 참지요. 흉한 꼴 보이고 싶지가 않네요. 그런데 이거 머리에 계속 붙이고 있어야 하나요?"

"수술할 때까지는 참아."

"수술이요?"

"그럼 평생 머리에 칩 박은 채로 살 거야? 기관 놈들은 임무 보조 장치라고 가볍게 말하지만 사실은 트래킹 목적이 더 커. 전부 위험한 놈들이잖아. 어쨌든 차 박사가 안전하게 꺼내 줄 테니까 안심해."

"차 박사님이라면 언제든지 안심이지요."

"아, 이 친구야 빨리 수혈해! 보는 사람이 안쓰러워서 안 되겠어!"

"그럼⋯⋯."

인후는 장비를 꺼내 수혈 준비를 했다. 그런 모습을 안쓰럽게 지켜보며 장서가 입을 열었다.

"차 박사 말인데⋯⋯. 너무 기대하지는 말게. 차 박사도 인간이잖아. 내가 보기엔 자네 상태가 생각보다⋯⋯."

"걱정 마세요. 저도 그렇게 기대하진 않았습니다."

"도검이 말로는 차 박사만 만나면 모두 해결될 것처럼 믿고 있다고 그러던데."

인후는 팔뚝에 주삿바늘을 꽂으며 씁쓸하게 대답했다.

"그냥 희망이 갖고 싶었던 거예요. 사는 데 이유가 하나 정도는 있어야 하잖아요."

"⋯⋯."

그의 말에 장서는 더 이상 할 말이 없었다. 인후는 눈을 지그시 감으며 말을 이었다.

"지금은 혈액보다 혈청 의존도가 더 높아요. 몸속에 남아 있는 혈청을 전부 뽑아 내지 않는 한 이렇게 천천히 죽어 가겠죠."

"돌팔이, 아니 차 박사 말로는 혈청을 제거하는 것은 가능하다더군. 문제는, 자네가 견뎌 내느냐 하는 거라더군. 점차 혈액 의존도를 높여야 하는데 그동안 자네 근육이 버틸지도 의문이라더군. 최악의 경우엔 근육이 80대 노인처럼 쇠약해져서 움직이기도 힘들 수 있다는 거지. 그렇다고, 언제까지나 피를 훔쳐서 혈청 부작용을 땜질이나 하면서 살 수도 없는 노릇이고."

피를 거르고 있는 필터를 말없이 내려다보고 있는 인후의 어깨가 가볍게 떨려 왔다.

"돌팔이가 자네를 쉽게 만나지 못한 이유를 알겠나? 쉬운 문제가 아니니까. 하지만 일단 만나 보기로 결정한 건, 직접 얼굴을 마주하면 해결책이 나올 수도 있지 않을까 하는 기대지."

"도착했습니다!"

형준의 외침 소리에 인후는 차에서 내려 주위를 두리번거렸다.

"여기가 아지트인가요?"

장서는 그의 등을 툭 치며 말했다.

"보면 몰라? 피자 가게잖아. 아지트는 무슨 얼어 죽을……."

인후는 형준을 따라 안으로 들어섰다. 안에는 손님들이 두세 그룹 있었고 빨간 앞치마를 두른 여자 세 명이 각자 부지런히 움직이고 있었다. 매장 안으로 들어서던 형준이 깜짝 놀라며 말했다.

"어? 소영 씨!"

"오빠 왔어요?"

"여기 웬일이에요? 복장은 또 왜……."

빈 접시를 나르던 수연이 말했다.

"도와 달라고 연락했어. 나 혼자는 너무 모자라서. 그건 그렇고 약속 시간보다 한 시간이나 늦게 왔어!"

"길이 막히잖아. 소영 씨 빨리 앞치마 벗어요. 소영 씨를 고생시키다니……."

"아니에요. 한 일도 없는데요, 뭘."

"형준이 너, 너무 티 내는 거 아니야? 나도 똑같이 일했는데."

"그건 내가 알 바 아니고. 자, 어서 이리 주시고 뒤뜰에 앉아 계세요. 시원한 음료수 갖다 드릴게요."

"아, 정말 괜찮아요."

"어서 가 계세요."

수연이 한쪽 눈썹을 치켜뜨며 말했다.

"나도 목이 마르거든?"

"누나는 물 마셔. 주스 값 올랐어. 소영 씨 가시죠."

인후는 가게 입구에 멀뚱하니 서 있었다. 자신이 생각한 것과 너무나도 다른 광경이었기 때문이었다. 장서가 인후를 살짝 밀치며 안으로 들어섰다.

"왜 입구를 막고 서 있어? 손님들 못 들어오잖아. 왜, 뭐가 이상해?"

"아니요, 생각하던 거랑 조금 달라서요."

"자네가 뭘 생각했는지 알겠구먼. 창고 같은 곳에 얼굴에 상처 하나씩 달고 있는 놈들이 무기를 점검하면서, 자네를 심상찮은 눈빛으로 노려보고 있는 그런 거 생각한 거야?"

"……."

"자, 들어와. 일단 뭘 좀 먹자고. 수연아, 토마토피자 큰 걸로 하나 갖다 주겠니? 우리 신상품이야. 먹어 보고 의견 좀 얘기해 줘. 내가 3개월을 연구해서 탄생시킨 작품이거든."

수연은 의아한 눈빛으로 인후를 한동안 바라보다가 주방으로 사라졌다. 인후는 어정쩡한 자세로 의자에 불편하게 앉아 주위를 두리번거렸다. 이런 대중식당은 처음이었다. 지난 10년 동안 그는 절제된 기관식만을 먹어 왔고 밖에 나와서는 가게에서 파는 빵으로 끼니를 때웠다.

"좀 편하게 앉아. 내가 다 불편하잖아."

"차 박사님은 언제쯤……."

"차 박사 안 도망가. 지금 진료 시간이라서 바빠."

"진료 시간이요?"

"병원 하나 가지고 있어. 작은 외과."

"병원을요? 아니 어떻게……."

"정치라는 게 있는 한 편법은 언제나 있지. 정부 고위층에 우리 협조자가 몇몇 있어. 기관을 견제하는 세력이지. 우리도 약간은 비빌 언덕이 있으니까 이렇게 멀쩡하게 존재할 수 있는 거고."

"기관에선 여기 위치를 모르나요?"

"맘만 먹으면 10분이면 찾을걸. 하지만 요새는 신경 쓸 겨를이 없을 거야. 독자 노선이 기관 기본 방침인데 정치적으로 이리저리 개입을 하려는 놈들이 꽤 많은가 보더군. 그만큼 입지가 좁아진 거지. 요새 실적 챙기느라 해외 정치적 이슈가 있는 것만 찾아서 개입하고 있다더군."

"국방부가 기관의 예산을 일방적으로 줄였다는 얘기도 있었습니다. 대통령도 은근히 국방부 장관 손을 들어 줬다고 하고. 그것 때문에 기관장이 꽤 예민해져 있다고 들었습니다."

"기관이 쇠퇴기라는 건 부인할 수 없어. 50년 해 먹었으면 바뀔 때도 됐지. 안 그래?"

군인들이 수풀 속에서 몸을 숨긴 채 주변 기척에 귀를 기울였다. 군복은 육군과 비슷했지만 그들이 들고 있는 무기는 제 각각이었다. 그중에 한 명이 이어셋을 통해 말했다.

"당소 벌3팀. 타깃 발견. 좌표 가, 133. 접근 중."

역시 이어셋을 통해 다른 군인의 목소리가 들렸다.

"대기. 신2팀, 벌3팀 지원하라. 좌표 가, 133."

"수신."

벌3팀 리더는 다른 두 명의 팀원과 함께 한곳을 응시하며 조용히 움직였다. 그들 모두 고글을 눌러쓰고 있어 언뜻 보면 누가 누군지 알 수가 없었다.

"니미, 왜 하필이면 우리 앞에 나타나는 거냐고."

"저걸 생포하라는 게 미친놈이지. 제정신으로는 그런 명령을 내릴 수가 없다고."

그들의 이어셋을 통해 갑자기 말소리가 들렸다.

"둥지. 기소 측 응답."

"깜짝 놀랐네. 벌3팀. 송신."

"현재 좌표 보고하라. 신2팀, 지원 준비 완료."

"좌표 전과 동. 움직이지 않고 있다."

"신2팀, 시작하라."

벌3팀의 뒤로 군용 헬리콥터 한 대가 요란한 소리와 바람을 일으키며 나타났다. 그들이 지켜보고 있던 목표물은 그 소리에 놀라 빛나는 녹색 눈을 크게 한번 깜빡이고는 반대편 숲을 헤치며 달리기 시작했다.

"도주한다! 좌표 가나, 135! 빠르다! 추격하겠다!"

"간격 유지! 간격 유지!"

헬리콥터도 맹렬히 목표물을 뒤쫓았다. 곧 이어 '쉬익' 소리와 함께 철로 만든 그물이 넓게 퍼지며 목표물을 덮쳤다.

"포획 성공. 지상 확인 요청."

"벌3팀 확인. 개화1팀, 화룡3팀. 지원하라. 좌표 가나, 136."

벌3팀은 빠른 속도로 숲을 헤치고 달리다가 그물이 퍼져 있는 곳에 이르자 소리를 죽였다. 목표물 쪽으로 총을 겨누고 천천히 접근했다. 공중에 떠 있는 헬리콥터가 그물에 라이트를 밝게 비추고 있었지만 언뜻 보기엔 아무것도 없는 것처럼 보였다. 그들은 조금 더 가까이 접근했다. 가장 앞에서 살피던 군인이 다급하게 외쳤다.

"없다! 아무것도 없다!"

"벌3팀, 목표물을 놓쳤다! 다시 말한다. 목표물 놓쳤다! 우리가 위험해!"

"신속히 철수하라. 신2팀은 벌3팀 지원하라. 경우에 따라선

사살해도 좋다.”

“수신.”

헬리콥터는 벌3팀이 움직이는 곳의 주변을 탐색했으나 아무것도 발견할 수가 없었다.

잔뜩 긴장한 얼굴로 주변을 둘러보는 군인들이 중얼거렸다.

“멍청한 공중팀 새끼들, 잡은 거 좋아하네. 우리만 피똥 싸게 생겼잖아.”

그때 벌3팀 앞으로 녹색의 불빛이 스쳐 지나는 것이 보였다. 맨 앞에 선 군인은 반사적으로 발포했다. 소음기를 단 소총이었기에 총알이 숲 속을 지나는 바람 소리만 들렸다.

“퍼져. 놈의 눈이 보이면, 무차별 가격해. 이동은 축차식, 간격은 10미터.”

군인들은 일사분란하게 움직였다. 잘 훈련받고 전투 경험이 많은 베테랑들의 솜씨로 보였다.

헬리콥터를 조종하던 신2팀은 지상에서 움직이는 벌3팀의 앞쪽을 탐조등으로 구석구석 비추었다. 순간, 강한 녹색 빛이 시야에 잡혔다. 신2팀은 헬리콥터를 앞으로 빠르게 몰며 말했다.

“내가 잡겠다.”

“중단, 중단!”

상황실의 지시하는 목소리가 이어셋을 통해 다급하게 들려왔지만 헬리콥터의 기관총은 불을 뿜기 시작했다. 수도 없이 날아간 총알은 그 근처를 초토화시켰다. 헬리콥터는 약간 위쪽에서 녹색 빛을 발견하고 다시 발포했다.

"중단해, 개새끼야! 우리 모두 죽일 셈이야!"

벌3팀의 욕설이 들렸지만 무시했다.

"땅개 새끼들 엄살은 알아줘야 한다니까."

헬리콥터는 불을 뿜으며 발포를 계속했고 목표물은 무서운 속도로 숲을 헤치고 도망갔다.

지상 수색을 하던 벌3팀의 군인 한 명이 허벅지 아래로 끊어진 다리를 붙잡고 주저앉아 있었다. 다른 두 명의 동료가 그에게 달려왔다.

"뭐야, 탄에 맞은 거야? 저 개새끼가!"

리더가 핏발 선 눈으로 헬리콥터를 노려보았다. 다른 팀원은 허리춤에서 의료 키트를 꺼내 치료를 시작했다. 리더는 성이 안 차는지 이어셋에 욕지거리를 했다.

"야, 이 개새끼들아! 목표물 구분도 못해서 아군을 병신을 만들어!"

"벌3팀, 상황 보고하라."

"상황이나마나 이 개새끼들아! 상황실이면 지령을 똑바로 내려야 할 거 아냐, 등신 같은 새끼들아! 우리 애들 다리가 날아갔잖아!"

"진정하고 상황 보고하라."

"신2팀 눈깔 병신이 내 팀원 다리를 끊어 놨다고, 알아듣겠어?"

"화룡팀이 먼저 도착할 예정이다. 지원받도록."

"지랄하고 있네, 이 쌍노무 새끼들!"

저 멀리 앞쪽에서 비명 소리가 들려왔고 이어서 기관총 소리가 산을 울렸다. 폭음 소리와 함께 헬리콥터가 검은 연기를 뿌리기 시작했다. 중심을 잃고 맴돌던 헬리콥터가 벌3팀이 있는 곳으로 곧장 날아왔다.

"아주 지랄을 하는구나!"

벌3팀은 부상당한 팀원을 들쳐 메고 옆으로 달리기 시작했다. 이어셋을 통해 총소리와 함께 여러 가지 폭음과 비명이 동시에 들려 정신이 하나도 없었다.

"무슨 일이야! 상황 보고하라! 화롱, 개화, 응답해!"

상황실의 독촉에도 비명 소리 외에 제대로 말소리를 내는 자는 한 명도 없었다. 헬리콥터는 그들의 위를 아슬아슬하게 스쳐 지나며 산 뒤쪽으로 넘어갔다. 폭음과 함께 불꽃이 산 너머로 보였다. 벌3팀의 리더는 몸을 숙였다가 팀원에게 명령을 내렸다.

"철수해. 바로 후송 보내고."

"넌 어쩌려고?"

"월급 날리기 싫으면 현장 확인해야지."

리더는 비명이 들리는 현장 쪽으로 방향을 틀어 달리기 시작했다. 상황실의 지령이 내려왔다.

"벌3팀, 현장 확인 바란다."

리더는 달리면서 대답했다.

"왜, 응답 없어?"

상황실 담당자는 딱딱한 목소리를 풀고 대답했다.

"바이탈 사인도 없어."

전멸했다는 얘기다.

"알았다."

리더가 현장에 도착했을 때는 이미 상황이 종료된 이후였다. 화룡팀으로 보이는 사내들의 시체가 여기저기 즐비하게 널려 있었다. 그때 어디선가 총알이 날아와 그의 팔을 스치고 지났다. 리더는 반사적으로 몸을 낮추어 총알이 날아온 방향으로 응사했다. 녹색 불빛 두 개가 수풀 사이에서 반짝였다가 이내 사라졌다. 리더는 숨을 죽이며 작은 소리로 말했다.

"타깃이 무기를 다룬다."

상황실 담당자 목소리가 들렸다.

"뭐?"

"저 짐승 새끼가 총을 쏘고 있다고."

"확실해?"

"지금 내 어깨에 구멍이 뚫렸다고."

수풀에서부터 또다시 총알이 날아왔다. 그때 그의 뒤쪽에서 누군가 응사했다. 리더의 뒤쪽으로 다섯 명의 군인이 총을 쏘며 접근해 왔다. 개화팀이었다. 개화팀 리더가 다가와 말했다.

"지금 내가 잘못 본 건 아니겠지?"

"맞아, 놈이 총을 쏜다."

"브리핑하고는 다르잖아."

"펜대만 굴리는 새끼들이 그렇지, 뭐."

상황실 담당자 목소리가 들렸다.

"두 사람 얘기하는 거 다 들려."

개화팀 리더가 대신 대답했다.

"들으라고 한 얘기야, 멍청아. 일단 철수하라는 지시다."

개화팀 군인 중 한 명이 입을 열었다.

"겨우 한 놈인데 끝장내고 가죠. 그래야 돈을 더……."

"왜, 저승에서 초코파이라도 사 먹게? 싸구려 용병 티 내지 마라. 안달 안 해도 죽을 기회는 얼마든지 있으니까."

벌3팀 리더가 물었다.

"저놈에 대해서 알고 있어?"

"그래, 쭉 추격해 왔지. 추격 전담팀이었거든."

"해체된 팀?"

"해체? 뭐 그렇지. 여덟 명 중에 다 죽고 한 명 남았으니 팀이 될 수가 없잖아."

벌3팀 리더는 놀란 눈으로 수풀 쪽을 바라보고는 개화팀 리더를 바라보았다. 개화팀 리더가 말을 이었다.

"아무래도 시내에 뭔가가 있는 모양이야. 저기를 중심으로 주변 산을 계속 배회하고 있어. 놈은 짐승에 가까워. 그래서 도시보다는 산을 더 좋아하지. 습성도 점점 야수처럼 되고 있고. 무기를 다룬다는 것만 빼고는 말이지. 어쨌든 저 도시에 뭔가가 있는 것만은 확실해. 그렇지 않고서야 이런 압박을 받고도 이 근처에서만 놀고 있을 이유가 없어. 여태까지 이런 적도 없었고."

벌3팀 리더는 팔을 붙잡고 일어서며 말했다.

"일단 철수하자. 퇴로만 안 막았으면 좋겠는데."

그때, 주변을 경계하던 팀원 한 명이 힘없이 쓰러졌다. 그리고 나무 위에서 무엇인가 그들 한가운데로 뛰어내렸다. 뛰어내린 괴한은 녹색의 눈을 번쩍이며 당황한 군인들을 무차별로 공격했다. 그들은 발작처럼 총을 쏴 댔지만 괴한은 괴수처럼 날뛰며 그들을 공격했다. 얼마 지나지 않아 주변 숲이 피로 물들었다.

도검은 매장 뒤뜰에 앉아 신문을 보다가 인후가 들어서자 신문을 덮었다. 인후는 불편한 듯 붕대를 감은 머리를 만지며 맞은편에 앉았다. 도검은 그의 머리를 보며 물었다.

"괜찮나?"

"머리가 한결 가벼워진 기분이야. 머릿속에 저런 것이 들어 있었다니."

"한동안은 약간 뻐근할 거야. 목 부위에 감각도 없을 거고."

"당신도?"

도검은 머리를 돌려 흉터를 보여 주었다. 그곳이 움푹 들어간 것 말고는 상처가 거의 없어져 희미했다.

"차 박사님이 해 주셨나?"

"물론. 움푹 들어간 곳에 실리콘이라도 넣어 달랬는데 안 해 주시네. 음료수 한잔?"

"난 콜라."

"항상 몸에 나쁜 건 입에 잘 붙지. 잠깐 기다려."

인후는 웃어 보이고는 신문을 펼쳐 들었다. 많은 기사들 중에 유독 그의 시선을 끄는 기사가 눈에 들어왔다. 공원에서 네명의 사내들이 잔혹하게 찢겨져 죽어 있는 것을 새벽에 조깅하던 부부가 발견했다는 내용이었다.

— 시체는 형체를 알아볼 수 없을 정도로 훼손되어 있었다. 마치 산짐승에게 당한 것처럼…….

인후는 그 문장을 보는 순간 온몸이 굳어졌다. 도검이 콜라를 테이블 위에 내려놓았다. 인후의 시선이 고정되어 있는 신문의 기사를 보다 도검의 표정도 굳었다.

"이봐. 미안한데 잠깐만."

도검은 신문을 집어 들고는 매장으로 들어갔다. 수연과 형준이 한가롭게 얘기하고 있었고 장서는 카운터에 앉아 신문을 보고 있었다. 도검은 다짜고짜 형준을 일으켜 세우고는 그의 몸 상태를 확인했다.

"옷 벗어 봐."

"뭐?"

"옷 벗어 보라고."

"지금? 여기서?"

도검은 형준을 주방으로 끌고 가 웃옷을 강제로 벗겼다.

"아, 왜 이래 진짜!"

도검은 형준의 몸을 한 바퀴 돌려 보고는 옷을 다시 던져 주었다.

"왜 이래?"

도검은 말없이 장서에게 다가갔다. 도검이 하는 것을 보던 장서의 표정도 사뭇 진지하게 굳어져 있었다.

"아저씨. 기사 봤어요?"

도검은 투덜대며 옷을 입고 있는 형준을 보고는 장서의 신문에서 손가락으로 기사를 가리켰다. 장서는 이미 알고 있다는 듯 고개를 끄덕였다.

"너도 봤구나."

수연이 궁금해하며 다가왔다.

"무슨 일이야, 오빠?"

장서는 도검을 끌고 매장 밖으로 나갔다. 남은 수연이 당황한 표정으로 중얼거렸다.

"뭐, 뭐야. 지금 나 따돌림 당하는 거야?"

"난 갑자기 봉변까지 당했다고. 도대체 무슨 일인 거야? 표정을 보아하니 장난 같지는 않은데."

장서는 매장 안에 있는 형준의 눈치를 보고는 담배를 꺼내 물었다.

"공원에서 찢겨 죽은 시체들 설마 형준이가 한 건 아니겠죠?"

"안 그래도 돌팔이한테 물어볼 생각이었다. 그 기사 보고 가슴이 철렁했지."

"형준이가 그랬을까요?"

"그럴 리가 없다고는 생각하지만 확신할 순 없어."

"객관적으로 생각해 보자고요."

"공원에 곰이 사는 것도 아니고 냉정하게 보면 형준이일 가능성이 제일 높잖아. 지리상으로도 가깝고 또, 변하면 자기가 무슨 짓을 하는지 전혀 기억이 없으니까."

"……."

"만약 그게 형준이라면……."

장서의 눈이 가늘어지며 기관원 시절의 냉정한 표정이 언뜻 떠오르는 것을 도검은 놓치지 않았다.

"최악의 상황도 생각해야겠지. 감당할 수 없다면 정리도 해야 할 거고."

장서가 흔들림 없는 눈빛으로 도검을 보았다.

"그 최악의 경우가 사실이라면…… 아저씨는 정리할 수 있어요?"

장서가 예의 그 너털웃음을 보이며 대답했다.

"나? 못하는 거 알잖아. 난 못해. 죽어도 못하지."

웃어 보이는 장서의 눈빛은 왠지 슬퍼 보였다. 10여 년 전, 그때 그 표정이었다. 장서의 평생 짐이 되어 버린 그 순간의 표정. 도검도 마음이 무거워졌다.

"일단 돌팔이랑 상의해 봐야겠다."

"같이 가시죠."

"에이, 님들! 나만 빼고 무슨 계획을 짜고 계시는 거예요?"

언제 나왔는지 형준과 수연이 실실 웃으며 그들의 뒤에 서 있었다. 장서는 당황하며 큰 소리로 물었다.

"어, 언제부터 있었어!"

"방금이요. 왜 그러세요?"

"인기척 좀 내고 다녀! 어른을 놀래면 돼?"

장서가 굳은 표정으로 화난 듯이 매장 안으로 들어가 버리자, 수연과 형준은 어리둥절한 표정이 되었다. 장서가 진짜 화내는 모습은 그게 처음이었다.

"무, 무슨 일 있으신 거야?"

도검은 형준의 어깨를 툭 치고는 장서를 따라 들어갔다. 형준과 수연은 무안함에 한동안 움직일 줄을 몰랐다.

"누나, 우리가 그렇게 잘못한 건가?"

"아저씨가 화내시는 걸 보면 그런 것 같기도 하고……."

"아무래도 이상해. 따라가 봐야겠군."

"그러다 혼나면 어쩌려고?"

"안 걸리면 되지."

장서와 도검은 차 박사의 방으로 들어섰다. 모니터를 들여다보고 있던 차 박사가 웃으며 맞았다.

"인후 보고 오는 길이야? 어때?"

"깨어났어. 벌써 멀쩡하니 돌아다니더군."

"당연하지. 누가 했는데!"

차 박사의 썰렁한 농담에도 장서와 도검은 웃지 않고 멍하니 서 있었다.

"무슨 일이야? 인후 일이야?"

"형준이 문제예요, 박사님."

차 박사는 여전히 웃는 얼굴로 말했다.

"너무 심각한 거 아니야? 누굴 죽이기라도 한 것처럼 왜 이래?"

두 사람의 표정에 변화가 없자 차 박사도 표정이 굳었다.

"오, 이런……."

도검이 신문 기사를 차 박사에게 펼쳐 보였다. 신문을 읽던 차 박사의 표정도 점차 심각해졌다.

"이걸 형준이 짓이라고 생각하는 거야?"

"돌팔이 네 생각 들으려고 온 거다. 네 눈엔 어떻게 보여?"

"……."

"박사님, 형준이 마인드 컨트롤 트레이닝은 잘되고 있는 건가요?"

"아드레날린을 소량 투입해서 변화 조건을 만들어 주면 서서히 변화가 시작되는데, 그걸 이성으로 버티는 거지. 형준이 표현으로는 뇌를 붙잡고 늘어지는 거야. 가위눌려 봤나? 가위를 벗어나는 것보다 수백 배는 더 집중을 해야 할걸. 아주 잘해 나가고 있어. 보기보다 정신력이 강해. 예상보다 진도를 훨씬 많이 나갔지. 지금은 어느 정도 피아彼我를 인지할 정도는 됐어. 도검이나 장서, 그리고 나와 수연이 정도는 식별할 수 있지. 이젠 진정제도 스스로 사용할 수 있을 것 같다고 하더라고."

"형준이 녀석이 그렇게 힘들게 트레이닝을 하고 있는 줄은 몰랐어요."

"그래, 그러니까 이 신문에 난 일이 형준이 일이 아니긴 빌자고."

"몸속에 괴물을 너무 억압하게 되면 그게 갑자기 뛰쳐나올 수도 있는 건가?"

"말했다시피 모든 가능성은 있어. 가성성의 정도 문제지. 형준이의 변이는 잠드는 것처럼 자신이 느끼지도 못하는 순간에 변해 버리니까."

"형준이는 징조가 보일 땐 감정을 억누른다는데, 그럼 뭔가 느끼는 거 아닌가요?"

"형준이 의식을 이성이 맡고 있었다는 얘기지. 그 순간에 형준이가 집중하지 않으면 변하는 거고."

"그럼, 자네가 보기엔 이것이 형준이 짓이라는 건가?"

"난 가능성을 말하는 거야. 지역으로 보나 시체의 훼손 상태로 보나 형준이가 용의자 1순위라는 걸 부정할 순 없겠군. 어디까지나 가능성에 대한……."

"가능성, 가능성! 누가 가방끈 아니랄까 봐! 그 가능성 소리 좀 안 할 수 없어? 도대체 형준이라는 말이야, 아니야!"

"진정해. 형준이일 수도, 아닐 수도 있는 거라고. 이런 문제일수록 냉정하게 생각해. 네 버럭하는 그 성질은 하나도 도움이 안 되니까."

"내가 지금 진정하게 됐어!"

도검이 장서의 어깨를 잡으며 말했다.

"박사님 말씀이 옳다는 거 아시잖아요. 진정하세요."

"에이, 쯧!"

도검은 차 박사에게 차분한 목소리로 물었다.

"박사님, 최악의 경우에, 그러니까, 만약에 이게 형준이가 저지른 일이라면……."

"막아야지. 원천적으로."

차 박사는 평소의 톤 그대로 말했지만 도검은 그의 말속에서 냉기를 느끼고 흠칫했다. 냉정하고 차가움. 장서와 가장 큰 차이이면서도 믿음이 가는 부분이었다. 장서는 더 화난 얼굴로 차 박사에게 달려들듯 소리쳤다.

"원천적으로 막아? 그게 무슨 뜻이야! 죽이기라도 하자는 거야? 식구한테 할 소리야, 이 개자식아!"

"아저씨, 진정하세요."

"너도 들었잖아! 이 돌팔이 새끼는 피도 눈물도 없는 놈이라니까!"

차 박사는 안경을 벗고 미간을 주무르며 말했다.

"하고 싶은 말과 해야 하는 말은 다르다. 내가 지금 하고 싶은 말을 하는 것 같아? 전체적으로 봤을 때, 그게 최선책이야."

장서는 소리 지를 기세로 휙 돌아섰지만 망설이다 중얼거렸다.

"돌팔이 넌, 어떤 때는 정말 재수 없어. 정말로."

도검은 물었다.

"다른 방법은 없나요?"

"기관에 보내는 방법이 두 번째 방법이지. 그것도 차선책으로 인정할 수 있다면."

"도검아, 저 미친놈이 뭔 말을 하는 거냐? 내 귀가 지금 미친 개새끼가 짖는 소리를 들은 것 같은데."

차 박사도 일어서 장서에게 다가서며 말했다.

"대안도 없으면서 끊임없이 화만 내는 소리는 소새끼 소리냐?"

"뭐 자식아?"

도검이 가운데 끼어들어 말렸다.

"어허, 어허! 아저씨들 좀 진정하시죠. 차 박사님까지 왜 이러세요."

차 박사는 장서를 노려보다 깊은 숨을 한번 쉬고는 말했다.

"지금 내가 한 얘기들은 여러 가능성 중에 하나만 얘기한 거야. 우린 모두 원하는 건 같으니까, 하나에만 집중하자."

장서가 말을 받았다.

"형준이 짓이 아니라는 증거를 찾으면 되잖아. 안 그래?"

차 박사도 고개를 끄덕이며 말했다.

"그래, 형준이의 지금 상태에서는 급작스러운 폭주는 예상할 수 없어. 다만 그 가능성을 간과하고 대비하지 않아서는 안 된다는 거지. 우리가 발견하지 못한 나노 금속의 부작용일 수도 있으니까."

세 사람 모두 소파에 앉았다. 각자의 생각에 잠겨 방 안이 조용해졌다. 장서는 이마를 습관적으로 문지르고 있었고 차 박사는 무엇을 생각하는지 안경테를 만지작거리고 있었다. 소파 등받이에 머리를 기대고 천장을 멍하니 보던 도검이 일어서며 말했다.

"우리가 너무 오버하는 것일 수도 있잖아요? 아저씨 말대로 증거만 찾으면 되니까 거기에 먼저 포커스를 맞춰 보죠."

도검이 나가려고 진료실의 문을 열었을 때 그의 심장이 멎는 줄 알았다. 문 앞에 형준이 침통한 표정으로 서 있었기 때문이었다.

"형준아."

도검의 말에 놀란 얼굴로 차 박사와 장서가 자리에서 일어났다. 형준은 한동안 말없이 바닥을 내려다보고 있었다.

"왔으면 들어올 것이지. 왜 여기 서 있어? 깜짝 놀랐잖아."

하지만 형준은 여전히 어두운 얼굴로 말했다.

"제가 예전부터 방음 공사하자고 말씀드렸었잖아요. 옆방 환자 트림 소리까지 다 들린다고."

"형준아, 네가 뭘 들었든……."

차 박사는 형준에게 해명을 하려는 도검의 팔을 잡아 비켜서게 했다.

"어디서부터 들었니?"

"처음부터 끝까지요."

차 박사는 고개를 끄덕이며 말했다.

"일단 내일 정밀 검사를 다시 했으면 해. 모든 걸 자세하게 검사해 보고, 그때 결과를 보고 다시 한 번 가능성을 따져 보자."

"전, 어떻게 해야 하죠?"

"당장은 검사 받는 거 말고는 없어. 평소대로 지내면 된다.

농담하면서, 웃으면서⋯⋯."

형준은 눈에 눈물이 고였다.

"제가 갑자기 폭주해서 박사님이나 아저씨, 그리고 형, 누나에게 덤벼들면 어쩌죠?"

"그럴 가능성은 거의 없다고 봐야⋯⋯."

"제 손으로 여러분을 해치면 어떻게 하냐고요!"

형준이 울부짖으며 고함을 질렀다. 거기 있는 모두가 어떤 말도 할 수가 없었다. 한동안 모두들 그렇게 있었다. 형준은 점차 진정이 되는지 눈물을 훔치고는 애써 웃어 보였다.

"제가 괜한 소리를 했네요. 모두 그렇게 되지 않도록 막아주실 텐데요. 그렇죠?"

도검은 형준의 어깨를 힘주어 다독였다.

"나만 믿어."

"쳇. 변신 형준한테 상대도 안 되면서."

"내가 봐주는 거야, 자식아."

"박사님, 내일 언제쯤 하실 거죠?"

"아침 일찍. 저녁 9시부터 먹으면 안 되는 거 알지?"

고개를 끄덕이고 돌아 나가는 형준을 세 사람이 걱정스러운 듯 지켜보았다.

주 팀장과 명희는 꽃집 앞에 차를 세워 놓고 나란히 앉아 있었다. 명희는 신문을 대충 훑어보며 말했다.

"며칠 전엔 공원에서 사람이 절단 나더니 이번엔 산불이네요. 세상이 어떻게 되려고, 쯧!"

"그 신문 2초 내로 안 접으면 험한 꼴 당한다에 혈당 체크기를 걸지."

"상대방도 관심 있는 걸 걸어야 내기가 성립되는 거 아녜요?"

"내기가 아니라 경고야. 1초, 2초!"

주 팀장은 신문을 빼앗아 갈기갈기 찢어 뒷좌석에 집어 던졌다.

"너 나한테 혈당 체크기 빚졌다."

"이게 험한 꼴이라고요? 신문 좀 빼앗긴 게?"

"신문 입장을 생각해 봐, 자식아. 느닷없이 온몸이 갈가리 찢겨서 더러운 차에 유기됐는데 그게 좋은 꼴이냐? 자꾸 딴짓거리하면 네놈도 신문 꼴 날 줄 알아."

"와우."

"이젠 감탄사도 아메리칸 스타일로 하시는 거예요? 지랄을 해요. 그 브로커인지 뭔지 그놈이 오늘 여기 안 나타나면 아메리칸 스타일로 비명 지르게 될 줄 알아. 알겠어? 벌써 네 시간째 썩은 차에서 몸도 같이 썩고 있다고."

"남아 있는 매혈 시장 전문 브로커도 얼마 없으니까 좀 느긋해지세요. 이리로 오게 되어 있다니까. 그것보다 이것 좀 보세요."

명희는 다 찢어진 신문 조각을 찾아서 주 팀장에게 보였다.

"시내에 있는 야산에서 불이 난 게 의심스럽지 않냐고요."

"겨울에 제일 잘나가는 표어가 자나 깨나 불조심이잖아."

"산불 난 날에 폭발 신고가 들어온 건 아세요?"

주 팀장은 고개를 끄덕이며 말했다.

"폭발만 다섯 건이 신고 됐지."

"다 알면서 모른 척하시기는. 혈액 도난에 공원 시체, 그리고 산불. 뭔가 연결된 느낌 같은 거 안 들어요?"

"전혀. 그냥 우연이야."

주 팀장은 신문 조각을 빼앗아 더 잘게 찢어 창밖으로 버리며 물었다.

"네가 무슨 생각을 하는지 알고 싶지도 않지만 그냥 우연이야."

"제 눈엔 다 연결되어 보인다고요."

"대체 어디가 연결이 된다는 거야? 훔친 피를 공원에서 처마시다가 동네 양아치들이 놀리니까 죽여 버리고, 산에 가서 화풀이로 불 질렀다는 스토리냐?"

명희는 놀랍다는 듯 박수를 쳤다.

"오호라, 그런 시나리오도 그럴듯한데요?"

주 팀장은 명희의 머리를 후려쳤다. 명희는 머리를 문지르며 품속에서 인쇄물 한 장을 꺼내 보이며 말했다.

"국제 범죄 조직들에게 사랑받는 4대 아이템이 마약, 매춘, 무기, 인체 조직이에요. 혈액 때문에 조직끼리 전쟁 붙은 것일 수도 있잖아요."

주 팀장은 인쇄물을 보지도 않고 갈가리 찢어 창밖으로 버리고는 말했다.

"분명히 해 두는데 그 야산엔 너도 나도 절대 갈 일 없을 거야. 그러니까 우리 사건에 그놈의 야산을 억지로 끼워 넣지 말라고."

주머니에서 뭔가를 또 꺼내는 명희를 보며 주 팀장이 중얼거렸다.

"그 빌어먹을 옷 속에 40년산 양주는 없냐?"

명희는 탄피를 하나 꺼내 보였다.

"이것도 찢을 수 있으면 찢어 보시죠."

주 팀장은 탄피를 받아 자세히 살폈다.

"어디서 난 거야?"

"최근에 혈액 도난당한 병원 앞에서요. 조직 간 전쟁이란 제 가설을 받쳐 주는 증거물이죠."

잠시 생각에 잠긴 주 팀장이 말했다.

"만약 그냥 산불이면 어떻게 할래?"

"총싸움 일어났다에 에스프레소머신 걸죠."

"갖고 싶은 건 돈 주고 사라고, 추잡한 인간아."

"아니, 그럼 혈당 체크기는……."

주 팀장은 밖에 시선을 고정한 채 몸을 낮추며 말했다.

"왔다, 왔다. 야, 저놈 인상 진짜 더러운데?"

"다른 사람도 아니고 팀장님이 인상 얘기하면 곤란하죠."

"이 싸가지 없는 자식이……."

"부인은 못하시네."

주 팀장은 명희의 머리를 때리고는 다시 창밖을 주시했다.

"아저씨!"

도검은 장서가 자고 있는 방의 문을 부술 듯 열어젖히며 뛰어 들어왔다. 장서는 졸린 눈을 비비며 시계를 봤다.

"새벽부터 왜 난리야?"

"형준이가 없어졌어요!"

도검의 말에 장서는 잠이 확 깼다. 형준의 방은 말끔히 정리된 채 비어 있었다. 정리된 침대가 더욱 불안하게 만들었다.

"맘먹고 나간 것 같아요."

"돌팔이 깨워라."

도검은 장서에게 종이를 한 장 건네고는 방 밖으로 나갔다. 형준이 남긴 편지였다. 차 박사가 뛰어 들어왔다.

"형준이가 없어졌다고?"

"못난 녀석……."

장서는 형준의 편지를 차 박사에게 건네주고는 거실 소파에 앉았다. 차 박사는 심각한 표정으로 장서 곁에 앉았다.

집에서 함께 묵고 있던 인후도 머리에 붕대를 감은 모습으로 나타났다. 그는 말없이 분위기를 파악하는 중이었다.

"돌팔이 너 때문이야."

"……."

장서는 편지를 한 번 더 보고는 다시 던져 놓으며 말을 이었다.

"무슨 수로 자기가 범인을 잡아? 범인이 있다면 사람을 그렇게 찢어 죽일 정도로 흉악한 놈일 텐데."

분위기만으로 상황을 파악한 인후가 말했다.

"공원 사건의 범인이라면 제가 짐작하는 놈이 있습니다."

인후의 갑작스러운 말에 차 박사와 장서는 놀란 얼굴로 동시에 인후를 보았다.

"아마도 그놈일 겁니다."

"그놈이 누군데?"

언제 왔는지 도검도 인후 곁에 서서 그의 말에 귀를 기울이고 있었다.

"자운이라고, 현역 시절 때 제거 대상이었습니다. 각국의 블랙리스트에 오를 정도로 암살로 유명한 놈이었죠. 제 손에 거의 죽은 상태였고요."

그 말을 듣고 세 사람은 거의 동시에 고개를 끄덕였다. 다음 이야기는 듣지 않아도 뻔했기 때문이다.

"기관에서 실험체로 썼군. 그런 건 확실히 기관 놈들 전문분야지."

인후는 고개를 끄덕이며 말했다.

"문제는 'R-타입'을 실험했다는 겁니다."

R-타입 약물이라면 거의 20년 전부터 기관에서 엄청난 이

슈가 되었던 약물이었다. 화학 혈청 개량종으로 신체 기능을 대부분 활성화시켜, 과다 출혈로 죽은 자는 80퍼센트 이상 살린다는 기적의 약물이었다. 그러나 뇌 부분까지는 그 기능을 완전하게 복구하지 못해서 보조적인 차원에서 쓰였다. R-타입의 가장 큰 문제점은 유지비와 생명의 단축, 통제의 어려움이었다. 주기적으로 주입해야 하는 R-타입은 그 자체가 고가품이었고, 그것을 투여한 자는 내장과 근육의 피동적인 움직임으로 수명이 엄청나게 짧았다. 더욱이 컨트롤마저 제대로 할 수 없어 매력적인 약물의 효과에 비해 부작용이 너무 커 개발 단계에서부터 찬반이 팽팽하게 맞섰던 문제의 약물이었다.

"이성이 마비된 상태에서도, 저만 보면 으르렁거렸지요. 녀석은 본능적으로 저를 적으로 간주하게 된 겁니다."

"녀석이 어떻게 밖으로 나다니게 된 거지?"

"제 입장에서만 생각한 결론은, 저를 잡기 위해서 풀어놓은 게 아닐까 싶습니다."

"그게 사실이라면 미친 거지, 완전히."

인후가 머뭇거리며 한마디 더 했다.

"제 담당 연구원이 했던 얘기가 있는데 그게 더 신경 쓰이네요. 최근에 하고 있는 기관 실험 중에 자기가 주목하고 있는 게 있다더군요. R-타입에 DNA 조합까지 되면 어떤 피조물이 나올지 궁금하다고 했습니다."

차 박사는 안경을 고쳐 쓰며 진지한 표정으로 말했다.

"R-타입이 일반 실험으로 바뀐 건가?"

"여전히 프로젝트 실험입니다."

차 박사는 안경을 벗고는 고개를 숙인 채로 눈을 비비며 낮게 욕설을 뱉었다.

"미친놈들……."

"아는 실험이야?"

"육식 포유류 우성인자를 추출해서 인간 DNA와 조합하는 거야. 한마디로 짐승하고 사람하고 합치는 거지. 다행인 건 아직 성공한 적이 없다는 거지. 적어도 내가 알기론 말이야."

인후가 말했다.

"성공했습니다. 반쪽짜리 성공이긴 하지만. 전투 능력 테스트 현장에서 녀석의 동작을 한 번 봐서 압니다."

장서는 복잡한 표정으로 말했다.

"내가 아닐 거라고 그랬잖아. 그럴 리가 없다고……."

도검은 걱정스러운 목소리로 말했다.

"형준이가 그 녀석을 찾기라도 하면 정말 큰일 터질지도 모르겠군요."

차 박사가 말했다.

"둘 중 하나는 죽겠군. 어쩌면 둘 다."

주변 사람들을 둘러보던 인후가 말했다.

"제가 찾아보죠. 제 말대로 그 녀석이라면 막을 사람은 저밖에 없으니까."

"나도 같이 가."

"아냐, 이건 내 일이니까……."

"어이, 형준이는 내 동생이다."

차 박사가 중간에 끼어들었다.

"인후야, 너 그 몸으론 무리다."

"제 일입니다, 박사님. 녀석이 저지르는 모든 행동에 제 책임이 녹아 있어요."

"네가 책임질 일은 아무것도 없어."

인후는 차 박사의 어깨에 팔을 얹으며 말했다.

"하지만 갚아야 할 은혜는 있죠. 혈청 제거 문제는 나중에 생각해야겠습니다."

말을 마친 인후는 잠시 어지러운지 벽에 기댔다. 차 박사가 그런 인후를 걱정스러운 듯이 바라보자 인후는 괜찮다는 듯이 웃어 보였다. 차 박사가 피 대신 투여한 혈장과 림프액에 적응하는 것이 쉽지는 않았지만 어쨌든 버티고 있었다. 도검이 다가서며 말했다.

"박사님 말씀대로 이번 일엔 뒤로 빠지는 게 좋을 것 같군."

"그렇게 쉽게 결정할 수 있는 일은 아니지."

"좋아, 그놈이 갈 만한 곳 중에서 짐작 가는 데 없어?"

인후는 테이블 위에 있는 신문을 가리키며 말했다.

"야산에 산불이 났다더군. 거기서부터 시작할 생각이야."

"그래, 그 정도면 됐어."

도검의 말이 끝나자마자 인후는 팔에 주삿바늘이 꽂히는 따끔한 통증을 느꼈다.

"뭐야 이거."

도검은 자신의 멱살을 잡으려는 인후의 팔을 붙잡았다.

"안정제하고 수면제. 당신은 아무래도 빠지는 게 좋겠어."

인후는 정신이 몽롱해지는 것을 느끼며 넘어가는 자신의 몸을 도검이 받치는 것을 어렴풋이 느낄 수 있었다.

사내가 걷고 있는 것은 어둡고 긴 복도였다. 맞은편 끝이 보이지 않을 정도의 어두운 복도에 그가 신고 있는 워커의 육중한 소리만 울렸다. 사내의 얼굴엔 땀이 방울져 떨어졌다. 고글에 있는 LED가 파란색을 점멸하며 작동되고 있음을 나타냈다. 거친 사내의 숨소리는 시간이 지날수록 차분해졌다. 날카로운 경고음이 이어셋을 통해 들리자 방향을 바꿨다. 고글의 화면이 가리키는 방으로 조심스럽게 문을 열고 들어갔다.

방엔 사지가 처참하게 찢긴 채 쓰러져 있는 경비원이 보였다. 사내의 고글이 그의 뒤쪽으로 경고음을 보내는 것과 동시에 으르렁거리는 소리가 들렸다.

사내는 몸을 굴려 괴한의 공격을 피하면서 강철로 된 짧은 봉을 꺼내 들었다.

봉을 길게 늘이며 어둠 속의 괴한을 향해 휘둘렀다.

괴한은 인간의 몸놀림으로는 볼 수 없는 유연한 몸동작으로 피하며 거리를 두고 섰다. 사내는 공격 자세를 풀지 않고 차분히 입을 열었다.

"이제 돌아가자."

괴한이 녹색 눈빛을 반짝이며 위협적으로 노려보았지만 사내의 태도엔 변함이 없었다.

"갈증이 끊이지 않고 숨쉬기도 힘들 거야. 피곤하고 두통은 멈추질 않고. 연구소에 가면 안 아플 거야. 그러니까 그만하고 가자."

녹색의 눈이 가늘어지며 말소리가 들려왔다. 느리고 어눌하지만 알아듣기엔 충분한 발음이었다.

"못 간다."

"사람 말도 곧 잃게 될 거야. 그대로 두면 네 몸속의 야수가 널 먹어 버릴 거라고."

"늦었다."

"완전히 늦진 않았어."

"내 몸은 내가 안다."

사내는 봉을 내리며 말했다.

"도대체 이러는 목적이 뭐야? 무고한 사람들을 해치면서까지 이렇게 날뛰는 이유가 뭐냐고."

"난 아니다."

"그럼 누가 이 시체를 이렇게 만든 건데?"

괴한은 손가락으로 자신의 이마를 가리켰다.

"이 속에 사는 다른 놈."

"그러니까 네 머릿속에 그놈이 더 큰일 저지르기 전에 조치하자."

괴한은 눈을 찡그리며 갑자기 머리를 움켜쥐었다. 그 틈에 사내가 다가가려 했지만 괴한이 팔을 휘둘러 다가오지 못하게 했다. 괴한의 손에 맞은 책상은 모서리 부분이 통째로 떨어져 나갔다.

"오지 마라."

"그 고통은 점점 더 심해질 거야. 기관에선 이미 조건부 폐기 처리 명령도 떨어졌다. 널 제거해도 되지만 그러고 싶지 않다."

괴한은 고통이 어느 정도 가셨는지 웅크렸던 허리를 폈다.

"네 의식이 어떤 경로로 깨어났는지는 알 수 없지만……."

"난!"

괴한의 갑작스러운 고함 소리에 사내는 움찔하며 강철봉을 세게 부여잡았다.

"내 기억 속에 있는 남자 하나, 여자 하나. 그들을 찾고 있다. 내가 누군지 알고 싶다."

"허락하지 않겠다. 네 과거는 없어. 기관이 만든 창조물이야."

"허락은 필요 없다."

"마지막 권유다. 돌아가자."

"방해하지 마라."

"네가 자초한 일이다."

사내가 맹렬한 기세로 그에게 강철봉을 휘둘렀다. 봉의 끝에서 파란 불꽃이 일며 스파크가 튀었다. 괴한은 사내의 봉을 피하고 일격을 가했다. 사내의 코트가 찢어지며 피가 뿌려졌다.

"젠장!"

"더 이상 쫓지 마라."

괴한은 창밖으로 몸을 날렸다. 사내가 상처를 움켜쥐고 창밖을 내다보았으나 이미 모습을 감추고 난 후였다. 손목시계 모양의 장비에 버튼을 누르자 정장의 남자가 화면에 나타났다. 그는 고급스러운 책상 앞에 앉아 입을 열었다.

"어떻게 됐나?"

"아무래도 슬로터를 보내야 할 것 같습니다."

"슬로터는 내 권한 밖이다."

"녀석에게 헬기 한 대와 3개 소대 병력이 당했습니다. 연구소 인력만으로 녀석을 잡는 것은 불가능합니다."

"자네는 혼자서도 잘해 왔잖아."

"녀석이 살려 준 겁니다. 아니었으면 벌써 시체가 됐을 겁니다."

"일단 철수해."

"여기 시체가 한 구 생겼습니다. 민간 경비원인데……."

"사회에서 일어난 일이다."

화면은 일방적으로 꺼졌다. 사내는 작은 소리로 욕지거리를 하며 창밖을 바라보았다. 맞은편 건물에선 사람들이 늦게까지 야근을 하는 모습이 보였다. 사내는 고개를 설레설레 흔들며 돌아 나왔다.

주 팀장과 명희는 숨을 가쁘게 몰아쉬며 열심히 산에 올랐다. 입산 금지 푯말이 붙은 줄을 뛰어넘어 안으로 들어섰다. 바람결에 흘러오는 불에 탄 냄새가 코를 찔렀다. 현장에 가까워지고 있다는 것을 알 수 있었다.

"더럽게 숨차네. 넌 하여튼 여기서 뭐 못 찾기만 해 봐."

"어쨌든 에스프레소머신 사 주시는 거죠?"

"웃기고 있네. 겨울 등산이 왜 짜증 나는 줄 알아? 살갗은 어는데 몸에선 땀이 난다고. 잠깐만 가만히 있으면 또 더럽게 추워져요. 이 짓을 왜 하는 거냐고."

"요새 배도 많이 나온 것 같은데 뱃살도 빼고 좋잖아요."

"너, 뱃살로 맞아 봤냐? 짝짝 달라붙는 게 엄청 아플 텐데."

"친구 중에 여자친구하고 캠핑 갈 때 이불을 안 가져가는 녀석이 있어요. 이불이 필요 없대요. 자기 뱃살 늘여서 덮어 주면 된다나."

"아직 그 정도는 아니야."

"이불은 안 돼도 베개 정도는 되겠는데요."

"올라온 김에 여기 묻히고 싶냐?"

주 팀장과 명희는 비로소 산의 정상에 올라섰다. 주 팀장은 정상에 올라서서는 시내를 내려다보았다.

"가슴이 확 트이네."

"거봐요, 올라오면 좋다니까."

주 팀장은 뒤로 돌아섰다.

"땀 식기 전에 움직이자. 여기서 탄피를 찾아보자고?"

"팀장님 생각은 어때요? 제가 생각을 너무 건너뛰었나요?"

주 팀장은 고개를 끄덕이며 대답했다.

"혈액 도난 사건하고 산불하고 연관시키는 건 확실히 과대 망상이지. 정신병."

"정신병은 너무한 거 아녜요?"

주 팀장은 담배를 입에 물며 말했다.

"정리해 보자. 피가 말라 버린 시체가 여섯 구 발생했다. 공원에서 찢겨 죽은 시체를 시작으로 찢겨 죽은 시체 사건이 시작됐지. 그 시점에서 피가 빨려 죽은 시체 사건은 중단됐고 말이야. 그러다가 이 산에서 폭발을 동반한 소동이 있었고 이어서 산불. 그 이후론 다시 앞의 사건이 중단."

"경비원 시체가 발견된 건, 산불 사고 이후인데요."

"그건 오차로 두고. 자, 그럼 생각해 봐. 세 개의 대형 사건이 연이어 일어나고 있어. 동시다발도 아니고 순차적으로 말이야. 마치 릴레이를 하듯이."

"이제 감이 좀 잡히셨나 보네. 저는 저쪽부터 찾아보죠."

"비싼 거 찾으면 알려 주기다."

"우리 증거물 찾는 거 아녜요?"

"혹시 알아? 어떤 놈이 돈 묻어 뒀을지?"

범인을 잡겠다고 뛰쳐나온 지 일주일째. 형준은 어디서 어떻게 찾아야 할지 갈피를 잡지 못한 채 도시 안을 돌아다니기만 했다.

"분명히 내가 한 짓이 아냐. 내가 그랬을 리 없어."

시내 남쪽 외곽에 위치한 음산한 공원이 있다. 그 공원은 사유지로, 처음 들어설 때 그 일대가 개발된다는 소문에 땅값이 오른 적이 있었다. 그게 헛소리라는 것이 밝혀지면서 지금은 깨진 보안등조차 바꾸지 않는 신세가 되었다.

얼마 전까지만 해도 불량배들이 자주 찾는 곳이었지만 몇 건의 살인 사건이 발생한 이후로 그들의 인적마저 끊어졌다. 형준도 이곳엔 가급적 오지 않으려고 했지만 이제 남은 공원이라고는 이곳밖에 없었기 때문에 어쩔 수 없었다.

나무가 우거진 공원 산책로의 입구에 들어섰을 때, 멀리서 비명 소리가 들려왔다. 외마디가 아니라, 여러 사람이 질러 대는 어수선한 비명이었다. 형준은 반사적으로 소리가 들리는 쪽으로 달려갔다. 그 소리가 가까워졌을 때 비명 소리는 칼로 자른 듯 갑자기 뚝 끊겼다.

갑작스러운 정적에 두려움부터 밀려왔다. 형준은 걸음을 멈추고 주위에 귀를 기울였지만 바람에 나뭇잎이 나부끼는 소리조차 들리지 않았다.

"거, 거기 누구 있어요?"

예상외로 크게 들린 자신의 목소리에 놀라며 형준은 주춤했다. 산책로 옆의 숲에서 부스럭거리는 소리가 들렸다. 형준의 심장이 터질 듯이 뛰었다. 소리가 난 곳으로 들어가려 했지만 도저히 용기가 나지 않았다. 천천히 왔던 길을 되짚어 걷기 시작했다.

무서운 생각을 할수록 걸음이 점점 빨라지다 나중엔 거의 뛰는 것처럼 되었다. 뒤통수부터 소름이 돋았다. 무심코 옆을 돌아보자 덤불을 사이에 두고 두 개의 눈빛이 형준과 나란히 달리고 있었다.

너무 놀란 형준은 지를 뻔한 비명을 간신히 참았지만 다리가 풀리는 것까지 막을 수는 없었다. 스텝이 꼬이고 제 속도에 못 이겨 앞으로 넘어졌다. 손바닥이 까지고 무릎에 멍이 들었지만 그보다 자신을 쫓던 눈빛이 더 두려웠다.

눈빛은 환각이 아니었다. 형준 곁에 멈춰서 여전히 지켜보고 있었다. 어떤 때는 엄청나게 빛나 보이고 어떤 때는 검게 보이는, 마치 짐승의 눈과 같았다.

도검이 형준을 찾아 괘씸한 마음에 골려 주고 있는 거라고 믿고 싶었지만 그게 아님을 잘 알고 있었다.

"누, 누구세요?"

본능적으로 나온 멍청한 질문이었다. 하지만 눈빛은 몇 번 깜빡인 것 말고는 미동도 하지 않고 그대로 있었다. 형준은 눈빛의 눈치를 보며 천천히 앞으로 걷기 시작했다. 이번엔 눈빛이 쫓지 않았다. 형준은 슬금슬금 속도를 높이기 시작했다. 본격적으로 달리기 시작했을 때 옆을 보았지만 눈빛은 보이지 않았다. 하지만 뒤를 돌아보고는 소스라치게 놀랐다. 누군가가 긴 코트를 날개처럼 휘날리며 형준을 향해 무서운 기세로 달려

오고 있었다. 일그러진 녹색 눈빛은 형준을 산 채로 삼킬 것 같
았다.

"살려 줘!"

형준은 자기도 모르게 비명을 지르며 앞만 보고 달렸다. 바
로 뒤에서 괴수의 거친 숨소리가 들리는 것 같았다.

"형준이냐!"

도검의 목소리였다. 형준은 있는 힘껏 소리 질렀다.

"살려 줘, 살려 줘!"

"어디 있어!"

앞쪽에서 들리는 도검의 목소리에 형준은 더욱 힘이 났다.

"여기야, 여기!"

앞쪽에서 라이트 불빛이 보였다. 형준을 위해 도검이 켜 놓
은 것이 틀림없었다. 형준은 그 불빛을 향해 미친 듯이 달렸
다. 뒤에서 옷자락을 휘날리는 소리와 함께 형준의 앞으로 뭔
가가 뛰어내렸다. 형준은 몸을 틀어 비켜 나갔지만 발이 엉켜
굴렀다.

"도와줘!"

우악스러운 손길이 형준의 발목을 휘감고 움켜쥐었다. 앞쪽
에서 도검의 인기척이 느껴졌다.

"형!"

도검이 모습을 드러내자 그의 발목을 잡았던 힘이 소리 없
이 사라졌다. 도검은 쓰러져 있는 형준을 보호하듯 몸을 둘러
치고는 주변을 노려보았지만 기척이 사라진 이후였다.

도검은 넘어져 있는 형준을 일으켜 세우고는 머리를 세게 쥐어박았다.

"인마! 너 때문에 모두들 얼마나 걱정한 줄 알아?"

형준은 맞은 곳을 문지르며 잠시 주위를 둘러보았다. 기척이 전혀 느껴지지 않았다.

"후, 십년감수했네."

도검은 형준을 무서운 표정으로 노려보다 그의 어깨에 팔을 걸치며 입구 쪽으로 걸으며 말했다.

"뭘 봤기에 그렇게 강아지처럼 벌벌 떨고 있었어?"

"난 어떻게 찾은 거야?"

"단세포 오형준 서식지쯤이야 겨드랑이로 찾을 수도 있지."

"기대되네, 겨드랑이로 길 찾는 거."

"또 이렇게 가출했다간 볼기짝 맞을 줄 알아. 알겠어?"

"모두 날 의심하니까 그렇지. 솔직히 나도 좀 자신이 없었고……."

도검은 형준의 머리를 쓰다듬으며 말했다.

"범인이 따로 있다는 걸 알아냈어. 그래서 찾는 중이고."

형준은 도검의 등을 때리며 큰 소리로 말했다.

"거봐! 그럴 줄 알았어! 내가 아니라니까!"

"그러니까 이젠 범인 잡으러 돌아다닐 필요 없어. 그런데 들어가면 넌 또 가출해야 될지도 몰라. 장서 아저씨가 열이 머리 끝까지 뻗친 상태거든."

"…… 들어가지 말까?"

"장서 아저씨가 만든 발가락지뢰 본 적 있냐? 교묘하게 엄지 발가락만 날리는 지뢰인데 제대로 걷지를 못하게 되거든. 제대로 걸으려면 발목을 다 잘라 내고 의족을 달아야 한다더라고. 멀쩡한 발까지 강제로 잘라야 한다는 게 너무 잔인하지 않냐?"

"……."

"그거 네 방 어딘가에 설치해 두셨을지도 모르니까 조심하라고. 금속 탐지기 필요하면 말하고."

"치킨 한 마리 사서 들어가면 되지 않을까?"

"이게 치킨 한 마리로 될 일이냐? 아저씨 진짜 화나셨다고."

"그럼…… 두 마리?"

"빙고. 내가 옆에서 좀 거들어 주지. 그건 그렇고 가출한 보람은 있냐? 범인 비슷한 거라도?"

"방금 수상한 놈을 발견했는데 말해도 믿지 않을 거야. 눈이 녹색이었다고. 맹수처럼 말이야. 비명 소리가 들려서 그곳으로 달려갔더니 그 괴물 같은 게 막 쫓아오잖아. 그래서 내가……."

도검은 형준의 말을 듣고 있지 않았다. 공원 안으로 막 들어서는 수상한 남자가 보였기 때문이었다. 그는 도검과 비슷한 체구를 가진 사내였다. 형준은 도검의 몸이 잠시 경직되는 것을 느꼈다. 사내는 주머니 모양의 가방을 하나 들고 색안경을 쓴 채 그들의 곁을 스쳐 지났다. 형준이 속삭이듯 말했다.

"저 남자 수상한데?"

"슬로터다."

도검의 말에 형준은 소스라치게 놀랐다. 사내가 간 방향으로 돌아보려 하자 도검이 막으며 앞만 보고 걸었다.

"돌아보지 마."

공원 앞 도검의 지프 옆에 큰 모터사이클이 한 대 주차되어 있었다. 도검은 차에 올라타려는 형준을 붙잡아 옆에 세워 놓고는, 지프의 구석구석을 살펴보았다.

"빨리 안 가고 뭐해. 슬로터가 우릴 덮치면 어떻게 하려고!"

"타깃은 우리가 아냐."

"그걸 어떻게 알아?"

"놈을 보고도 살아 있다는 게 증거지. 물론 내 덕분에 이번 만큼은 예외였겠지만."

"그럼 지금 뭐하는 거야?"

"폭탄 찾아.

"뭐, 뭐? 폭탄?"

"타깃과 30초 이상 접촉한 자들은 모조리 제거하는 게 규칙 이거든."

"그럼, 지금 저놈이 누군가를 죽이러 가는데, 우리가 목격자 가 됐다는 얘기야? 뭐 그런 거지 같은 규칙이 다 있어?"

"찾았다."

"잠깐, 잠깐! 그거 막 뜯어내도 되는 거야?"

"으랏차."

"자, 잠깐!"

도검이 뜯어낸 폭탄을 흔들어 보이자, 형준은 순간 뒷걸음 질 치다 주저앉았다.

"형, 그렇게 막 나가다간 언젠가 빨대만으로 식사하는 날이 올 거야. 녀석의 타깃은 공원 안에 있나 보지? 아, 잠깐, 혹시 죽이려는 게 그놈 아닐까? 지금 공원엔 그놈밖에 없는데."

"그놈이라니?"

"아까 얘기했잖아. 무서운 놈이 쫓아왔다고."

"언제?"

"넘어졌는데 발목을 잡더니 질질……."

공원 안쪽 숲 속에서 들리는 날카로운 금속성에 두 사람 모두 동작을 멈추고 귀를 기울였다. 몇 번의 소리가 더 들리고는 다시 잠잠해졌다. 도검은 형준을 보며 당부하듯 말했다.

"내가 공원에 들어가서 30분이 넘어도 돌아오지……."

말이 끝나기도 전에 형준은 이미 공원 입구를 향해 뛰어가고 있었다. 도검은 고개를 가로저으며 작은 한숨 소리와 함께 그의 뒤를 따랐다.

소리가 들린 곳에 먼저 도착한 형준은 충격을 받은 듯 주춤하고는 나무를 붙잡았다. 한곳을 응시하던 그는 고개를 돌리고는 심하게 구토를 하기 시작했다.

"지나쳤군."

도검은 숲 가운데 널려 있는 고기 조각들을 바라보았다. 하얀 뼈에 살점이 거칠게 붙어 있었다. 반쯤 날아간 머리가 없었다면 도저히 사람의 시체라고 볼 수 없을 정도였다.

"아무래도 사람을 먹은 것 같다."

도검의 말을 들은 형준은 아예 무릎 꿇고 앉아 심하게 쏟아

냈다. 도검은 주위를 둘러보았지만 인기척이나 살기가 느껴지지 않았다. 바로 조금 전까지 싸움이 벌어졌던 곳이라는 게 믿어지지 않을 정도였다.

"나, 위까지 토했나 봐. 내장이 줄어든 것 같아."

"일단 여기서 나가는 게 좋겠다."

늘어진 형준을 붙잡고 숲을 벗어나려고 할 때 무엇인가 나무 사이로 날아와 그들 앞에 툭 떨어졌다. 형준은 그것을 분간할 수 없었지만 도검의 눈엔 잘 보였다.

좀 전에 봤던 시체의 나머지 반쪽 머리였다. 반쯤 씹힌 선글라스가 피부에 짓눌려 붙어 있었다. 공원 입구에서 마주쳤던 슬로터라는 걸 알 수 있었다. 도검의 신경이 날카롭게 곤두섰다. 슬로터를 죽일 수 있는 건 오직 슬로터뿐이라는 그들만의 자만이 깨지는 순간이었다. 위쪽에서 기척을 느낀 도검은 형준을 세게 뒤로 밀쳐 냈다.

어두운 그림자가 위에서 떨어져 내렸다. 잔뜩 웅크리고 있던 그것은 서서히 일어서며 도검을 탐색하듯 바라보았다. 도검은 우뚝 선 괴한의 모습에 당황했다. 마치 영화에 나오는 괴수의 형상과 비슷했기 때문이었다. 불거진 광대뼈와 얇게 빠진 턱, 뒤로 후퇴한 이마 아래로 움푹 들어간 눈은 그 자체만으로 충분히 위협적이었다.

그의 미간이 찌푸려지자 얇은 입술 사이로 날카로운 송곳니가 도드라졌다.

좀 전의 전투에서 잃은 듯 잘려 나간 왼팔의 어깨 부위에서 피가 계속 흘러나오고 있었다.

도검은 그를 자극하지 않는 조용한 말투로 입을 열었다.

"내 말을 알아듣나?"

괴한은 대답 없이 서 있었다.

"네가 자운인가?"

괴한의 미간이 더욱 찌푸려졌다. 그의 민감한 반응에 도검도 잔뜩 긴장한 채 기척을 살폈다. 그의 입에서 으르렁거리는 소리가 났다.

"형준아, 아무래도 대화로 해결하긴 틀린 것 같다."

도검의 왼팔에서 칼이 튀어나왔다. 날카로운 소리에 괴한의 몸이 즉각 반응을 보였다. 그는 몸을 띄워 도검을 덮쳤다. 도검은 공중에 뜬 괴한에게 칼을 휘둘렀지만 괴한은 허공에서 몸을 비틀어 칼을 피하며 도검의 왼팔을 내리쳤다. 왼팔 소매가 찢어지며 은백색의 기계 팔이 달빛에 모습을 드러냈다.

좀 전에 부딪힌 충격으로 두 사람은 주춤거리며 물러서서 다시 대치 상태가 되었다. 괴한은 도약을 하다 방향을 바꿔 아래쪽을 파고들었고 도검은 그의 움직임을 읽느라 정신이 없었다. 여태껏 상대해 본 적이 없는 예측 불가능한 몸놀림이었기에 잠시도 쉴 틈이 없었다.

급소를 노리는 일반적인 방식과는 달리 괴한은 도검의 몸 전체를 노리고 덤벼들었기에 그만큼 방어가 힘들었다. 방어만 하다가는 수세에 몰릴 것이라는 것을 알고 있었지만 반격할 기회를 찾을 수가 없었다. 이런 식으로는 얼마나 버틸지 점점 초조해지기 시작했다.

인후는 야산을 따라 달려 내려왔다. 도검이 주사한 마취제 때문에 몇 시간을 소비하고 차 박사와 장서 몰래 나오느라 얼마의 시간을 더 지체했지만 자운을 찾는 것은 자신일 거라 생각했다. 자운의 습성을 잘 알고 있었기에 어디서부터 시작해야 할지를 알았기 때문이다.

야산에 난 산불 기사를 본 인후는 곧장 이곳부터 달려왔다. 이곳은 그의 예상대로 불이 난 흔적 외에는 아무것도 찾을 수 없었다. 야산이라면 흔히 있는 작은 쓰레기조차 없었다. 이것은 오히려 기관의 흔적을 의미했다. 자연스러움을 남기기보다 차라리 아무것도 남기지 않는 것이 꼬리를 잡히지 않을 확률이 높다는 기관의 결벽증에서 비롯된 증거인멸 방식이었다. 이렇게 넓은 범위를 불태웠다는 것은 기관의 군사작전이 있었던 것을 의미했고 그건 곧 자운이 이곳에 있었다는 것을 의미했다.

인후는 야산을 둘러보고는 시내에 있는 공원으로 연결되는 산길을 따라 내려왔다. 자운도 자신처럼 피를 필요로 했고 그랬다면 인가가 없는 산 뒤편보다는 시내 쪽으로 내려갈 확률이 높았다.

산을 거의 다 내려왔을 때 격하면서도 어수선한 기척을 느꼈다. 조용하지만 팽팽하게 긴장한 공기가 인후의 신경까지 곤두서게 했다.

산을 달려 내려올수록 긴장감이 점점 강하게 느껴졌다. 격투. 그들은 살기를 숨길 생각도 하지 않고 격렬하게 부딪쳤다.

달빛 아래서 격돌하고 있는 두 사람의 모습이 눈에 들어왔다. 한 명은 도검이었고 다른 한쪽은 정체를 알 수 없는 인물이었다. 도검은 수세에 몰려 방어하기에 급급했고 상대는 예측하기 어려운 몸놀림으로 여기저기 뛰어다니며 도검을 괴롭히고 있었다.

인후는 돌을 집어 상대에게 던졌다. 비록 주먹만 한 돌이었지만 인후의 팔 힘으로 던지는 돌은 충분히 파괴적이었다. 돌이 바람 소리를 내며 곧장 그에게 날아갔으나 그는 알고 있었던 것처럼 몸을 웅크려 피하고는 뒤로 몸을 뺐다.

괴한은 녹색의 안광을 쏟아 내며 인후를 빤히 바라보았다. 인후는 그들 사이로 달려가며 큰 소리로 외쳤다.

"그만둬!"

"인후……."

도검은 지친 기색이 역력한 모습으로 땀을 닦아 내며 뒤로 물러섰다. 인후의 이름에 괴한의 눈이 동그랗게 떠졌다. 그러고는 다시 인후를 응시했다. 그들 사이에 들어선 인후도 괴한을 바라보았다. 먼저 놀란 것은 인후였다. 얼굴이 변형되고 눈빛이 좀 더 강해졌지만 전체적인 인상은 자운이 틀림없었다.

"자운."

인후를 노려보던 괴한의 미간이 일그러지기 시작했다. 미간의 주름이 깊이 팰수록 입술이 말려 올라가 송곳니가 길게 튀어나왔다.

"날 알아보겠나? 인후다. 이인후."

괴한은 금세라도 덤벼들 듯 으르렁거리다 하늘을 향해 괴성을 질렀다.

"장도검, 당신은 돌아가는 게 좋겠어."

"참고하도록 하지."

도검이 나무에 기댔던 몸을 일으켜 세우며 다시 싸울 기세로 앞으로 나섰지만 인후가 막아서며 말했다.

"내 일이야. 마무리 짓게 해 줘."

인후를 한참 동안 바라보던 도검이 뒤로 물러났다. 인후는 자운에게 한 걸음 다가서며 말했다.

"인간의 기억이 아직 남아 있으면 좋을 텐데. 그게 좋은 기억이면 더 좋고."

자운이라 불린 괴한은 인후를 바라보며 미간에 잡힌 주름을 서서히 폈다. 무표정한 얼굴이 가장 온순해 보이는 유일한 표정이었다.

"이인후."

자운의 말소리에 인후는 흠칫하며 뒤로 물러섰다. 자운은 조금 전과는 다른 차분한 모습이었다.

"날 기억하나?"

"만나고 싶었다."

인후는 자운의 눈치를 살피며 조심스럽게 말했다.

"나도."

자운은 발음에 신경 쓰며 말하는 모습이 매우 힘겨워 보였다.

"너, 여자, 이름."

인후는 눈치로 그의 말을 이해하려고 했다.

"그것만 기억한다는 얘기인가?"

자운은 고개를 끄덕이며 말했다. 힘 빠진 그의 목소리 끝엔 애처로움마저 느껴졌다.

"난, 누구인가?"

인후는 충격을 받았다. 맹수의 DNA에 모든 기억을 잃고 남은 것이 세 가지뿐이라니. 그마저도 시간이 흐를수록 희미해질 것이 뻔했다. 자신을 죽인 자를 눈앞에 두고도 알아보지 못한다는 것이 갑자기 슬퍼졌다.

자신이 자운을 죽인 장본인이란 사실을 기억하고 있을지도 모른다는 인후의 걱정이 사라졌다. 자운은 인후를 자신에 대해 알려 줄 열쇠로 생각하고 있는 게 틀림없었다. 하늘을 보고 괴성을 질렀던 것은 어쩌면 기쁨의 표시였을지도 모른다는 생각이 들었다.

피와 죽음으로만 얼룩져 있는 그의 인생을 조금이라도 평범하게 꾸며 주는 것도 나쁘지 않을 거라 생각했다. 남은 인생이라는 것이 있다면 말이다.

"나는 누구인가?"

인후는 고개를 끄덕이며 말했다.

"네 이름은 황자운. 회사원이었다. 아주 평범한."

도검은 팔짱을 낀 채 인후의 거짓말을 묵묵히 듣고 있었다. 인후는 조금씩 다가서며 말을 이었다.

"우린 바빠서 자주 보지는 못했지만 가끔 맥주 한잔씩 하며 상사 욕하는 걸로 시간을 보냈지."

인후는 자운이 자신의 말을 알아듣고 있는지 살피며 말을 이었다.

"네가 기억하는 여자는 아마도 연인이었을 거야."

인후의 말을 묵묵히 듣고 있던 자운의 표정이 침통하게 변했다. 자운은 시선을 아래로 내리다 고개를 숙였다. 그는 숙인 채로 말했다.

"회사원이었구나. 평범한……."

자운의 눈에서 눈물이 스미다 빗방울처럼 떨어져 내렸다.

"나는 왜 이렇게 되었는가?"

그의 공허한 질문에 인후는 잠시 가슴이 먹먹해져 아무 말도 할 수 없었다. 하지만 곧 마음을 다잡았다. 자운은 여전히 위험한 인물이었고 자신과도 좋은 관계였던 적이 한 번도 없었기에 감정으로 일을 망칠 수는 없다는 생각에서였다.

인후는 자운에게 조심스럽게 다가가 손을 내밀었다. 그는 인후가 내민 손을 영문을 모른 채 바라보았다.

"악수야. 친구가 오랜만에 만났을 때 하는 거다."

자운은 한참 망설인 끝에 조심스럽게 인후의 손을 잡았다. 인후는 그의 손을 잡고 흔들다가 천천히 끌어당겨 안으며 등을 토닥여 줬다.

"이젠 괜찮다. 내가 도와줄게."

인후의 따뜻한 말에 자운의 눈에서 눈물이 흘러내렸다. 자운은 그를 서서히 밀어내며 물었다.

"누가 날 이렇게 만들었는가?"

인후는 기다렸다는 듯 강조해서 말했다.

"기관. 그놈들이 널 납치해서 실험하고 이렇게 만들었지."

"기관……."

자운의 그르렁거리는 목소리가 분노로 점점 끓어오르는 것이 느껴졌다. 자운은 인후의 어깨에 손을 얹으며 말했다.

"돌아가라. 난 괴물이 됐다. 도울 수 없다."

"이대로 돌아갈 순 없어. 돕게 해 줘."

"늦었다. 내가 누군지 알았으니 여한이 없다. 죽어도."

"……."

"연인의 이름은 뭔가?"

"이수연."

그때까지 나무에 기대 묵묵히 듣고 있던 도검이 벌떡 일어섰다. 항의하려 했지만 인후는 손을 들어 도검의 말을 막았다. 자운은 음미하듯 이름을 되뇌며 물었다.

"이수연……. 날 아직 생각하고 있나?"

"한 번도 널 잊은 적이 없다."

고개를 끄덕이던 자운이 말했다.

"난 잘 있다고 전해라. 사랑한다는 말도."

자운의 입에서 '사랑'이라는 말이 튀어나오자 인후는 감전이라도 된 듯 몸을 움직일 수가 없었다. 이유는 그도 알 수 없었다.

자운은 하나 남은 손을 인후에게 내밀었다.

"반가웠다. 친구."

인후는 그의 손을 맞잡으며 물었다.

"이제 뭘 할 생각이지?"

"갚아야지. 이 몸 그대로 돌려줘야지."

자운은 눈을 매섭게 뜨고는 영원히 기억하려는 듯이 인후를 뚫어지게 바라보다가 몸을 날려 어둠 속으로 사라져 버렸다.

산 아래 막걸리 집에 명희와 주 팀장이 마주 앉아 서로의 잔을 채웠다. 주 팀장은 안주로 김치를 집어 먹으며 물었다.

"뭐 좀 찾았냐?"

"아뇨, 뭐 별로……."

주 팀장은 명희가 벗어 놓은 재킷 주머니를 뒤지며 물었다.

"주머니에 이건 뭐야?"

"아, 아무것도 아녜요."

"뭔데 그래?"

"안, 안 돼요!"

"뭐야 이거. 올 나간 스타킹, 찢어진 팬티……. 에라, 이 변태 자식아! 아, 이거 진짜 더러운 놈일세!"

"산에 그런 거 버려져 있으면 안 되잖아요. 나일론 스타킹 같은 거는 썩지도 않으니까……."

"안 썩는 라면 봉지는 왜 안 주워?"

"……."

"넌 눈도 없냐? 이 스타킹 색깔 봐라. 이건 70세 이상 할머니들 패션 아이템이라고."

"에이, 그런 게 어디 있어요."

"스타킹 가지고 무슨 짓 했어?"

"하긴 뭘 해요!"

"그리고 이 팬티. 사이즈 봐라. 특대다. 특대. 5세 아동 두 명이 동시에 겨울을 날 수 있는 크기라고."

"에이 과장이 심하시네……."

"하여튼 변태도 멍청하면 못한다니까."

"아니, 그런데 이런 게 왜 산에 있는 걸까요?"

"공원 낀 산이니까 사람들 왕래가 많잖아. 야유회 나왔다가 갈아 신은 스타킹이겠지. 팬티는 개울에서 물놀이하다가 젖어서 갈아입은 거일 수도 있고."

"아!"

"뭐가 '아!'야? 그런 생각은 전혀 못한 거냐? 그냥 팬티하고 스타킹만 보면 반사적으로 이상한 생각만 떠오르지? 이건 싸가지도 없고 취미도 어이없고……. 속옷 모으는 게 취미였냐? 너 도대체 앞으로 어떻게 살아갈 생각인 거냐? 살아갈 생각은 있는 거냐?"

"……."

"증거는 모았냐?"

"뭐 그다지……."

"이딴 거에 정신이 팔렸으니 증거품이 눈에 들어올 리가 있나. 변태 자식아, 이거나 검사 맡겨."

주 팀장은 투명한 비닐 봉투를 던져 주었다. 무심결에 받은 명희는 그 안의 것을 보았지만, 불에 타서 뭔지 알 수가 없었다.

"이게 뭐예요? 도장이에요?"

"보면 몰라 손가락이지."

주 팀장의 말에 명희는 그것을 놓칠 뻔했지만 간신히 붙잡았다.

"왜 또 약한 척하고 지랄이야?"

"잘린 손가락을 이렇게 만져 보긴 처음이라서 그래요."

"그냥 사람이라고 생각하면 편해."

"예?"

"자, 이 손가락하고 내 손가락하고 차이가 뭐야? 손가락에 몸이 달려 있냐, 없냐 그 차이뿐이잖아."

"그럼 손톱도 몸이 안 달려 있을 뿐, 사람이랑 똑같다는 말씀이세요?"

"이제 좀 깨달음을 얻으셨구먼."

"뭔 그런 말도 안 되는……. 따지고 보면 틀린 말도 아닌 것 같고. 뭔가 미묘한데?"

주 팀장은 막걸리를 한잔 따라 마시며 말했다.

"그 산에서 분명히 무슨 일이 있긴 있었어. 손가락 주인 알아봐."

"예, 그러죠."

"그리고 명희야."

"예?"

"말로 할 때 팬티랑 스타킹 버려라."

"……."

"내 설명을 듣고도 아직 미련이 남았단 말이야?"

"아직 할머니 건지 확실하지 않잖아요."

"소문내기 전에 당장 버려!"

세 사람은 한동안 말없이 걷기만 했다. 공원 밖을 벗어나자 도검이 먼저 물었다.

"이봐, 어쩌자고 그런 거짓말을 한 거야?"

"피 보는 일 없이 해피엔딩으로 끝나면 좋잖아."

"해피엔딩?"

"물론 그 친구에게는 아니겠지만."

"냉정하군."

인후는 잠시 말을 끊었다가 다시 입을 열었다.

"녀석이 진지하게 나오는데 전문 킬러였다고 말할 순 없잖아."

형준이 끼어들었다.

"그런데, 그 상황에서 수연이 누나 이름이 갑자기 왜 나온 거예요?"

"생각나는 여자 이름이 있어야지. 그래서 그냥……."

"그러다가 수연이 누나가 위험해지면 어쩌려고 그런 거냐고요."

"정체성 때문에 기관에서 뛰쳐나온 놈이야. 실마리가 될 사람들을 해칠 리가 없잖아. 확실하진 않지만. 어쨌든 수연 씨 이름 댄 것은 미안해."

"그 상황에서 누나 이름이 떠올랐다니 수상한데. 아저씨 혹시 누나를……."

"……."

도검이 불쑥 끼어들었다.

"사실이야?"

"뭐가."

"수연이 말이야."

"난 아무 말도 안 했어."

도검은 형준이 차에 올라타기를 기다려 시동을 걸었다. 인후가 타려 하자 도검이 돌아보며 말했다.

"타려고?"

"응? 집에 갈 거 아냐?"

"당신 속도면 달려가도 되잖아."

"당신 구하려고 산에서 쉬지 않고 달려 내려온 사람한테 이

360

러면 안 되는 거 아냐?"

"동생한테 흑심 품은 음흉한 수컷을 대하는 모든 오빠들의 마음이지. 당신은 저거 타고 와."

도검은 앞쪽에 세워져 있던 모터사이클을 턱으로 가리켰다.

"누구 오토바이야?"

"이젠 네 거야."

"전 주인이 누군데?"

"슬로터."

"뭐?"

"죽었으니까 걱정 말고. 아 참, 자폭장치 붙어 있을 수도 있으니까 시동 걸 때 조심하라고."

"난 오토바이 별로 안 좋아해. 안전하지가 않은 데다 지금 겨울이잖아."

"먼저 간다."

"이, 이봐, 이봐."

인후는 저만치 달려가고 있는 도검의 차를 멍하니 바라보다 모터사이클로 시선을 돌렸다. 근심스러운 표정으로 한동안 바라보던 그가 혼잣말로 중얼거렸다.

"자폭장치 같은 게 있을 리 없지. 누가 자기 오토바이에 자폭장치를 달겠어. 일단 시동 한번 걸어 보면……. 열쇠가 없잖아."

모터사이클과 그 주변을 살펴봐도 열쇠가 보이지 않았다. 인후는 애써 웃는 얼굴로 큰 소리로 말했다.

"아하, 장난친 거군! 알았으니까 숨어 있지 말고 이제 다들

나오라고. 자, 괜찮아, 괜찮아. 모두들 재미있었잖아? 안 그래?"

공원의 차가운 바람이 그의 곁을 횡하니 스치고 지났다. 인후는 한숨과 함께 모터사이클에 올라타고는 머리를 감싸 쥐었다.

사람들의 웃음소리에 인후는 눈을 떴다. 거실로 나가니 모두 소파에 모여 TV를 보고 있었다. 장서가 TV에 시선을 고정한 채 물었다.

"말도 없이 나가더니 새벽에 또 말도 없이 들어와? 여기가 모텔이여?"

"죄송합니다. 일이 좀 있어서……."

인후는 도검을 힐끗 봤지만 그는 TV만 보며 웃고 있었다.

"공원에서 있었던 일은 곰탱이한테 들어서 알고 있어. 이젠 자네 문제만 생각하면 되겠군. 내가 했던 얘기 생각은 해 봤어?"

인후는 머뭇거리며 대답을 하지 못했다. 잠자코 있던 차 박사가 말했다.

"할 생각이라면 한시라도 빨리 결정하는 게 좋네. 시간이 지날수록 가능성은 점점 더 낮아지니까."

인후는 잠시 뜸 들이다 대답했다.

"네, 말씀대로 하겠습니다."

그의 말에 TV를 보던 모든 이들의 시선이 집중되었다. 차 박사는 소파에서 일어나 다시 물었다.

"알겠지만, 잘못될 수도 있어."

"이미 결정했습니다."

"좋아. 그럼 당장 시작하지. 준비 좀 하고 병원에 같이 가자."

인후는 차 박사가 앉았던 빈자리에 앉았다. 도검이 인후를 돌아보며 물었다.

"어제 왜 그렇게 늦었어?"

"오토바이 열쇠가 없어서."

"시동 그냥 못 걸어?"

"난 범죄하고는 거리가 있는 사람이라."

"그럼 열쇠 찾으러 공원에 다시 간 거야?"

"토막 난 시체 주머니 뒤지는 일은 다시는 하고 싶지 않아."

도검은 고개를 끄덕이고는 그제야 픽 웃으며 말했다.

"수술, 건투를 빌어."

— 뉴스를 알려 드리겠습니다.

유독 도드라지게 들리는 아나운서의 말에 도검과 인후는 무심코 고개를 돌렸다.

— 오늘 새벽 4시경, 지리산 일대에서 이유를 알 수 없는 폭발 사고가 있었습니다. 인명 피해는 없었으나 인근 주민들이 대피하는 소동이 있었습니다.

인후가 중얼거리듯 말했다.

"자운이군. 연구소에 저렇게 무식하게 처들어갈 줄은 몰랐는데?"

"그보다 뉴스에 나온 게 더 놀랍군. 기관하고 연구소가 점점 더 벌어지고 있는 거야?"

"이젠 이슈거리도 아니지."

코트를 챙겨 입은 차 박사가 인후에게 손짓을 하며 집을 나섰다. 인후는 한숨을 쉬며 따라 나섰다.

"어이, 박사님께 칩 꺼내고 나면 그 공간을 실리콘으로 채워 달라고 해. 안 그럼 나처럼 된다."

인후는 엄지를 들어 보이며 밖으로 나섰다. 형준이 도검에게 말했다.

"인후 아저씨 말이야. 전략가 스타일 같지 않아?"

"사기꾼 같다는 말이야?"

"사람 말도 제대로 못하는 괴수를 말로 해결한 거 보면 대단한 이빨 아니야?"

"전투 경험이 많으니까."

"전투 경험 많은 누구는 주먹질부터 하고 보잖아."

도검은 형준의 말이 끝나자마자 그의 머리를 툭 치며 말했다.

"나도 누구보다 대화를 좋아하는 사람이라고."

"방금 머리 때린 사람이 할 소리야?"

그게 어쨌냐는 듯 뻔뻔하게 바라보는 도검의 표정을 보고 형준은 고개를 가로저었다.

주 팀장은 명희 뒤를 지나다 말고 물었다.

"손가락 주인 알아봤냐?"

"김세완. 나이 36세. 다른 건 나온 게 없고요. 최종 기록이 프랑스 외인부대에 근무했던 거밖에 없는데요?"

"전역은?"

"그것도 없어요. 현재 주소지도 미상이고."

"결국은 또 미지의 인간이셨구먼."

"팀장님. 다 때려치우고, 저랑 자격증이나 준비하죠?"

"마법사 얘기 했다간 정수리에 있는 머리털만 다 뽑아 버린다."

"마술이 어때서요. 지능적으로만 잘하면 떼돈 번다고요."

"자유의 여신상 없애고, 비행기 없애는 사람처럼?"

"그렇게만 되면 돈방석에 앉는 거죠."

"네 닭대가리로 그걸 할 수 있을 것 같아? 그게 얼마나 머리 써야 되는 일인데."

"제가 어때서요? 보실래요? 컵 속에 부은 물을 사라지게 할 수도 있다니까요."

"컵에다가 휴지 몰아넣어서 물 흡수하게 하는 거?"

"……."

주 팀장은 서류철로 명희의 머리를 후려치고는 자신의 자리에 가서 앉았다.

"인터넷으로 비행기도 택배로 사는 세상에 그딴 저급 마술이 통하겠냐?"

"요즘에 부쩍 구타 횟수가 증가하고 있다는 거 못 느끼세요?"

"구타 횟수가 증가한다는 것은 네 꼴통 짓거리가 증가하고 있다는 증거지. 내가 하나 물어보자. 너 요즘에 왜 그래? 수사는 뒷전이고 맨날 마법사 타령이니, 뭐 문제 있나?"

"사는 게 지겨워서요. 똑같은 사건에 똑같은 시체에, 매번 반복되잖아요. 뭔가 자극이 필요해요."

"그래서 택한 게 마법사냐?"

"얼마나 신비로워요. 생활의 활력소라고나 할까?"

"헛소리 그만하고 그 손가락 주인이나 더 파 봐."

"제가 드린 파일이 전부예요. 더 이상 나올 것도 없다고요."

"그럼 마법으로 알아내든가! 현장도 더 뒤져 보고! 쯧!"

명희는 고개를 크게 끄덕이며 자리에서 일어서며 진지한 표정으로 말했다.

"할 수 없군. 사건의 모든 전모를 알려 드리죠. 이 김세완이가 누군지는 모르지만 우리가 원래 쫓고 있었던 흡혈귀 사건은 풀렸습니다."

주 팀장은 눈을 가늘게 뜨고 반문했다.

"어떻게?"

"오늘 장도검이란 친구를 만났죠."

"그 청부업자라는 놈 말이야? 왜 자꾸 그놈 만나? 내사 받고 싶어서 안달 난 상태냐?"

"하도 실마리가 안 풀려서 혹시나 해서 알아본 겁니다."

"이젠 그놈이 점쟁이도 한다니?"

"공원 살인 사건까지 알고 있던데요?"

"…… 도대체 뭐하는 놈이야?"

"그냥 무직자죠, 뭐. 어쨌든 결론부터 말씀드리면 범인은 죽었답니다."

"지금 장난하는 거면 뒈지게 맞을 줄 알아."

"설마 사건 가지고 농담하겠습니까? 범인은 정신병력이 있는 하사관 출신 탈영병이랍니다."

"증거는?"

명희가 서류철을 건네며 말했다.

"보고서 여기 있습니다."

주 팀장은 문서들을 한 장씩 넘겨 보며 물었다.

"신병 인도 받을 준비는 하고 있어?"

"그건 어렵겠는데요. 국방부 소관이라고 말뚝 확실히 박았던데요?"

명희는 문서 중에 국방부 인장이 박힌 문서를 찾아 내밀었다.

"육해공군도 아니고 국방부가?"

"원래 군 쪽이 비밀이 많잖아요."

주 팀장은 서류를 책상 위에 던져 놓으며 미간을 찌푸렸다.

"그 장도검이란 놈 말이야. 정체가 뭐야?"

명희는 어깨를 으쓱해 보였다.

"물어본 적도 없고 알려 준 적도 없어요. 뒷조사는 해 봐야 소용없고요. 대한민국 정부 기록에는 없는 인간이거든요."

주 팀장은 책상을 손가락으로 두드리며 생각에 잠겼다 두드리던 것을 멈추고 말했다.

"좋아. 국방부 관할이라니까 일단은 그냥 넘어가자. 하지만 그 친구 가까이하지 않는 게 좋겠다."

"참고하겠습니다."

주 팀장은 평소답지 않게 진지한 표정으로 말했다.

"이건 상사가 아니라 선배로서 하는 충고야."

주 팀장의 진지한 분위기에 명희는 어색함을 느끼며 고개를 끄덕였다.

인후는 온몸이 뻐근했다. 근육은 전보다 훨씬 가늘어졌지만 재활 운동과 영향 섭취로 복구가 가능하다는 차 박사의 말에 심적으로 어느 정도 안정이 되었다.

그는 자신이 쓰던 방을 한번 둘러보았다. 청소를 막 끝내서 아주 깔끔하게 정리가 되었다. 인후는 가방을 챙겨 들고 거실로 나갔다. 신문을 보던 도검이 돌아보며 물었다.

"그 가방 뭐야? 올 땐 빈손이었잖아."

"옷가지 몇 개."

"뭐 집어 가는 거면 지금이라도 꺼내 놓고 가는 게 좋을 거야."

"이 집에서 집어 갈 건 로봇청소기 말고는 없는 거 같은데?"

도검은 픽 웃으며 말했다.

"근데 가방은 왜 챙긴 거야? 몸도 아직 성치 않으면서."

인후는 고개를 끄덕이며 말했다.

"그동안 고마웠어."

"가려는 거야? 박사님이 아직은 무리하지 말라고 하셨는데."

"움직일 만해. 생각보다 컨디션이 나쁘지도 않고. 몸에서 균을 씻어 낸 것 같아서 상쾌한 쪽에 가까워."

"나야 당신 떠나는 거 환영이긴 한데, 어디 갈 곳은 있는 거야?"

"생기겠지. 더 이상 폐 끼치고 싶지 않아서 말이야."

"박사님도 알고 계시나?"

"아니, 박사님 뵈면 면목이 없을 것 같아서. 자, 그건 그렇고 이것 좀 전해 주겠어?"

인후가 편지를 내밀었다. 도검이 받아 들며 물었다.

"누구, 박사님?"

"아니, 저…… 그러니까 그…….'"

"똑바로 말 안 하면 내가 읽는다."

"수연 씨."

도검의 눈썹 한쪽이 치켜 올라갔다.

"여동생 둔 오빠의 마음에 대해 얘기한 적 없었나?"

"별거 아니야. 그동안 간호도 해 주고 잘해 줘서 고마웠다고."

"별거 아니면 내가 한번 검열을……."

인후는 서둘러 막으며 말했다.

"이러면 내가 무안하잖아."

도검은 난처해하는 인후의 표정을 살피고는 씩 웃었다.

"좋아, 별 내용 아닌 걸로 치지 뭐."

인후의 얼굴이 점점 빨갛게 물들고 있었다.

"피도 모자라다더니 얼굴 붉힐 피는 있는 모양이네."

"바, 박사님께서 후, 후유증이라고 그랬어."

"가는 길에 가게 들러서 직접 전해 주지그래?"

"그냥 가는 게 좋을 것 같아."

도검은 현관을 나서는 인후를 따라가며 말했다.

"차 박사님이 당신을 꿰뚫고 있었군. 말없이 사라질지도 모르니까 지켜보라고 하셨거든. 정말 여기 남을 생각은 없는 거야?"

"고마운 제안이긴 한데 한 번도 자유롭게 다녀 본 적이 없거든. 이번 참에 전국 여행이라도 할까 하고."

인후는 도검의 손에 들려 있는 편지를 바라보며 말을 이었다.

"내가 있을 자리가 아니라는 생각도 들고."

"무슨 소리야? 당신이라면 꽤 도움이 될 텐데."

"다음에 기회가 된다면 그때 다시 생각해 보지."

"비싸게 구는데?"

"완전 개털인데 비싸게 보이기라도 해야지. 간다."

인후가 한번 웃어 보이고는 대문 밖으로 나섰다. 도검은 인후가 공원에서 타고 온 모터사이클에 올라타며 헬멧을 쓰는 모습을 지켜보다 입을 열었다.

"그 오토바이 가져갈 거야?"

"당연하지! 추적기 뜯어내고 열쇠 찾느라고 얼마나 힘들었는데.”

입맛을 다시는 도검을 보며 인후가 말을 이었다.

“정말 너무하네. 이것도 아까운 거야? 차비는 못 줄망정 너무한 거 아냐?”

도검은 어깨를 으쓱해 보이며 뒷주머니에서 봉투를 하나 꺼내 건넸다.

“이럴 줄 알고 준비해 둔 거야.”

“이게 뭐야?”

“거지한테 줄 게 뭐겠어. 왜, 감동했어?”

“내가 안 떠난다고 했으면 큰일 날 뻔했군. 등 떠미는 수준이잖아 이건. 어쨌든 잘 쓰지. 언젠가 한 번쯤은 다시 보게 되겠지?”

“필요하면 언제든지 연락해. 시간 봐서 도와줄 테니까.”

“시간 봐서?”

“바쁜 사람들은 비상 연락도 일주일 전에 예약 받아 두거든.”

“그래, 식구들에게 고마웠다고 전해 주고. 내가 자리 잡는 대로 은혜는 꼭 갚는다고 전해 줘.”

“돈도 갚아.”

“뭐야, 이거 주는 거 아니었어?”

“공짜는 없어.”

“알았어. 살아만 있으라고.”

“당신도.”

도검은 출발하는 인후의 뒷모습을 바라보았다. 왠지 시원하면서도 섭섭한 생각이 들었다. 그는 인후가 준 편지를 한참 동안 바라보다 피자 가게로 발걸음을 옮겼다.

　　　　　　　　　　🔫

　형준이 큰 소리로 인사했다.
　"어서 오세…… 에이 진짜. 형은 좀 뒷문으로 다닐 수 없어?"
　"내 맘이야. 아저씨는?"
　"주방에."
　도검의 목소리를 듣고 달려 나온 수연이 밝게 웃으며 맞았다.
　"오빠!"
　"바쁜 모양이네?"
　"아니, 별로. 아저씨 보러 온 거야?"
　"아니, 그런 건 아니고."
　두 사람의 대화를 옆에서 듣고 있던 형준이 한마디 했다.
　"수연이 누나, 누가 보면 10년 만에 상봉한 가족인 줄 알겠어. 어제도 봐 놓고 너무 반가워하는 거 아냐? 보는 사람이 다 쑥스럽게……."
　"오늘은 처음 보잖아."
　"아, 짜증 나."
　도검은 주방으로 들어가 장서를 만났다. 장서는 열심히 밀가루 반죽을 하고 있었다.

"오, 제법 하시는데요?"

"이런 싸가지 없는 놈을 보았나. 어른한테 제법?"

"처음엔 도너에 구멍이 2만 개는 뚫려 있었잖아요."

"헛소리하려고 여기까지 왔냐?"

"인후 방금 떠났어요."

"뭐? 몸에서 혈청 뽑아낸 지 며칠이나 지났다고?"

"말려도 소용없었어요. 더 이상 폐 끼치고 싶지 않다고."

"폐는 있는 대로 다 끼쳐 놓고 이제 와서 무슨 소리야? 돌팔이가 알면 또 펄쩍 뛰겠는데?"

"그래서요. 아저씨가 말씀 좀 해 주셨으면 해서요."

"내가 왜?"

"그야 제가 욕먹기 싫으니까요."

"아, 쿨한데? 달면 먹고 쓰면 뱉는……."

"아저씨가 박사님 친구 분이니까 잘 무마될 수 있을 거 아녜요."

"돌팔이 화난 거 한 번도 못 봤지? 한번 화났다 하면 얼마나 무서운 줄 알아? 난 몰라. 네가 알아서 해. 인후 때문에 돌팔이가 마음고생 정말 많이 했다고."

"우리 사이에 정말 이러기예요?"

"우리 사이가 뭔데? 부자지간이냐? 친구냐? 연인이냐? 뭔데?"

"듣고 보니 아무 사이도 아니긴 하군요."

"뭔가 주고받으면서 정도 쌓이고, 우애도 생기고 그런 거지. 안 그래?"

"좋아요, 한 마리! 그것도 스모크치킨으로!"

"사람은 편식을 하면 건강을 해치게 돼 있다고 몇 번을 말하니."

"프라이드 한 마리 추가. 콜?"

"돌팔이랑 내가 몇 년 지기냐? 나만 믿어. 원만히 해결해 줄 테니까. 오늘 집에 가면 김이 모락모락 나는 치킨 두 마리가 정답게 손잡고 식탁 위에 누워 있겠지?"

"물론이죠. 언제 들어오실 건데요?"

"오늘은 일이 좀 많아서 늦을 것 같다."

"전화 주세요. 시간 맞춰서 시켜 놓을 테니까."

도검은 콧노래를 흥얼거리는 장서를 뒤로하고 나왔다. 수연을 보고는 손짓으로 불러 뒷마당 야외 테이블에 함께 앉았다.

"웬일이야? 오빠가 나를 다 부르고."

도검은 인후가 준 편지를 테이블 위에 올려놓았다.

"웬 편지야?"

"줄까 말까 갈등하다가 주는 거야. 이런 게 오빠의 마음이랄까?"

수연은 당황한 표정으로 조심스럽게 편지를 집었다.

"좀 당황스럽네. 생각지도 못한 거라서."

"괜찮아, 천천히 봐."

"난 사실 아직 마음 정리도 안 됐고……. 하지만 절대로 싫다는 건 아니야. 그냥 예고도 없이 이러니까……."

"편지 좀 읽는데 무슨 마음 정리까지 하는 거야?"

"내 말뜻 잘 알면서. 아직 대식 오빠를 완전히 잊을 수가 없어서 그런 거 알잖아."

"인후는 그런 거 모르니까 이해해 줘."

"이, 인후 씨? 아니 갑자기 인후 씨 얘기를 왜……."

"자리 비켜 줄까?"

수연은 의아한 표정으로 편지를 뜯어 보았다. 편지를 읽다가 얼굴이 빨갛게 변했다. 도검은 수연을 보며 빙그레 웃으면서 자리에서 일어났다.

"이거 인후 씨가 준 거였어?"

"어때? 애절한 내용이야?"

"……."

"좀 전에 떠났거든. 그동안 여러 가지로 고맙다고 그러더라고."

"난 또……."

"얼굴이 점점 더 빨개지는데? 이상한 내용 쓴 거 아냐? 고백을 한다거나……."

"아, 아냐! 간호해 줘서 고맙다는 말밖에 없어. 정말이야!"

"아, 알았어, 알았어. 진정해. 농담한 거야. 난 분명히 전해 줬으니까 나중에 인후한테 딴소리하기 없기다."

나가려는 도검을 수연이 급히 불러 세웠다.

"오빠!"

"응?"

"저기 말이야……. 인후 씨한테 이 편지 전해 달라는 말 들었을 때 말이야."

"응."

"그때…… 그때 기분 어땠어?"

"별로 안 좋았지. 내가 애들 편지 심부름이나 하고 다닐 군번이냐고. 안 그래?"

"……."

"바쁘지 않으면 저녁에 집으로 와. 치킨 먹을 거니까. 빈방도 있으니까 늦으면 자고 가도 되고."

"안 가."

"왜, 약속 있어?"

수연은 중얼거리듯 말하며 도검 앞을 휑하니 지나쳤다.

"안 가, 곰탱아."

수연은 화난 걸음으로 주방으로 모습을 감췄고 그런 모습을 보던 도검은 잠시 멍한 표정으로 서 있었다.

"지금 분명 곰탱이……. 에이, 설마. 수연이가 나한테 설마……."

설마라고 하면서도 뭔가 계속 찜찜한 기분이 드는 건 어쩔 수가 없는지, 도검은 고개를 갸웃거리며 주방으로 향했다.

《왼팔》 1권 끝, 2권에서 계속